Emma Waiblinger

Die Ströme des Namenlos

Roman

Emma Waiblinger: Die Ströme des Namenlos. Roman

Erstdruck: Heilbronn, Eugen Salzer, 1920. »Ludwig und Dorle Finckh gewidmet«.

Neuausgabe
Herausgegeben von Karl-Maria Guth
Berlin 2017

Umschlaggestaltung von Thomas Schultz-Overhage unter Verwendung des Bildes: Henri de Toulouse-Lautrec, Frauenkopf, 1899

Gesetzt aus der Minion Pro, 11 pt

Verlag: Henricus - Edition Deutsche Klassik GmbH
Mörchinger Str. 33, 14169 Berlin, info@henricus-verlag.de
Druck: Libri Plureos GmbH, Friedensallee 273, 22763 Hamburg

ISBN 978-3-7437-0967-6

Bibliografische Information der Deutschen Nationalbibliothek

Die Deutsche Nationalbibliothek verzeichnet diese Publikation in der Deutschen Nationalbibliografie; detaillierte bibliografische Daten sind im Internet über www.dnb.de abrufbar.

Erstes Buch

Es gibt Zeiten und Stunden und halbe Nächte, in denen ich immerfort über die Ehe meiner Eltern nachdenken muß. Und manchmal scheint mir, mein Leben sei, als es mir noch unbewußt war und in meiner Mutter beschlossen, schöner und mächtiger und reicher gewesen, als nachher, da ich es selbst lebte. Alles, was ich erfahre und erlebe, ist mir manchmal nur wie das Licht, das immer heller wird, womit ich das Dunkel und Heiligtum meines Elternhauses sehen kann; und mit jedem Jahr wird es mir klarer und deutlicher, wie traurig und verworren-schön meine Mutter mit dem Vater lebte.

Er war schwermütig und öfters, besonders gegen das Ende seines Lebens hin, geistig gestört. Er war von Jugend an so, galt aber in normalen Zeiten für einen begabten, strebsamen Menschen und lernte das Uhrmacherhandwerk, das ihn und seine Familie auch bis zu seinem Tod getreulich ernährte. Er hing mit seltsamer, zäher Zärtlichkeit an – seiner Kunst – hätte ich beinahe gesagt und redete stundenlang mit seinen Uhren, innig und leise, wie nie mit einem Menschen. Als er noch Geselle bei einem Meister in meiner Vaterstadt war, lernte er meine Mutter kennen, die im gleichen Haus als Dienstmagd in Stellung war. Es hängt in unserer oberen Stube ein Bild, das meine Mutter in diesen Jahren darstellt, und heute noch betrachte ich es oft erstaunt und freue mich darüber. Sie war groß und schön und sah sehr glücklich aus. Ihr Haar, das ich mir nie anders als schneeweiß vorstellen kann, war damals noch dunkelbraun und lief ihr weich ums Gesicht. Ihre Augen aber waren heller und glänzender als später, und sie hatte schöne, ganz rote, lächelnde Lippen. So sah sie wohl mein Vater, in dem geblümten Kleid und dem weißen Mädchenschurz, wie sie durch das Haus und über die Treppen lief wie das helle Licht, und er hatte sie lieb über seine Kraft. Er wollte sie heiraten, aber sie wies ihn ab. Da tat er das Arge, das ich heute noch nicht sagen kann, ohne mich zu schämen: auf der Bühne des Hauses hängte er sich auf. Die Leute fanden ihn, grauenhaft verzerrt und trugen ihn für tot weg. Man brachte ihn wieder zum Leben, und als er nach langen Wochen einer schweren Gemütskrankheit genas, kam eines Tages meine Mutter zu ihm und sagte, sie hätte ihn lieb und wolle ihn heiraten.

Ein paar Wochen nach der Hochzeit schon wurde das Haar meiner Mutter grau und ihre Augen dunkler und trauriger. Es muß unsäglich schwer gewesen sein, mit dem finsteren Narren zusammen zu sein, und sie wollte ihm fortlaufen, denn sie hatte das schöne, leichte Leben so sehr lieb gehabt vorher.

Das erste Kind, das meine Mutter zur Welt brachte, war verkrüppelt und entstellt. Es schrie fast immer und man merkte, daß es vollständig blöd war. Nach wenigen Monaten starb es an Krämpfen. Es war für die Mutter gut; in jenem Jahr ist ihr Haar ganz, ganz weiß geworden.

Nicht lange nach seinem Tod trug meine Mutter ein zweites Kind unter dem Herzen. Und da begannen die Wunder, die sie für uns tat. Sie trug ihr Bett in eine Kammer unter dem Dach und riegelte abends die Tür zu; da schlief sie ungestört mit ruhigen Träumen oder lauschte zum offenen Fenster hinaus dem Gang der Nächte und fing die stillen, tiefen Lieder des Dunkels in sich auf. Und sie erwachte morgens in die helle, kräftige Sonne hinein, wusch sich die Augen frisch und klar und ließ sie überall da hin gehen, wo es hell und gut war. Sie schleppte sich die Arbeit, wenn es irgend ging, auf den kleinen, grünen Hof hinaus, der hinter dem Hause lag und saß manchen Mittag in der Sonne oder im Grünen und ließ die Nadeln klappern in die geruhige Stille hinein; oder sie ging in die Stadt hinunter, den Korb am Arm, sah in den Gassen den Kindern zu, wie sie spielten und sangen, stand auf der Brücke und blickte auf das weite, glänzende Wasser hinaus. Unter dem Betglockenläuten ging sie wieder heim und ließ in ihr Herz die tiefen, feierlichen Töne fallen. Am Sonntag war sie in der Kirche; sie hatte ihren Platz unter der Orgel, daß die Töne sie deckten und umwogten wie ein kühles, herrliches Meer. Das Vaterunser betete sie mit aus einem inbrünstigen Herzen heraus und sah von den gefalteten Händen weg zu den farbigen Kirchenfenstern hinauf und glaubte an Erhörung. War es ein besonders lieblicher Text gewesen, las sie ihn zu Hause in der Bibel noch einmal und freute sich daran. Im Gesangbuch hatte sie ein Lieblingslied:

»Die güldne Sonne voll Freud' und Wonne
Bringt unsern Grenzen mit ihrem Glänzen
Ein herzerquickendes, liebliches Licht!« –

Das las sie oft, auch hörte man sie's an guten Tagen bei der Arbeit leise vor sich hinsingen.

Und wenn sie Beschwerden hatte, strich sie still und liebkosend über ihren Leib und lächelte.

So machte sie es damals, und bei mir und bei allen.

Und nun frage ich mich selber: habe ich, da ich lebte, und da mich wahrhaftig kein Mensch dran hinderte, auch so die Augen aufgetan und wissentlich alle Schönheit und Helle gesehen und das Dunkel weggeschoben? Habe ich es mir auch einmal so gut und licht gemacht und so tief um Gottes Segen für mich selber gebeten? Habe ich an Stimmen und Tönen und Himmelslichtern auch so die rechte Freude und Beziehung auf mich selber und den göttlichen Strom daran gefunden?

– Ich wüßte es nicht. Ich kann mir da kein einziges, ganzes Jahr denken, in dem nicht Schmerzen und tiefe Traurigkeiten genug gewesen wären; und wenn ich genau zusehe, habe ich das meiste davon gewollt und mir selber geschaffen.

Und dann: habe ich in meinem ganzen späteren Leben einen einzigen Menschen gefunden, der mich so geliebt und mir alle Freuden und hellen, guten Dinge so zugetragen hätte? Der so für mich lebte und um meinetwillen mit einer mächtigen Kraft alle Schmerzen verbiß und in seiner Not lächelte, weil es für mich gut war?

Auch das wüßte ich nicht.

Und es wird mir ganz unendlich wohl dabei, daß es einmal so mit mir war, und wenn ich auch noch gar nicht gelebt habe dabei.

Wir sind sechs Geschwister, zwei Buben und vier Mädchen. Unser Ältester hieß Eberhard, wir nannten ihn aber nach dem Württemberger Grafen, dem Rauschebart, den Greiner. Dann kamen wir Mädchen, Margret, Regina, Agnes (das bin ich) und die Eva.

Der Kleinste war der Johannes.

Und wir alle sind in dem gleich: Wir gleichen nicht besonders dem Vater und nicht der Mutter. Keines von uns ist schön, wie es die Mutter war; keines aber auch trübsinnig und finster. Doch haben wir das schwere, drängende, liebebegehrende Blut des Vaters in uns; es kommen zuweilen Stunden über uns, so voller Qual und Not, wie sie wohl selten ein anderer Mensch durchleben muß, und wir wissen dann traurig, woher das in uns ist; wir tragen ein sehnsüchtiges, schmerzliches Verlangen in unserer Seele, das uns unablässig nach schönen und reinen

Menschen suchen läßt, die wir für uns gewinnen möchten; und wir vermögen solche dann so heiß und mächtig und leidenschaftlich zu lieben, daß es einer Krankheit und einem Fieber gleichkommt, das uns ungewollt überfällt und dem wir ohnmächtig und willenlos unterliegen.

Und wenn wir schon manchmal in dunkeln Nächten um eine verlorene oder versagte Liebe wachlagen, war uns das Leben so unerträglich und grauenvoll und bitter, daß es uns Erlösung und Seligkeit dünkte, das zu tun, was der Vater damals um die Mutter getan hatte.

Es tut es aber keines von uns. Denn da ist froh und leuchtend das Erbteil der Mutter: eine mächtige, warme Lebensfreude und ein tiefes, schweigendes Bewußtsein, daß wir nicht für uns selber da seien, sondern Leben und Kräfte von Gott hätten, um sie in seinem Dienste für die Menschen zu brauchen.

Zwischen jetzt und meiner Kinderzeit liegen mir so viele Erlebnisse und starke Eindrücke, soviel mit einem hellen Bewußtsein empfundene Stunden, daß mir die Dinge damals unendlich ferngerückt sind und gleichsam in einem dämmerigen Vorleben und in fremden Ländern geschehen erscheinen.

Wäre meine Jugend glücklich und heiter gewesen, mit vielen hellen Augenblicken, so hätte sich mir das doch einprägen müssen und wäre mir jetzt leicht und fröhlich in Erinnerung. Es müßte sein, wenn ich jetzt einmal durch unser Haus liefe, daß ich auf einmal lächelnd stehen bliebe und meine Mutter fragte: »Gelt, es ist da gewesen, wo wir als Kinder die Undine aufgeführt haben? Da, vom Kasten bis zur Küchentüre ging der geteilte Vorhang; das waren zwei aufgetrennte Rupfensäcke. Die Margret war der Ritter Huldbrand, die Hosen waren ihr zu lang und sind gerade bei den rührendsten Stellen manchmal heruntergerutscht. Dem Oheim Kühleborn ist jemand auf den weißen Mantel getreten, so daß er sich nachher hat verantworten müssen wegen dem zerrissenen Leintuch. Es war wunderbar schön, dir sind die Tränen gekommen vor Rührung, als Undine den Ritter umschlang, und der Vater hat zwanzig Pfennige Eintritt bezahlt.«

Oder wenn ich in der Kammer droben nach einem Flicken suchen würde und mein Aug' fiele auf des Greiners alten Holzgaul, der nie einen Schwanz gehabt hat, so müßte da plötzlich ein ganzer schimmernder Christtag mitsamt den farbigen Kerzen und den Springerlein und den großen Puppen und dem Kaufladenglöcklein dahinter auferstehen. Ich müßte eine Viertelstunde lang still versunken dasitzen, und es müßte mir ordentlich weich und weit ums Herz werden vor lauter unaufhörlichem Erinnern an einen schönen Kinderchristtag.

Ich müßte es mir noch denken können, wie mich mein Vater auf den Knieen reiten ließ, und es müßten tausend Plätzlein im Haus und ums Haus herum sein, bei deren Anblick in mir ein vertrauliches Licht und eine liebe alte Erinnerung hell würde. Aber es ist nichts da. Wenn ich mich auch noch so sehr besinne – es ist fast alles dunkel und tot. Und wenn es so war, wie meine Geschwister erzählen, daß ich als Kind viel geweint habe und die meiste Zeit still und bockig und verschlossen war, so bin ich froh, daß ich es vergessen habe und es nicht quälend oder mit Neid auf glückliche Kinder mit mir herumtragen muß.

Ich habe ja gewiß auch viele Freuden und Freudlein genossen. Und wo sechs Kinder sind, gibt es Dummheiten und etwas zum Lachen, Händel und Friedensschlüsse und ein unterhaltendes, buntes Leben, und wenn sich alle finsteren Mächte dagegen verschworen hätten.

Aber daß das nicht stark und tiefgehend war, bezeugt, daß es in meiner Erinnerung ausgelöscht ist. Ich weiß von meiner Jugend nur, als von einem wirren, traurigen, mir kaum bewußten Zustand mit einer dumpfen Sehnsucht nach einem schönen, glücklichen Leben.

Es ist mir wie ein Traum und ein langer unruhiger Schlaf; nur ein paar helle, deutliche Ereignisse heben sich davon ab, an die ich oft lächelnd zurückdenke, und von denen ich manchmal meine, daß sie mir lieber und werter waren, als eine ganze reiche, glückliche Kindheit. Ich will versuchen, alle Verklärung und verschönende Veränderung, die sich etwa im Lauf der Jahre darüber angesetzt hat, wegzutun und sie so aufzuschreiben, wie ich sie damals erlebt und aufgenommen habe.

* *
*

Unser Haus liegt auf der Höhe über der Stadt; es hat drei geräumige Stuben, die Werkstatt und etliche Dachkammern; auch ist ein Geißenstall hinten angebaut, und ein kleiner Garten darum samt einer Wiese mit ein paar Obstbäumen, die uns das Gras für die Geißen liefert.

Das schönste daran ist aber der alte, steinerne Brunnen; er steht neben dem Haus an der Straße und ist so groß und wasserreich wie weit und breit keiner mehr und ein Labsal für Mensch und Vieh.

Wenige Minuten von unserem Haus weg, weiter oben am Berg, fängt der Wald an; auf der andern Seite aber, ins Tal hinunter, geht der alte

Kirchhof, der seit hundert Jahren nicht mehr benützt wird. Und mehr als das Haus und der Garten, als Mutter und Geschwister, war dieser Kirchhof mein Eigentum und meine Unterhaltung.

Wenn die Geschwister mit drüben waren, ging es wild her. Wir spielten Räuberles und rissen die Hagenbutten und Dürlitzen von den Zweigen. Auch war in des Syndikus Grünzweig Grab eine schöne, runde Lücke zum Bohnenspielen. Aber es kam mir wie eine Entweihung der stillen Heiligkeit vor, wenn die andern da so über die Gräber sprangen und lachten und sich um die Früchte prügelten; und einmal liefen mir vor Zorn darüber die Tränen herunter, und ich ging in die dunkle Chornische, um mich auszuheulen.

Oft, wenn ich wußte, daß die andern alle beschäftigt waren, schlich ich mich hinüber und freute mich, ungestört da zu sein. Ich stieg auf das Mäuerlein oder auf einen Baum und schaute ins Tal hinunter und dachte, ich wäre ein Wächter und Turmwart und focht mit unsichtbaren Gestalten, die den Frieden der mir Anvertrauten bedrohen wollten.

Oder ich stand an den Hagebutten und pflückte sie langsam und säuberlich in meine Schürze, saß mit ihnen auf ein Grab und putzte die haarigen Kernlein heraus. Dann suchte ich ein recht schönes Blatt oder einen netten Scherben, legte die roten Schalen ordentlich darauf, trug sie so an irgend ein Grab und lud den Bewohner feierlich ein, dieses Mahl mit mir zu teilen.

Im Sommer brach ich auf der Wiese Sträuße und grub sie in die Gräber ein; einmal war an einem Margritlein die Wurzel hängen geblieben; ich wußte es nicht, aber als ich im nächsten Jahr eine weiße Blume auf dem Grab blühen sah, hatte ich eine unbändige Freude daran, und holte nun ganze Büschel von Margriten und Vergißmeinnicht und Dotterblumen mit Wurzeln und einem Klumpen Wiesenerde daran und pflanzte sie ein. Das Wachsen und Blühen wollte mir nicht schnell genug gehen; ich flocht Kränze und Gewinde und steckte mit einem dürren Ästchen lange Ketten von Buchen- und Kastanienblättern zusammen und putzte die Wege, d. h. ich fegte nur das welke Laub weg, das Gras ließ ich stehen und streute frische Blumen von der Wiese und Heckenröslein darauf. Dann hielt ich einen großen Feiertag: ich blies auf einem glatten, zähen Buchenblatt meine Lieblingslieder und lief langsam und lächelnd und feierlich in den Wegen auf und ab und um die Gräber und richtete mir aus Birnen und Stachelbeeren und wildem Schnittlauch eine Mahlzeit. Am Schluß aber räumte ich alle

Kränze und Verzierungen eifrig weg, rannte wie besessen in den Wegen herum, um das Gras wieder wüst zu machen und holte vom nächsten Gütlein den halben Unkrauthaufen, verstreute ihn auf dem Boden und stampfte ihn fest, daß man gar, gar nichts mehr sah von der Schönheit vorher. Denn hätte irgend jemand etwas davon gemerkt, so hätte ich mich elend geschämt.

Am liebsten auf dem Kirchhof hatte ich zwei Gräber. Sie standen ganz nahe beieinander; nur ein Streifen Gras war dazwischen. Auf dem einen stand verwaschen, daß man's kaum lesen konnte: Melitta Barbara Wonnigmacherin, und auf dem andern stand gar nichts. Da lag ich oft in der Sonne zwischen den beiden, legte auf jedes Grab eine Hand, ließ mich von den Gräsern kitzeln und konnte es wohl leiden. Ich sprach mit ihnen und gab mir Mühe, recht leis und lieb zu sein.

Die Melitta nannte ich kosend bei ihrem Namen, immer wieder, und strich ihr über den Grabstein, wie man einem bekannten, geliebten Menschen übers Gesicht fährt. Aber zu dem andern Grab wußte ich nichts zu sagen. Ich fragte einmal die Mutter darum, und sie meinte, es werde wohl ein Handwerksbursch darin begraben liegen, dessen Namen man nicht gewußt habe.

Ich hatte auch schon einen Handwerksburschen gesehen: er kam müd und langsam die Steige herauf und stand vor unserem Haus veratmend still. Die Mutter rief ihn herein und gab ihm einen Kaffee; der Mensch sah nicht gut aus, hustete oft und schauerte zusammen, und aus seinem rechten Stiefel sah eine große, rote Zehe heraus.

Am Schlusse sagte er vergelt's Gott, lächelte traurig meine Mutter an und ging leise pfeifend weiter, in den Wald hinauf.

So dachte ich mir nun, er sei gestorben und liege da; und meine erste traurig-schöne Liebe erwuchs an dem Grab neben dem der Melitta.

»Du armer lieber Namenlos«, dachte ich, »warum hast du so frieren müssen? Warum hat dir niemand deine Socken geflickt und niemand dir Vergißmeinnicht aufs Grab gepflanzt, und warum hat dich keine lieb gehabt?

Ach du, ich möchte, du tätest noch leben, und ich könnte dich liebhaben und mehr für dich tun, als bloß meine Hand auf dein Grab legen!«

Es wuchs ein glühender Wille in mir, einmal für einen Menschen alles tun zu dürfen, was man überhaupt konnte. Einmal einen Menschen so lieb zu haben, daß es wäre wie ein mächtig wogender Strom, der mit fortreißt, was man hineinwirft, und bei dem man doch nicht anders mitkommt, als man springt hinein und gibt sich ganz, – und wenn man untergehen müßte.

* * *

Am liebsten von den Schwestern hatte ich die Margret. Sie war die Schönste und Vergnügteste und Stärkste von uns, dazu fast fünf Jahre älter als ich; so konnte sie mir wohl imponieren. Wir schliefen zusammen in einer Stube im Dachstock; und wenn ich mich näher auf jene Zeit besinne, so fällt mir ein Erlebnis ein, das eigentlich gar keines war und doch einen hellen Glanz auf mein damaliges Leben warf und der Ursprung von vielen schönen Abenden und Nächten meiner Kindheit war, da man sich im Dunkeln zärtlich an das Andere schmiegte, vor dem Einschlafen noch lange tuschelte und nach der scheuen und köstlichen Kinderart einander liebte.

Es war eine Nacht im Juni, schwül und voll Mondschein und so, wie sie den Vater zum hellen Wahnsinn bringen konnten. Am Abend zuvor hatte er uns auf dem Kirchhof herumtollen sehen; er geriet in Wut über unsere Fröhlichkeit, und in irgend einer unsinnigen Willkür verbot er uns, noch einmal hinüber zu gehen. Wir wußten traurig, daß man einem solchen Verbot, und sei es noch so unbegründet, die strengste Folge leisten mußte, hätte der Vater von da an eins von uns noch einmal auf dem Kirchhof gesehen, ich glaube, er hätte es umgebracht.

Margret, die heftiger und empfindsamer war als wir andern, hatte sich maßlos drüber aufgeregt; nun, da es Nacht war und wir des Vaters Toben und Fluchen durch die Stille bis zu uns herauf hörten, lag sie noch immer wach. Sie stampfte mit dem Fuß gegen ihre Bettstatt und murrte und stöhnte, wie es so ihre Art war, mit trockenen Augen vor sich hin. Ich war voller Angst, man könne sie unten hören und suchte ihr die Decke über den Kopf zu ziehen.

»Hast du schon gebetet, Margretle?« fragte ich, um sie zu beschwichtigen.

»Ich bete überhaupt nicht mehr.« Sie fuhr empor, saß aufrecht in ihrem Bett, und im Mondschein konnte ich erkennen, wie wild und böse ihr Gesicht aussah. »Du bist dumm, Agnes. Das Beten hat doch keinen Wert! Der liebe Gott ist überhaupt an allem Schuld. Er hat etwas in mich hinein getan, daß ich immerfort singen und lachen und vergnügt sein möchte, und er hätte mich sollen eine Geiß oder einen Vogel werden lassen, dann wäre es recht geworden. Und nun hat er mich so einem Vater gegeben, *so einem*, der einen totschlägt, wenn man bloß lacht und vergnügt ist. – Äh – pfui – –!«

Sie verzerrte ihr Gesicht in einer wilden Grimasse, dann fiel sie wie müd in ihr Kissen zurück und sprach leise vor sich hin.

»Neulich, in der Schule, hat das Mariele Wildnagel erzählt, ihre Mutter habe den Fuß gebrochen und müsse im Bett liegen. Da sei ihr Vater zu ihr hingesessen, und wenn sie angefangen habe zu jammern, habe er so lang Spässe gemacht, bis sie wieder gelacht habe. Und dann habe er ihren kleinen Bruder versorgt und ihr die Zöpfe geflochten; darum sei sie heut so strubelig. – Guck, da ist in mir ein Heulen aufgestiegen, daß ich dir's nicht sagen kann! Aber ich hab nur wüst und roh hinaus gelacht, daß mich die Andern ganz dumm ansahen, und es hat mich doch fast verwürgt!«

Da sah ich, was ich noch nie gesehen hatte: die Margret weinte. Sie war ganz still, lag da mit weit offenen Augen und große Tränen liefen ihr übers Gesicht; und mein eigener Jammer ging unter in einem großen, großen Mitleid und einer heimlichen Freude. Es war mir ein Leuchten über die Augen gefahren; ich hatte durch Margrets Tränen in ihre Seele gesehen, die war tief und schön, und es war zum erstenmal in meinem Leben, daß ich einen Menschen lieb hatte, – ach, so richtig lieb! Jetzt war sie nimmer meine Schwester, daß heißt, mehr als eine solche, und wir hatten die eigentümliche Scheu, wie sie Geschwister fast immer vor einander haben, verloren. Sie war meine Freundin und meine Liebste; ich mußte zart und lieb zu ihr sein, wenn sie traurig war, ich durfte das Liebhaben geben und nehmen, und es war etwas Neues und Schönes in meinem Leben.

Margret weinte nun nimmer und lächelte mich an.

»Margretle! –« sagte ich leis.

»Ja.«

»Jetzt bin ich ganz nahe bei dir!«

»Ja.«

»Margretle, ich hör dein Herz schlagen!«

»Ich deins auch!«

»Du!«

»Du!«

Dann schliefen wir ganz fest zusammen ein.

*   *
*

Eine war in unserer Klasse, die bewunderte ich und wäre gern ihre Freundin gewesen. Sie hieß Elsbeth Gräther und hatte ein schönes, stilles Gesicht und lange, schwarze Zöpfe. Sie durfte aufpassen, wenn der Lehrer eine Weile hinausging, auch nach dem Diktat die Hefte einsammeln und am Donnerstag das Wochenbuch zum Rektor tragen. Es war gar keine Aussicht vorhanden für mich, ihr je einmal näher zu kommen; denn erstens war ich ärmlich angezogen, hatte ein trübseliges, farbloses Gesicht und dann saß ich in der Mitte und sie war die Erste. In der Vesperpause war immer ein Hofstaat von netten, wohlhabenden Mädchen um sie, die es nicht duldeten, wenn ich mitspielen wollte. Ich drückte mich dann scheu in eine Ecke und sah zu, wie die Zöpfe der Gräther hinter ihr drein flogen, wenn sie sprang, und wie sie manchmal ganz stolz und befehlend sich nach den andern umdrehte.

Es war einmal ein Schulspaziergang, und die Gräther trug ein weißes Kleid, aus dem ihr brauner Hals schlank und frei herauswuchs. Ich lief traurig hinter ihr drein; wir kamen durch den Wald an ein Wirtshaus, und die Mädchen drängten sich um den Schenktisch, um Limonade zu kaufen. Nur die Gräther und ich warteten außen; irgend eine Vornehmheit hielt sie davon ab, sich in das gierige Getue drin zu mischen, und ich hatte kein Geld.

Da war ich froh, sie einmal ohne Anhang zu finden und stand zu ihr hin und fragte sie, warum sie nicht hineinginge.

»Weil ich keinen Durst habe«, sagte sie und drehte sich um nach mir.

»Wie viel hast du gestern in deinem Aufsatz bekommen?«

»Recht gut!« sagte ich stolz. »Und du?«

»Gut. Hilft man dir zu Haus?«

»Nein«, sagte ich. »Aber meine Mutter könnte es schon. Sie ist sehr gescheit und kann auch französisch.«

Ich sah, wie die Gräther ein aufkeimendes Interesse für mich hatte, mein Herz schlug ganz schnell und ich wußte, die Gelegenheit dauerte nicht lange, dann kamen wieder die andern und verdrängten mich. Und ich prahlte mit den paar Worten französisch, die meine Mutter in dem Haus, wo sie gedient hatte, aufgeschnappt hat. Und ich log und wurde nicht einmal rot dabei, und log immer ärger, je mehr ich sah, daß die Gräther daraufhin nett zu mir war.

»Meine Mutter ist überhaupt Lehrerin gewesen, ehe sie meinen Vater geheiratet hat und ich werde auch Lehrerin, ich könnte alles grad so gut wie Aufsatz, wenn ich nur wollte!«

Die Gräther setzte sich auf eine Bank und ich mich neben sie und hatte eine elende Freude, sie so plötzlich gewonnen zu haben und schwätzte immerfort, bis die Emilie Maier, ihre Vertraute, gelaufen kam und sie von der Bank herunterzog, bei ihr einhakte und verwundert auf mich sah. Die Gräther aber schaute mich noch einmal freundlich an und sagte: »Morgen in der Freistunde kannst du an der unteren Treppe auf mich warten; du mußt mir dann noch mehr von dir sagen!«

Ich war so vergnügt und munter an jenem Nachmittag wie noch nie. Und am Abend rutschte ich ganz leis in Margret's Bett hinüber: »Du, Margretle, kennst du die Gräther in unserer Klasse?«

»Ja«, nickte sie. »Warum?«

»Sie hat heut ein weißes Kleid angehabt, und morgen lauf ich mit ihr in der Freistunde herum; dann weißt du's gleich, wenn du uns siehst!«

Am Morgen lief ich die Schultreppe hinauf, und wollte eben zum letzten Stufenabsatz umbiegen, da hörte ich oben die Stimme der Emilie Maier.

»Du, Elsbeth, die Flaig hat dich gestern elend angelogen. Ich hab's gleich nicht geglaubt und heut morgen meine Mutter gefragt, die kennt die Flaig's ganz genau. Die Frau ist bloß Dienstmagd gewesen bei dem Kaufmann Plieninger, und er war schon im Narrenhaus und die Kinder haben's sicher von ihm geerbt, hat meine Mutter gesagt; das sei immer so. Ich soll nur nie mit der Flaig gehen; sie ist auch so wüst angezogen. Und wenn man so lügt! –«

Es wurde mir schwindelig, und ich mußte mich fest am Treppengeländer halten. Ich hatte die Empfindung, als fiele ich von irgendwo herunter in eine große Leere und wüßte gar nicht wohin. Endlich ging ich in die Schulstube hinein, setzte mich leise in meine Bank und sah vor mich hin die ganze erste Stunde.

Da rief der Lehrer die Elsbeth auf. Und wie so der Name Gräther durch das Zimmer tönte, war mir, als schwinge alles mit, wie die Luft um eine große Glocke herum; ich sah auf und die Elsbeth groß und

13

fein dastehen. Die Sonne schien zum Fenster herein, und mitten in den Strahlen war der Kopf mit dem bräunlichen, schönen Gesicht und dem dunkeln Haar.

Da hätte ich aufschreien mögen vor Liebe und Schmerz; ich spürte, wie mir alles Blut ins Gesicht stieg; ich krampfte die Hände unter der Bank zusammen und wehrte mich gegen das arge Würgen, das mir heraufstieg. Ich fühlte, jetzt kann ich mich nicht mehr beherrschen, ich stehe auf und sage, es sei mir nicht wohl, – ob ich nicht heim dürfe – oder ich weine – jetzt –

Da läutete die Glocke zum Vesper und alle gingen in den Hof hinunter; und in der plötzlichen verzweifelten Hoffnung, die Maier könne das vorhin vielleicht auch zu jemand anderem gesagt haben, stellte ich mich an die untere Treppe. Da kam meine Elsbeth herunter, mit der Maier Arm in Arm, und wie sie bei mir war, drehte sie den Kopf mit einer seltsam stolzen Bewegung ein wenig nach mir, streifte mich mit einem kühlen, fremden Blick, wie eine vornehme Dame einen ansieht und ging vorbei.

Da hatte ich die Freistunde, auf die ich mich so gefreut hatte, und konnte wieder auf dem Hof ins Eck stehen und zusehen, wie sie mit den andern lachte, und es war noch ärger als vorher.

Margret fragte mich später: »Du, ich hab dich aber nicht mit der Gräther gesehen!«

»O, das ist ein hochmütiges Ding, ich will nichts von ihr!« sagte ich, aber große Tränen liefen mir übers Gesicht.

Ich kam im nächsten halben Jahr in der Schule ziemlich vorwärts; ich wollte mich vor der Gräther nicht noch einmal schämen, und wenn ich so von hinten her zwischen zwei Mitschülerinnen durch ihren lieben, feinen Kopf sah, war es mir ein heißer Ansporn. Auch war es zu Haus mit dem Vater schlimmer als je. Wir Kinder brauchten die Schule und die Schularbeiten nötig, um unsere Gedanken auszufüllen; wir spürten ohnedies damals schon genug, was Nerven seien, weil wir in der Nacht so wenig Ruhe hatten.

Da hatten wir einmal den Buben ein Spiel abgeguckt, das uns absonderlich schön vorkam. Es war so, daß alle die für besiegt galten, die vom Gegner auf den Boden geworfen waren, und es ging greulich wild her dabei. Nun spielten wir's in der Freistunde. Wir waren zwei Parteien; die Elsbeth Gräther bei einer, ich bei der andern. Das Spiel war sehr lustig; eine ganze Reihe lagen schon besiegt auf dem Boden und

sahen gemütlich und lachend dem tollen Ringen zu. Ich rannte gegen den Feind; da packten mich zwei Arme, ich sah die Augen der Gräther einen Moment fröhlich blitzend über mir und wurde ohne Kampf mit einem prächtigen Schwung auf den Boden geschmissen. Ein scharfer Schmerz ließ mich aufschreien, aber in dem allgemeinen Geschrei hörte das niemand. Ich war in einen spitzigen Stein gefallen und hatte eine Wunde am Hinterkopf, aus der Blut über meine Achsel lief. Ich drückte mein Sacktuch darauf und schloß die Augen und blieb still liegen.

Ich lachte in einem leisen Hohn. »So, du vornehmes Fräulein, du ehrenkäsige Prinzessin du, jetzt hast du mir ein Loch in den Kopf geschmissen. – Geschieht dir grad recht, jetzt sind wir wieder gleich. Ich habe dich angelogen – und du bist schuld an dem Blut, das mir herunterläuft. Komm du nur auch einmal in eine Verlegenheit, du heilige Unschuld. Mein Unrecht und meine Verlogenheit kamen aus Elend und Schmerzen heraus; ich sprach in heißer Angst und Sehnsucht um dich. Pfui Teufel, wer wird so lügen! Ja freilich. Und du kommst im hellen Hurra mit deiner Lausbubenkraft und gibst mir einen Boxer, daß ich mich blutig schlage. Es ist grad recht so; fein ist das.«

Ich spürte die Schmerzen mit einem grimmigen Behagen, und eine leise Seligkeit lief mir über den Leib.

Das Spiel war aus und man rief, ich solle aufstehen. Aber in einer plötzlichen Müdigkeit und Schwäche blieb ich liegen.

»Jetzt kommt's; geschieht dir grad recht«, dachte ich noch einmal. Die Mädchen standen ratlos und aufgeregt um mich herum, und man holte die Lehrerin.

Sie beugte sich über mich, und als eine sagte, die Elsbeth habe mich hingeworfen, rief sie laut nach ihr.

Richtig, da kam die Gräther herüber, und als ich ihre Stimme hörte, schlug ich die Augen auf. Sie war so schön mit roten Backen vom Spiel und mit den blitzenden, blauen Augen. Der schwarze Zopf hing ihr über die Schulter nach vorn herein, und wie ich sie so hübsch und begehrenswert sah, versank mein stacheliges Gefühl von vorhin, und in einem jähen Schmerz und in Traurigkeit fing ich an zu weinen.

Die Elsbeth war heillos bestürzt.

»Ja, freilich, ich habe sie hingeworfen. Wir haben so ein Spiel gemacht, wo man das mußte. Sie muß aber in etwas hineingefallen sein, so arg war der Fall nicht. Ach, das ist mir schrecklich arg!«

Und dann stand sie ganz still da, und wußte sich nicht zu helfen.

Die Lehrerin schob ihren Arm unter meinen Kopf und richtete mich auf.

»Hast du weit heim?« fragte sie.

Ich nickte. »Eine halbe Stunde die Steige hinauf!«

»Wenn dich die Gräther führt, kannst du so weit gehen?«

»Ich glaube, ja«, sagte ich.

Da band sie mir ihr Taschentuch und das der Elsbeth um den Kopf, ging mit uns ein Stück weit von der Schule weg, gab mir die Hand und kehrte wieder um.

Die Elsbeth hatte ihren Arm sorgsam unter meinen geschoben und wir waren beide still und verlegen. Als wir in der Webergasse waren, blieb ich stehen und sagte: »Jetzt geh nur wieder zurück! Ich komm' schon allein vollends heim. Es kann dir ja bloß recht sein, weil – ich habe dich doch einmal so arg angelogen!«

Eine dunkle, rote Welle lief ihr über das Gesicht.

»Ach, das ist schon lange her!« –

»Ja, aber, du hast damals doch nichts mehr von mir wissen wollen, das ist jetzt immer noch das gleiche!«

Da tat sie einen ihrer schönen, vollen Blicke herüber und sagte langsam:

»Weißt du, Flaig, es ist nicht das gewesen, daß ich erfahren habe, daß deine Mutter nur eine Magd war und daß dein Vater – krank ist –, ich hätte es gern der Maier nun erst recht gezeigt, daß ich mit dir verkehren will. Aber es kam mir so ein bißchen prahlerisch und verlogen vor und ich mußte nun bei jedem Aufsatz, den der Rektor von dir vorlas, denken: was die wieder zusammenlügt! Aber gelt –« das sagte sie ganz leis und wurde wieder rot dabei, als müßte sie sich schämen, »du hast nur *mich* angelogen, daß ich nimmer so verächtlich sein sollte und so ekelhaft geringschätzig, wie ich immer war, als wäre ich etwas Besseres als du?«

Ich nickte schweigend und sah weg. Da bot sie mir die Hand hin.

»Gelt, du bist mir nimmer böse deshalb. Wir haben den gleichen Heimweg bis zum Berg hin; da können wir jetzt jeden Tag zusammen heimgehen.«

Ich schwieg immer noch und ließ mich von ihr führen, und jetzt wurde wieder die höhnische Stimme von vorhin in mir laut: »Ja, gelt,

–« dachte ich, »jetzt kannst du dir Mühe um mich geben. Schwätz du nur; das ist jetzt grad recht.«

»Hast du Schmerzen in deinem Kopf«, fragte sie nach einer Weile.

»Ja«, sagte ich, und es war nicht gelogen.

»Was kann man denn tun?« fragte sie ratlos. »Soll ich ein Taschentuch an einem Brunnen naß machen und es dir herumlegen?«

Ich schüttelte den Kopf. »Nein, laß nur, es hat doch keinen Wert.«

Halbwegs an der Steige war eine Bank, da lief ich drauf zu und setzte mich erschöpft drauf hin. Sie stand vor mir und streichelte meine Hand. »Jetzt kannst du streicheln«, dachte ich wieder, »vorher hättest du mich anspucken können vor Verachtung«, und ich zog meine Hand schnell weg.

»Kannst du jetzt wieder weitergehen?« fragte sie ängstlich. »Oder soll ich dich tragen? Ich habe schon Kraft.«

»Das habe ich vorhin im Schulhof gemerkt«, sagte ich und lächelte. Da wurde sie wieder rot. Ich sah, wie sie mit sich kämpfte und blaß und wieder dunkel wurde und mit einemmal neben mir saß und ihre Arme um meinen Hals legte.

»Du, Flaig«, sagte sie leis, »du mußt nicht meinen, ich tue so, weil ich meine, ich könne damit meine Grobheit von vorhin wieder gut machen. Aber wie du im Schulhof gelegen bist und geweint hast, habe ich dich auf einmal lieb gehabt. Man hat gut gemerkt, daß das nicht wegen den Schmerzen war, sondern um – weil einen halt jemand gekränkt und mißachtet hat. Und ich hab gedacht, ob die Maier oder die Klara Eiselen wohl auch geweint hätten, wenn ich nichts von ihnen gewollt hätte. Oder wer das überhaupt getan hätte. Und da wußte ich einfach, daß ich dich lieb habe, und daß du mehr wert bist als die Maier und die Eiselen zusammen, weil du um meine verlorene Freundschaft so traurig sein kannst. Und gelt, – du Flaig, wie heißt du mit deinem Vornamen?«

»Agnes!«

Da fuhr sie ganz lieblich und sanft über meinen Kopf und sagte ein paarmal: »Agnes, Agnes, Agnes! Ich möchte so arg gern deine Freundin sein, und daß du mir alles sagst, wenn du traurig bist, und wie du deine schönen Aufsätze machst und an was du immer denkst, wenn du so zum Fenster hinausschaust und beinah deine Augen zumachst.«

Es war mir schwach und glücklich zu Mut. Ich spürte, wie immer mehr Blut von meinem Haar herunterlief. Ich strich mir über den Kopf und sagte: »Es tut mir so weh und so wohl. Es war eigentlich fein, daß du mich hingeschmissen hast.«

Dann gingen wir ganz langsam weiter, und sie führte mich fest. Als wir unser Haus sahen, dachte ich, ich müßte mich schämen, wenn sie in unsere ärmliche Stube hineinkäme und vollends, wenn mein Vater grad da wäre und die Werkstattüre offen. Deshalb sagte ich zögernd und verlegen: »Jetzt komme ich ganz gut vollends heim, Gräther. Weißt du, es ist so wüst bei uns, und dann –«

Sie begriff sofort. »Also, ich wünsche dir, daß es recht schnell heilt und du bald wieder in die Schule kannst. Wie schön und frei euer Haus da droben liegt in den Bäumen, man muß herrlich ins Tal heruntersehen können.«

Dann gab sie mir herzlich die Hand. »Adieu, Agnes!«

Ich erinnere mich, daß das die schönste Krankheit meiner Jugend war, die nun folgte. Die Wunde war tief und heilte sehr langsam. Aber es tat nimmer sehr weh, und ich lag oben in meiner Kammer unter dem Dach, hörte nichts als gelegentlich ein Schwätzen oder Weinen meiner kleinen Geschwister herauf und die Glocken von der Stadt in der Ferne schlagen. Die Gräther achtete meinen stillen Wunsch, nicht in unser Haus zu kommen, mit einem vornehmen Feingefühl und dachte meiner in einer lieben, zarten Weise, die mich jedesmal in eine leise Seligkeit brachte.

Jeden Tag wartete sie, wenn die Schule aus war, auf Margret und gab ihr ein Päckchen für mich mit. Weiß eingewickelt und seiden umbunden; ich glaube, ich habe die Bändel alle noch aufgehoben. Meistens war Obst oder Schokolade drin, einmal auch ein Geschichtenbuch und jedesmal lag ein Briefchen dabei, aus dem ihr ganzes gütiges, adeliges Wesen hervorleuchtete und das rührend in seiner Einfachheit war.

In der Schule tat es nun einen großen Schnapper mit mir. Ich kam um vierzehn Plätze weiter vor, und saß nun in der zweiten Bank gerade hinter der Elsbeth. Manchmal zog ich mir ihre beiden langen Zöpfe herauf und legte sie über meinen Tisch zu mir her. Wenn etwas ganz Schweres zum Rechnen kam, nahm ich einen von ihnen in die Hand, unwillkürlich fest und zuversichtlich, – und auf einmal konnte ich es. Es war wie eine starke Wirkung und Kraftströmung von ihr her durch

ihr Haar auf mich. Ich habe es ihr einmal erzählt, da lachte sie und sagte, nun müsse sie den Plan, ihre Zöpfe aufzustecken, wieder aufgeben.

*　*
*

In jener Zeit wurde mein Vater schwer krank; er bekam Tobsuchtsanfälle und man wollte ihn in eine Anstalt bringen. Als er es jedoch merkte, was mit ihm geschehen sollte, wurde er plötzlich ganz klar und völlig vernünftig und erklärte der Mutter mit der größten Bestimmtheit, wenn sie ihn forttue, hänge er sich auf und sie dürfe sicher sein, daß er diesmal sorge, daß niemand den Strick abschneide. Und einmal sagte er: weißt du denn das nicht, immer, wenn du mich von dir forttust, mache ich ein Ende. Ich kann halt ohne dich nimmer weiterleben, und du mußt mich haben, bis ich sterbe.

So behielt sie ihn denn, verbot uns Kindern, irgend jemand von des Vaters gräßlichem Zustand zu sagen, war Tag und Nacht bei ihm, pflegte, tröstete, bändigte und bezwang ihn und trug diese ganze letzte, fürchterliche Zeit mit einer übermenschlichen Kraft, bis er am zehnten Mai morgens in der Frühe starb.

Nun erst erlaubte die Mutter, daß man Hilfe hole; eine alte Verwandte kam über diese Tage zu uns; auch war eine Näherin da, um die schwarzen Kleider zu richten, und Leute gingen aus und ein bei uns, daß es uns in unserem eigenen Hause fremd und beklommen zu Mut war.

Wie schön war meine Mutter an dem Tag als der Vater starb! Ich sah einmal ein kleines Bild von einem unbekannten Künstler: Es ist vollbracht! Und der Heiland am Kreuz trug nicht die üblichen Leidenszüge und den Jammer der ganzen Welt im Gesicht, er war wie ein strahlender Held und ein Sieger in der Stunde seiner höchsten Erhöhung.

So war meine Mutter. Sie lief strahlend im Haus und um die ob solch unpassendem Gebaren verdutzte Tante Fischer herum und lächelte uns an, als habe sie uns schon lang nimmer gesehen. Am Abend aß sie mit uns zu Nacht; wir mußten ein weißes Tischtuch auflegen und sie trug den Brei in einer schönen bemalten Schüssel herein, wie es sonst nie geschah. Ich hatte auch den Eindruck, als wäre dies alles nicht bloß der Tante Fischer zu Ehren. Meine Mutter war nett und lieb, sie aß mit gutem Appetit und unser aller Stimmung war fast heiter. Dann kam die Nacht. Ich lag schlaflos in meinem Bett. Eine warme, dunkle Mailuft kam zu dem offenen Fenster herein, es war so weich und lau und einschläfernd. Ich spürte auch, wie der Margret Atemzüge regelmäßiger und tiefer wurden, das arme, liebe Ding! – Sie mußte viel mehr unter dem allem gelitten haben als ich, und ich war für sie eigentlich noch froher als für mich, daß es so gekommen war. Ich rief leise ihren Namen hinüber, aber es kam keine Antwort.

Der Leichenbesorger, der sein Amt für heut versehen hatte, stolperte die Treppe hinab, ich hörte die Tante Fischer noch lange hin und her gehen und leise sprechen und endlich auch in ihre Gastkammer hinaufsteigen. Die Mutter schloß noch einen Fensterladen und riegelte die Haustür zu, dann wurde es still. –

Auf einmal fiel mir etwas ein, das mich ungeheuer freute. Ich stand auf und sah zum Fenster hinaus. Da drüben war der Friedhof. Die Bäume gingen im Nachtwind hin und her, und ich mußte denken, wie schön das nun wäre, drüben zu sein in der lauen Luft, die mit dem Geruch des blauen Flieders getränkt war. Da schlüpfte ich in meinen Ärmelschurz und stieg zum Fenster hinaus und vorsichtig an der Kammerz hinunter, ich tat zaghafte Schritte durch den dunkeln Garten und hob zitternd die Zaunlatte weg. Dann saß ich im nachtfeuchten Kirchhofgras, der Fliederbusch roch übers Mäuerlein und große Tränen liefen mir hinunter. Es ist, glaube ich, das letztemal gewesen, daß ich anhaltend geweint habe, und es scheint mir überhaupt, daß diese Nacht ein Abschluß, und wenn ich so sagen darf, wie eine Erlösung von meinen Kinderjahren war. Es war mir einfach, als könnte ich leichter atmen und sei ein böser Druck von mir weggewischt, daß erst jetzt das eigentliche Ich herauskäme. Ich trug noch eine Scheu und Scham, es zu zeigen, und wollte es mir selber noch nicht recht eingestehen, aber ich spürte, daß es da war, und fein und fröhlich werden konnte. Ich lief die schmalen Wege auf und ab und kostete die laue Seligkeit aus, die mich durchrann. Ich streichelte den Rosenzweig der Melitta und warf mich auf des Namenlos' Grab und küßte so in die feuchte, herbe Erde hinein, weil etwas in mir überlief, mit dem ich nicht wußte, wohin.

»Ich hab dich so lieb, Namenlos; ach, es schlägt über mir zusammen und flutet mit mir fort. Du bist es nicht allein, Namenlos; es ist alles miteinander, weil es so schön ist, und ich weiß es selber nicht!«

Es kam nicht so ganz, wie wir's uns vorstellten. Wohl war der Vater tot, und alle Unruhe und lärmende Aufregung still; aber der Druck hatte zu lang über uns gelastet, er konnte jetzt nicht so mit einem Male behoben sein.

Überhaupt war das mit meiner Mutter seltsam. Sie war, ich glaube das mit Bestimmtheit annehmen zu können, ehe mein Vater in ihr Leben trat, ein lustiges und schönes, aber ganz ungebildetes Mädchen, das nicht viel über andere und noch weniger über sich selbst nachdachte.

Dann kamen ihre Ehejahre, in denen sie innerlich reifte und wuchs, wie wohl selten ein Mensch in späteren Jahren noch, da die Seele sich den Eindrücken der jeweiligen Zeiten nimmer so anpassen kann. Es war plötzlich eine innere Kraft in ihr, die sich noch stählte an all den ungeheuren Anforderungen, die ihr zugemutet waren.

Eine seltsame seelische Größe hob sie über sich selbst hinaus und hieß sie in schweren Stunden in einer plötzlichen Eingebung das Rechte tun. Sie muß sich in ihren leichtsinnigen Mädchenjahren, da sie umschwärmt und bewundert und geliebt wurde, einen guten, festen Stolz auf sich selber und eine unüberwindliche Lebensfreude erworben haben. Das und ein starker religiöser Halt halfen ihr, daß sie in allen Wettern und Nöten ihrer Ehe so steifnackig und jungfräulich stolz war und im Gemüt so unverwundbar gesund blieb.

Da aber nun die Anforderungen an meine Mutter ruhiger und kleiner wurden, ließ die Spannung ihrer Kräfte langsam nach; sie fand in ihrer Hausarbeit und Sorge für uns genügende Aufgaben und Pflichten, die ihre Gedanken vollauf beschäftigten. Ich habe nun zwar nicht den Eindruck, als wäre irgend etwas, das meine Mutter in den Kreis ihrer Pflichten aufgenommen hat, zu kurz gekommen, als hätten wir etwa zu wenig Liebe und Sorgfalt von ihr genossen; aber es ist mir so, als sei damals das Beste in ihr unverbraucht verdorrt und die göttlichen Quellen in ihr versiegt, da man ihrer nimmer bedurfte.

Und so war auch die prachtvolle, heitere Freundlichkeit von jenem Abend, die uns so froh und erwartungsvoll gemacht hatte, von kurzer Dauer und ging bei uns allen unter in einer stillen, unbehaglichen Zeit, da man sich mit dem guten Zustande noch nicht recht abfinden konnte.

Auch waren wir ja durch den Tod unseres Vaters bitter arm geworden, was uns manchmal nicht wenig niederdrückte. Nur mit allen vereinten Kräften konnten wir uns über Wasser halten. Meine Mutter kaufte eine Strickmaschine und wir Mädchen mußten helfen mit Maschenauffassen und Zusammennähen. In den Schulen bekamen wir Freistellen, und dem Greiner streckte jemand Geld vor zum Studieren, weil er so ein ordentlicher, gescheiter Kerl war.

Eine Zeitlang nach unseres Vaters Begräbnis ging meine Mutter daran, das Gelaß im Erdgeschoß, das ihm als Werkstatt gedient hatte, zu lüften und als Schlafstube für uns Kinder umzuräumen. Es war ein lichter, seliger Sommertag; das Gärtlein war in der Blüte; ein Baum mit frühen Birnen stand drin und das süße Obst hing reif und lockend in der Sonne; auf der Wiese blähten sich die roten Bettstücke, unsere Geiß sprang frei dazwischen umher und meckerte fröhlich in die Lüfte, dazu ging unaufhörlich ein weicher, säuselnder Wind, nicht warm, noch kühl, aber mit einer leise tönenden, seltsamen Schwingung und Bewegung. Es war uns allen ungemein wohl; pfeifend stand der Greiner am Brunnen und putzte die Fensterläden, indes wir Mädchen wie ein Schwarm Hummeln im Haus herumschafften; dazwischen ging lieb und lächelnd die Mutter ab und zu, sah nach dem Rechten und kochte Schwedenknöpfe zu Mittag.

Des Vaters Stube war, da er nie erlaubt hatte, daß man gründlich darin putze, elend muffig und verräuchert; um uns zu beweisen, wie schwarz die Decke sei, zeichnete Margret, die oben auf der Leiter stand, mit dem Zeigefinger einen Ring hinein; sodann zog sie quer durch noch eine Ellipse – da war es ein Saturn. Und weil es so hübsch aussah, geriet sie in Begeisterung, und unversehens war da an der Decke ein ganzes Himmelszelt mit Kometen und Sternbildern und Sonne und Mond in der Mitte, die Sonne rundlich und lachend, der Sichelmond aber dürr, spitzig und wütig, so daß der Hannes bemerkte, er sehe dem Vater gleich. Da fingen wir an zu lachen, Margret schrieb der Eltern Namen unter die beiden großen Himmelslichter, und da uns die Mutter den Spaß nicht verdorben hat, ist noch heutigen Tages in unserer unteren Stube das damals entworfene Firmament an der Decke zu sehen; und wenn eines von uns aus der Fremde heimkommt und wieder einmal eine Nacht in der alten Schlafstube liegt, freut es ihn unmäßig.

Merkwürdig, wie deutlich ich mich noch jenes sanft durchwehten Sommertages erinnern kann! Ich weiß sogar noch, daß wir eine

Drahtseilbahn vom Dachstock herab errichteten, daran wir Betten, kleine Möbelstücke und sonstiges Geräte in die neue Stube herunterließen; unter infernalischem Jubelgeheul schwebte zum Schlusse in einsamer Größe der irdene Pottschamber nieder. Wir wurden immer wilder, und gegen Abend stiegen Lust und Geschrei und Übermut derart, daß uns die Mutter zur Abkühlung ein Bad im Brunnen riet. Meine Geschwister waren flinker als ich; bis ich die Röcke und mein Hemdlein herunter hatte, saßen sie schon alle im Wasser, und es gab keinen Platz mehr für mich.

Es war aber an der Seite unseres Brunnens ein geräumiges, steinernes Tröglein, in das das Wasser ablief und aus dem die Hunde soffen, weshalb es bei uns der Hundsgumpen hieß, da setzte ich mich hinein. Das Wasser war wonnig kühl an meinem heißen Leib; hie und da lief von dem Toben der Geschwister der Brunnenrand über, und ein klarer Schwall flutete mir über Schultern und Rücken; das konnte ich mächtig gut leiden; ich hielt ganz still und wartete auf eine neue Woge. Dazu war der sonderbare Wind nun stärker geworden, und von einer ganz leisen, abendlichen Kühle; er strich mir weich und lauernd um die klopfenden Schläfen, reizte mich und machte mich seltsam erregt. Er wehte mich durch und durch; ich meinte, ihn in allen Gliedern wie ein wundersames Fieber zu spüren, das mir alle an diesem Tage erlebten Dinge in einem neuen, rätselhaften Lichte zeigte.

Erschrocken, erstaunt über mich selber saß ich da im Hundsgumpen, ließ mir das Wasser über den Leib laufen und rührte mich nicht; der Hannes schrie: »Mutter, 's Agnesle spinnt!« – und schickte mir eine neue Flut; doch störte es mich nicht. Es gärte und arbeitete in mir, ich hätte heulen und lachen und stöhnen mögen und spürte doch, daß das, was da mit einer mächtigen Kraft in mir durchbrechen wollte, damit nicht behoben wäre.

Die Sonne ging unter; im Dunkeln über dem Walde hing sehnsüchtig und traurig ein Stern; meine Geschwister jauchzten, bespritzten ihre weißen Leiber und hielten die Köpfe unter den Strahl. Vor dem Brunnen stand lächelnd meine Mutter, sie beugte sich über uns und murmelte etwas: »Kinderlein – o ihr!« und dann – es hat es aber niemand außer mir gesehen, – fiel ihr eine Träne in das Wasser.

Da kam mich ein wunderliches Sinnen an: Worte stiegen mir auf und Reime, und Sonnen und Sterne und Tränen gingen mir im Kopf herum, daß ich ihnen nimmer wehren konnte.

Und später in der Nacht, als wir in der neuen Himmelsstube lagen, hatte ich es fertig, und es war ein Gedicht und hieß so:

»Wir Kinder waren sechs Sterne,
Wir standen traurig in der Ferne.
Wir durften nicht tanzen und lachen,
Denn unser Vater, der böse Mond,
Tät uns so strenge bewachen.

Unsere Mutter, die Sonne,
Die sah uns vom goldenen Throne.
Da wollte nicht hell sie mehr scheinen,
Sie schwebte nur still auf die Erde hinab,
Um viel tausend Tränen zu weinen.

Und da kam auf einmal das Wunder:
Wir fielen vom Himmel herunter,
Grad in den Tränenbronnen;
Da lachten wir und vergaßen den Mond
Und waren sechs fröhliche Sonnen!«

* *
*

Im letzten Jahr meiner Schulzeit verliebte ich mich in einen Vikar, der uns Religionsunterricht erteilte. Die ganze Klasse schwärmte für ihn, wir liefen zu ihm in die Kirche, saßen in der Bibelstunde züchtig neben den angestammten, frommen Weiblein der Stadt, die erstaunt die zunehmende Gottesfürchtigkeit der Jugend beobachteten, und ein paar von uns lernten in der Eile stenographieren, um seine Predigten nachschreiben zu können. Der Missionsverein war überfüllt, weil er dort hie und da einen Vortrag über seine Studienreisen hielt und man bemühte sich mit innigem Eifer um die Freundschaft der Mesnerstochter, die in unserer Klasse in der letzten Bank saß und das beneidenswerte Glück genoß, ihm zu den Kindstaufen die Bäffchen nachtragen zu dürfen.

Das alles ließ mich ziemlich kalt. Vielleicht wäre er mir überhaupt gleichgültig geblieben, wenn er nicht die Gewohnheit gehabt hätte, im Religionsunterricht beständig an der ersten Bank zu stehen, dicht neben der Elsbeth und grade vor mir. In den ersten Stunden dachte ich gar nichts dabei; dann aber freute ich mich unwillkürlich auf jeden Donnerstag, an dem der Vikar in die Schule kam und allmählich erkannte ich in einem süßen Erschauern, daß er ein Mann war und mich unendlich anzog. Wenn ein anderer junger Mensch jede Woche einmal eine Stunde da so dicht vor mir gestanden wäre, hätte er die gleiche Wirkung auf mich ausgeübt; es war weniger eine ausgesprochene Neigung zu eben *seiner* Persönlichkeit, als vielmehr eine Erkenntnis meiner selbst und ein Auskosten meiner ersten weiblichen Empfindungen.

Dazu war es gerade Frühjahr, ein lauer Südwind machte mich wohltuend fiebrig; ich weiß noch, daß ich immer heiße Wangen hatte und in den Wind lief, um sie kühlen zu lassen. Wolken zogen über den Himmel und schufen mit dem gedämpften, grauen Licht, das durch sie leuchtete, über dem blütentreibenden Land eine sinnverwirrend traurige Stimmung. Frühjahrsregen gingen nieder, ihr herber Geruch mischte sich mit dem süßen der Blumen, so daß ein starker Duft wie greifbar über der Erde lag. Alle Viertelstunden brach die Sonne in wunderbar schönem, blendendem Glanz durch das Gewölk, licht schwammen weiche Ballen durch den geklärten Himmel, und die Äste der Kirschbäume standen schneeig weiß in die Bläue. Nachts fuhr der Föhn ums Haus bald laut bald leise, manchmal schlief er ganz ein. Dann lauschte ich sehnsüchtig, bis er wieder anhub zu wehen.

Durch das alles lief ich mit einer nie gekannten, plötzlich sehenden und verstehenden Freude und einem leise schmerzenden, drängenden Anteil. Bisher war ich ein ruhiges, stilles Mädchen gewesen, gleichmäßig im Wesen und fast ganz ohne Launen. Jetzt kam plötzlich eine halb kindische Sprunghaftigkeit über mich, jäh wechselnde Stimmungen, die einmal jauchzend und wild über alle Ufer brachen und dann wieder träg und trauervoll weiterrannen. Ich glaube, daß das das echteste Zeichen meiner jungen Liebe war.

Es kam vor, daß ich in einem gestreckten Trab von der Schule heim die Steige herauflief. Hausaufgaben, mit denen ich mich sonst eine Stunde lang abquälte, in zehn Minuten aufs Papier schmiß, einen Mittag lang in einer hellen Lust Holz spaltete oder im Garten schaffte wie einer vom Fach. Ich sang und pfiff und jodelte in den Wind hinein, atmete kräftig die herbe Luft und biß mit innigem Vergnügen in das Stück Schwarzbrot, das ich mir in die Tasche gesteckt hatte.

Plötzlich aber konnte ich die Hacke wegwerfen, ganz still stehen mit hängenden Armen und die Augen schließen. Dann sah ich ihn im Geiste vor mir stehen, und alle Kraft von vorhin wandelte sich in einen lähmenden Zauber; ich spürte ihn süß und schmerzhaft und wurde willenlos und unsäglich müd davon. Auf dem Grab des Namenlos hockte ich stundenlang, kaute geistesabwesend an einem Schnittlauchhalm, träumte und spürte meine Liebe wie ein schweres, dunkles, warmes Blut meinen Leib durchrinnen.

Mit der Margret bekam ich in dieser Zeit einmal böse Händel, die uns für immer auseinanderbrachten. Sie hatte wohl gemerkt, wie es mit mir stand und spottete in ihrer frischen Art, die alle Schwärmerei haßte und verabscheute, darüber. Das konnte ich nicht ertragen, einmal im Zorn schlug ich sie, wir prügelten uns und ich blieb heulend am Boden liegen, in dem erbärmlichen Gefühl der Niederlage und dem Schmerz um etwas Stilles und Heimliches, das mir entrissen, entweiht und verzerrt war. Ich verschloß meine Liebe tiefer in mir. Aber ich fühlte, daß sie stärker und heißer wurde.

Ich war nun freilich um den Trost gekommen, mich nächtlicherweile von der Margret liebhaben und streicheln zu lassen, ein bitteres Gefühl der Vereinsamung kam oft über mich, wenn ich nachts wachlag und in all meiner Bedrängnis wußte, daß ich ihr nichts davon sagen durfte.

Auch in meine Freundschaft mit Elsbeth Gräther war eine unerklärliche Fremdheit gekommen; wir sahen uns selten außer den Schulstunden. Einmal sagte ich auf dem Heimweg vergnügt zu ihr: »Ich muß dich bald wieder einmal besuchen, wir waren so lang nimmer beieinander, gelt? Soll ich morgen Nachmittag kommen?«

»Ach, lieber nicht«, sagte sie gequält. »Diese Hitze macht mich ganz krank; ich bin am liebsten allein gegenwärtig.«

Ich spürte, daß ich rot wurde, ich hatte mich wahrhaftig nicht aufdrängen wollen. Und ich wunderte mich, daß Elsbeth, die sonst so feinfühlig und herzlich war, gar nicht zu merken schien, daß sie mich verletzt hatte.

Es war seltsam; vielleicht war sie krank und wollte es mir nicht sagen. Aber es ließ mir keine Ruhe; am andern Tag, als ich schweigend hinter ihr her trottete auf dem Heimweg von der Schule, fragte ich sie darum. Sie drehte sich rasch um.

»Ja, gelt, ich bin gräßlich ungenießbar, ach, ich weiß es ja selber.«

Sie bot mir mit einem hilflosen Lächeln die Hand hin. »Verzeih«, sprach sie traurig. »Ja, ich glaube, es ist mir nicht recht gut gegenwärtig, ich habe oft Kopfweh. Man kann es nicht so recht sagen.«

Als ich dann allein weiterging, faßte ich einen Entschluß. Ich wollte nun, da ich gesehen hatte, daß ihr meine Gesellschaft und meine Fragen unlieb waren, ganz für mich bleiben und so weh es auch tat, ihre liebe Nähe meiden, bis sie über diese böse Zeit hinüber und wieder mit sich zurecht gekommen war. Elsbeth selber hatte mir ja gezeigt, wie man das in einer feinen, zarten Weise tun könne, und wie so ein stilles Zurücktreten ein schweres, aber schönes Opfer sei.

In diesen Tagen, als ich einmal auf dem Grab des Namenlos lag, mußte ich plötzlich denken: vielleicht soll es so sein und ist eine Einrichtung von Gott, daß, wenn man eine Liebe trägt, alles andere von einem abfällt, sich zurückzieht und einen allein läßt. Vielleicht muß man erst so recht hilflos und einsam werden, um die ganze Kraft und Seligkeit dieses Wunders zu spüren; man wird alles, was einen vorher beglückt und erfüllt hat, wegtun müssen; nur ganz still in sich hineinhorchen auf das Rauschen der göttlichen Flut.

Ich wurde froh und still bei diesem Gedanken und meinte, den lieben Gott und seine Weltregierung wieder einmal recht verstanden zu haben.

So allmählich war nun der Sommer gekommen; ich ging den alten Weg durch die Wiesen zur Schule hinab; er war jeden Tag voller Sonne. Ich dachte immer nur an ihn, Worte hingen mir im Kopf, und Verse lagen mir auf den Lippen. Manchmal streckte ich mich ins Heu, machte die Augen zu und dachte, jetzt müsse er kommen und mich küssen. Ich empfand ein starkes, süßes Grauen bei diesem Gedanken; es war mir etwas Unheimliches dabei, bei der Liebe überhaupt, ich verstand es nicht, aber ich ahnte es dunkel.

Wohl war ich nun einsam und es wurmte mich manchmal, daß kein Mensch mein Freund sein wollte; aber ich wußte, daß ich nun ein bewußtes, eigenes Leben lebe, das aus der Stumpfheit meiner Jugend erstanden war. Ich ließ mich von meinen Stimmungen tragen, gab ihnen nach, träumend und doch froh und wach und war unsäglich glücklich dabei.

Eines Abends lag ich in meinem Bett – wir gingen immer schon in der ersten Dämmerung schlafen, um Licht zu sparen – draußen sank die Nacht, und tausend Sehnsüchte hielten mich hellwach. Der Tag war schwül gewesen, erst gegen Abend wurde es kühler, und ein leichter Wind trieb langsame Wolken über den dunklen Himmel.

In einer wohligen Erregung stand ich auf und setzte mich unter das Fenster. Das Heu roch süß und kräftig von der Wiese herüber, die Bäume gingen im Nachtwind hin und her, und ich empfand plötzlich eine Lust, draußen zu sein und ein Stück weit durch die Nacht zu laufen.

Leise kleidete ich mich an, tappte die Treppe hinab und suchte im Hausflur meinen Hut. Dann schob ich vorsichtig den Riegel zurück und trat hinaus. Ein lautloser Sommerregen ging nieder, und die Luft war voll jenes bitterlichen Geruchs, den es gibt, wenn Regen auf heißes Erdreich fällt und Staub löscht. Ich liebte diesen Duft unsäglich und trank ihn in durstigen Zügen. Unversehens war ich so ums Haus herumgekommen, stand da in unserem bescheidenen Gärtlein und roch, daß irgendwo Rosen in der Nähe seien. Ich griff in Dunkelheit und nasses, kühles Blätterwerk, endlich bekam ich ein paar feuchte Blüten in die Hände und riß sie ab.

Da meinte ich, Mutter zu hören, wie sie neben mir sagte: »nicht reißen, schneiden! Es tut den Rosen weh, wenn man sie abreißt.«

Ich lächelte schuldbewußt, küßte in einer weichen Seligkeit den Zweig, als ob es damit wieder gut gemacht wäre. »Ich will die Rosen ihm bringen«, dachte ich. »Ich will sie auf seine Hausstaffel legen; es ist Zeit, daß ich auch einmal etwas aus meiner Liebe tue und vollbringe!«

Leise summend ging ich durch die Wiesen hinunter, der Regen fiel in warmen Tropfen durch die Äste auf mich herab; ich schritt dahin in einem Rausch von Liebe, Wärme und Sommergeruch.

In der Stadt waren noch Lichter hell und Leute auf den Straßen. Ich versteckte die Rosen unter meiner Schürze und drückte mich verstohlen an den Häusern hin. Seine Haustür war weit offen, ein Treppenlämpchen leuchtete zum ersten Stock hinauf; da war seine Tür. Ich warf mit heftigem Herzklopfen die Rosen hin und sprang fort.

Am Gartenzaun stand reglos eine Gestalt, ich wollte vorüber, hörte aber meinen Namen rufen und blieb stehen.

Es war die Elsbeth; im Schein einer nahen Laterne sah ich ihr Gesicht und da, – ach, mit einemmal, ehe sie noch ein Wort gesprochen hatte, wußte ich alles und verstand ihr seltsames Wesen in der letzten Zeit und stand still und wie gelähmt von einem bösen, dumpfen Schrecken.

Es träumt einem zuweilen, man gehe über die Straße und entdecke plötzlich, daß man keine Kleider anhabe; genau dasselbe Gefühl kam nun, wie ich so vor Elsbeths traurigen, vorwurfsvollen Augen stand, über mich, und ich wüßte nichts, was dem an peinvoller Scham und Beklemmung gleichkäme.

»Du brauchst mir nicht zu sagen, wo du warst, ich weiß es schon!« sagte sie leise und traurig.

Dann schlang sie plötzlich ihren Arm fest um meine Schulter, zog mich an den Zaun und beugte sich tief mit mir über die Latten.

»Du, Flaig«, sagte sie schnell, heiser und eindringlich, »du mußt jetzt einmal ganz vernünftig sein, hörst du! – Ich bin deine einzige Freundin, gelt? – Und du hast mich gern, das weiß ich sicher. Und hast du mir nicht schon manchmal etwas zulieb tun oder schenken wollen und wußtest nicht was? Sag, ist es nicht so?«

»Ja«, sagte ich tonlos.

»Weißt du«, flüsterte sie in leidenschaftlicher Erregung ganz dicht bei meinem Gesicht, »jetzt möchte ich etwas von dir: du mußt mir den Vikar lassen! Du mußt es, Flaig! Sieh, ich kann da keine Rücksicht auf dich nehmen!

Ich bin immer verwöhnt worden, zu Haus und in der Schule und überall. Alle Leute haben mich gern gehabt, und die Mädchen in der Schule waren beglückt, wenn ich mich mit ihnen abgab. Nie ist mir eine Freundschaft versagt geblieben; ich habe auch schon einen Gymnasiasten zum Schatz gehabt; er und seine Freunde schwärmten für mich.

Der Vikar steht mich nicht an. Er weiß nicht, wie ich heiße. Ich habe ihn wahnsinnig lieb gehabt vom ersten Augenblick an, da ich ihn sah; ich meine oft, die Stunde am Donnerstag nicht zu überleben vor Jammer und doch zähle ich die Stunden bis wieder dahin! Jede Nacht stehe ich an seinem Haus und starre hinauf; ich habe ihn noch nie gesehen; wenn er das Licht löscht, gehe ich heim. – Ich bin arg demütig und bescheiden geworden; du mußt mir mein bißchen Freude schon ungeteilt lassen, Flaig, siehst du!«

– – – »Ich will ja!« sagte ich schluchzend, und sie streckte mir darauf ihre Hand hin.

»Ich danke dir schön! Jetzt geh nur wieder heim.« Dann beugte sie sich ganz tief über die Zaunlatten und sagte leise, so leise, daß ich sie kaum verstehen konnte: »Ich glaube ja, daß es schwer für dich ist; aber du mußt denken, daß es mir noch tausendmal weher tut! O du – das ist nicht zum sagen! – – Geh jetzt heim, bitte, und laß mich allein; ich kann jetzt nimmer sprechen!«

Da lief ich wie gejagt, durch die Stadt, durch Wiesen und auf dunklen, nie gegangenen Wegen in den rinnenden Regen hinein. Ich dachte nichts und spürte nichts, als daß mir etwas verzweifelt weh tat; ich rannte atemlos, wie in wilder Flucht; aber es war hinter mir und über mir und es schüttelte mich in Scham und Schmerz und Zorn.

Um einen Baum war hoch und locker ein Heuhaufen geschichtet, willenlos ließ ich mich fallen und wühlte mich zitternd hinein.

Ich lag ganz still, der Regen fiel leise und das Rauschen wurde schwächer und schwächer; durch den Baum, unter dem ich lag, fiel manchmal ein Tropfen herunter, schlug auf die Blätter und kam immer tiefer; der Wind wehte leise in den Wipfeln, das Heu roch um mich und über mir, und meine Tränen liefen hinein.

Die Gedanken wollten mir vergehen; müd und fremd sah ich noch einmal den Vikar dastehen und wieder verschwinden, dann schloß ich die Augen und wußte nichts mehr.

Mitten in der Nacht erwachte ich, frierend, und es war mir unbehaglich in den nassen Kleidern; ich machte, daß ich nach Hause kam und ins Bett, und alles andere war mir gleichgültig.

Am Tag darauf war die Gräther nicht in der Schule, es hieß, sie sei krank. Und zufällig wurde auch gerade in diesen Tagen der Vikar in eine andere Stadt versetzt, daß ich ihn nimmer sah. So waren wir beide einer Stunde enthoben, die quälend peinlich für uns gewesen wäre.

Die Gräther kam seltsam lang nicht mehr in die Schule; ich machte mir allerlei Gedanken darüber; da sah ich sie eines Tages auf der Straße und rief sie an. Sie blieb stehen und wollte mir in einer plötzlich herzlichen Freude die Hand reichen, ließ sie aber schnell wieder sinken. Ich fragte, wenn sie wieder in die Schule käme.

»Überhaupt nimmer«, sagte sie. »Ich habe schon lang nach einer Gelegenheit gesucht, es dir zu sagen. Ich gehe im Herbst ins Gymnasium zu den Buben, ich will Medizin studieren. Ich glaube schon, daß ich mitkomme. Also, du weißt es ja jetzt. Adieu, Agnes.«

Da war sie schon ein paar Schritte weg! »Elsbeth«, rief ich ihr nach, und ich weiß, daß sie es hörte. Sie blieb stehen, als ob sie sich besänne, umzukehren und wendete halb den feinen Kopf, ich sah eine lichte

Welle in ihr Gesicht steigen, röter und dunkler werden und sah sie jäh wieder erblassen, still und stolz geradeaus sehen und weitergehen.

Da lief sie nun von mir weg, weil es ihr Stolz nicht litt, mit jemand weiter zu verkehren, der sie einmal gedemütigt und verzweifelt gesehen hatte, und sei es ihre beste Freundin gewesen. Es war mir, als gehe ein feines liebliches Stück meiner Kindheit da die Gasse hinauf, um zu verschwinden und mir verloren zu bleiben.

* *
*

Von dem Augenblick an aber wußte ich, daß ich auch Ärztin werden wolle. Ich spürte eine ungeheure Stärke in mir und sah ein Ziel in Klarheit vor mir liegen wie noch nie. Ich lächelte beinahe, so froh war ich über die Erkenntnis und so erstaunt über meine plötzlich umschwingenden Lebenskräfte.

Ich sagte es meiner Mutter, war aber kaum erstaunt und nicht im mindesten entmutigt, als sie mir nicht zustimmte. »Aber gelt, wenn ich jemand gefunden habe, der mir das Geld dazu gibt, hast du nichts mehr dagegen und läßt mich weiter machen?« Das gab sie mir zu.

Da richtete ich meine Schulzeugnisse sauber zusammen, entlehnte von der Margret ein Paar gute Stiefel und machte mich aufgeregt und mächtig gespannt, aber felsenfest entschlossen auf den Weg zu einer reichen Fabrikantenwitwe, von der ich wußte, daß sie jungen Leuten Geld zum Studium vorstreckte und manchmal auch schenkte.

Ich fragte nach ihr und wurde sogleich in ein helles, nüchternes Kontor geführt, wo sie am Schreibtisch saß und rechnete. Sie sah flüchtig auf und dann, während sie sprach, immer auf ihre Papiere, so daß man den Eindruck hatte, als rede sie mit sich selber.

»Was willst du?« fragte sie mit einer Mannsstimme.

»Ich möchte die Frau Kommerzienrat um eine Unterstützung bitten, weil ich Medizin studieren möchte und wir kein Geld dazu haben. Ich würde der Frau Kommerzienrat, sobald ich verdiene, ganz sicher alles wieder zurückzahlen.«

»Wie heißt du?«

»Agnes Flaig.«

»Und was ist dein Vater?«

»Er war Uhrmacher und ist vor zwei Jahren gestorben. Meine Mutter strickt Strümpfe auf der Maschine.«

»Warum willst du studieren?«

Da kam ich in eine heillose Verlegenheit; ich wußte um alle Welt nicht was sagen und schwieg gepeinigt. Endlich kam ich auf das allerdümmste, ich streckte ihr meine Zeugnisse hin. So mußte sie meinen, ich sei von meiner Begabung und Schulklugheit so überzeugt, daß ich darum aufs Studierenwollen verfallen sei. Die Frau las und gab mirs zurück.

»Wenn du nicht gescheiter bist, als es in deinem Zeugnis steht, wirst du es auf einer Universität auch nicht weiter als andere bringen. Und im übrigen unterstütze ich nur Knaben. Guten Tag!«

– Ich fiel aus allen Himmeln und stand einen Augenblick wie betäubt, und obgleich ein grenzenloser Ekel vor allem weiteren Unternehmen und Planen in mir war und es mich würgte vor Scham und unterdrücktem Heulen, gelüstete es mich, der Frau da mit dem großen, harten Gesicht noch einen Trumpf hinzuschmeißen und heiser und besinnungslos sagte ich:

»Vielleicht darf ich dann die Frau Kommerzienrat bitten, mir in ihrem Geschäft eine Stelle als Fabrikmädchen zu verschaffen, an irgend einen Platz, wo meine Gescheitheit reicht, und wo Buben zu gut dafür sind.«

Die Frau blieb völlig unbewegt. »Jawohl«, sagte sie ruhig. »Wann kannst du eintreten?«

»Vom 26. Juli ab muß ich nimmer in die Schule.«

»Gut«, meinte sie, »so komm am 1. August morgens um sieben Uhr in die Fabrik hinüber und bringe eine große Schürze mit. Adieu!«

Auf dem Heimweg dachte ich: ich zünde ihr die Fabrik an oder ich hetze die andern Mädchen gegen sie auf, sie soll nichts als Not und Verdruß mit mir haben!

Ach – und am andern Morgen bekam ich den ersten Brief in meinem Leben und er hieß so: »An Agnes Flaig, hier, Kirchhofsteige. Ich habe gemerkt, daß es dir an einigem Trotz und festem Willen, wenn er auch bös war, nicht fehlt; und weil ich weiß, daß solche jungen Leute nicht gerade die unbrauchbarsten sind, habe ich meinen Entschluß geändert. Ich bin bereit, dir die Mittel zum Studium vorzustrecken; du kannst im Anfang des nächsten Monats einmal zu mir kommen, um das Nötige zu besprechen; vorher habe ich keine Zeit für dich. Frau Berta Griffländer, Kommerzienratswitwe.«

– Es tropfte mir heiß über die Backen hinunter, ich lief zur Tür hinaus, vors Haus und in den strahlenden Morgen hinein. Vor dem Gesicht flimmerte mirs vor Sonne und Glück, meine Augen waren des Lichts ungewöhnt und schwer von Tränen und taten mir leise weh; ich hielt die Lider halb geschlossen, und doch sah ich einen Himmel über mir aufgetan, so gottesnah leuchtend und unendlich wie nie vorher und sah in einer plötzlichen Erkenntnis die köstliche Welt daliegen, Tal und Fluß und Berg, und hinter den Bergen fing sie erst recht an; und sie gehörte mir, ich trug's verbrieft in meiner Tasche. –

Ich lief über gemähte Wiesen und kam in die Felder, die still und demütig in der Sonne standen, ich strich über die Halme und lachte, und das Papier knisterte mir im Rocksack. Noch nie war es mir so bewußt geworden, daß ich ein Mensch war und lebendig, und Kräfte und warme Ströme, Herzschläge und tiefe Atemzüge hatte. Ich spürte jedes Glied meines Leibes und war froh darüber, daß es zu mir gehörte. Es zuckte mir in Füßen und Händen von einer unbändigen Kraft, und mitten in diesem süßen Bewußtwerden meines jungen Menschentums quoll plötzlich etwas in mir empor wie ein mächtiger Brunnen und brach stürmend durch alle Adern; ich kannte tausend Namen dafür, und keiner war der rechte. Ich wußte, daß ich alle Menschen lieb hatte, mit einem gewaltigen Willen, für sie zu schaffen und mein Leben und meinen ganzen quellenden Reichtum freudig in ihren Dienst zu stellen; ich war nimmer ich selber, es waren tausend wogende Ströme, die sich jauchzend in die Welt ergossen, es war so herrlich stark und ohne Ende, und es fiel mir ein, daß es an des Namenlos Grab entsprungen war.

Und ich dachte, daß das gewiß noch kein Mensch gespürt habe und daß ich es niemand sagen konnte, weil es keinen Namen und keine Worte dafür gab; ich konnte nur schaffen, schweigend und ohne Aufhören schaffen und die großen Kräfte brauchen.

Ach, und ich hätte es doch am liebsten in die ganze Welt hinausgeschrien, wie es mit mir war, es sprengte mir fast die Adern vor heißem Blut, und ich geriet vor lauter Lust und strömender Kraft in eine schmerzende Bedrängnis, aus der ich mir nimmer zu helfen wußte. Da stand oben am Wald eine alte Buche mit mächtigem Stamm, ich lief drauf zu und legte in einem überquellenden Gefühl meine Arme darum, aber es fehlte eine halbe Spanne, bis die Hände zueinanderreichten. Da lachte ich hell auf: das war die Kraftprobe.

Ich dehnte die Arme bis aufs äußerste, die Gelenke knackten und es sauste mir im Kopf; auf einmal war es gewonnen. Da war es die ganze weite Welt, die ich in meinen Armen hielt, und die Ströme meiner Liebe umspannten sie fest.

*　*
*

Die Tage, die jener Sonnenstunde folgten, waren ruhig und schön, und ich kostete die leise, leuchtende Weihe aus, die von der Buche her noch darüber lag.

Mit einer überlegenen Fröhlichkeit saß ich die letzten Schultage vollends ab; auf dem Heimweg liebäugelte ich schon mit dem Gymnasium. –

Ich brachte die tiefblauen Sommertage hinter mich in einer schweren Arbeit, wie ich sie noch nie getan hatte; und doch war's oft so, daß ich, wenn ich abends todmüd ins Bett gegangen war, nach ein paar Stunden festem Schlaf munter und völlig ausgeruht, mitten in der Nacht erwachte, und mich wunderte, daß es noch nicht Tag war. Dann war mir aller Schlaf aus den Augen, es litt mich nimmer im Bett; ich zündete mir ein Licht an, stahl des Greiners lateinisches Lexikon und seine Grammatik und verlebte darüber köstliche Stunden in einer verschämt glücklichen Neugier und saß nachher noch unterm Kammerfenster, oft lang in die schweigenden Nächte hinein.

Oder kleidete ich mich leise an und verließ das Haus, um droben im Wald einsame Gänge zu tun; und es schien mir, als liege da mein Leben vor mir, wie im Mondlicht die stillen Landstraßen, die durch den Wald führten; leuchtend von einer feierlichen Helle, geradeaus und weit, und kam ein Querweg, wars wieder so: weiß und eben, und verschwindend in einem schimmernden Duft dem Mond zu oder dunkel in den Wald sich neigend.

Und immer wieder war das wunderliche Gewoge in mir, auf und nieder, da die Ströme meiner Liebe wach wurden und gewillt waren, sich der Erde und allen Menschen hinzugeben.

Zweites Buch

Da starb Frau Griffländer, meine Gönnerin, infolge eines Unglücksfalles, der sie auf ihrer Sommerreise betroffen hatte, und obwohl ich, den Brief vorweisend, bei ihren Erben verzweifelte Anstrengungen machte, die mir versprochene Unterstützung dennoch zu bekommen, nützte doch alles nichts mehr; ich war ärmer als zuvor und zerschlagen und unsäglich erbittert.

Ich suchte eine Stelle als Dienstmagd und nahm ziemlich weit von meiner Heimat weg eine an, ohne lang zu prüfen und mich zu erkundigen; es war mir so gräßlich gleichgültig, wo ich hinkam, ich wollte nur fort von zu Hause, wo nun alle Dinge ohne Traum und Schimmer so abscheulich grell und nüchtern dastanden und mich höhnisch anstierten.

Es ist mir schlecht gegangen damals und nichts erspart geblieben; und jene Zeit, da ich an nassen Novembertagen durch fremde Städte und unter kahlen Bäumen ging, da ich in bösen Winternächten, von Kälte und Heimweh geschüttelt, in wüsten Kammern wachlag, da ich verzweifelte Eisenbahnfahrten wagte, die doch immer wieder dem gleichen Elend zuführten, und da alles so schauerlich kalt und fremd war und ich verlassen und ohne Licht und Weg und Rat im Dunkeln stand, jene Zeit steht noch immer peinigend deutlich und so voller Schwermut und Bitterkeit in meinem Gedächtnis wie keine andere.

Und dennoch meine ich manchmal, es liege gerade von jener Zeit her ein leiser Schimmer über meinem Leben, wie ein schmerzlicher Reichtum. Das ist ein tiefes, demütiges Verstehen aller menschlichen Not, eine Weisheit und ein seltsames Licht, das mir mit traurigem Lächeln in jede Armut und Einsamkeit hinableuchtet; und seither ist mir jeder Landstreicher Bruder und jedes verirrte Mädchen Schwester; unser aller Mutter ist die herbe schöne Erde, und heimatlos und verlassen eine Nacht unter freiem Himmel an ihren Schollen geborgen schlafen zu müssen, kommt keinem andern Weh und keiner andern Süßigkeit gleich.

Ich war nun sechzehn Jahre alt geworden; da hatte ich aufs Frühjahr eine Stellung als Hausmädchen bei einer vornehmen jungen Witwe in einer süddeutschen Stadt angenommen. Es war gegen Abend, als ich vom Bahnhof her durch die Straßen lief und nach dem Haus fragte.

Hoffnungen hegte ich kaum mehr, und ich war müde und hungrig von der Reise; aber wie ich so vor dem schönen, alten Gebäude stand und einer sauberen jungen Magd zusah, die pfeifend die Glockenzüge putzte und den grünen Fluß hörte, der dicht hinter dem Haus vorbeifloß, da wurde es mir besser und ruhiger zu Mut als seit langem.

An der Glastüre empfing mich eine dicke Köchin, lachte mich gutmütig an, als ich sagte, ich sei das neue Hausmädchen und gab mir zum Einstand gleich einen kräftigen Patsch. Dann führte sie mich zur gnädigen Frau. Es war ein hohes Zimmer, am Fenster in einem kühlen, hellen Licht stand eine Dame, die war schön wie eine junge Göttin. Sie reichte mir in einer vornehmen Freundlichkeit die Hand und sprach mit einer tiefen, warmen Stimme, die das ganze Zimmer mit einem sonderbaren Klang füllte: »Guten Abend, Fräulein Flaig, haben Sie eine gute Reise gehabt?« – »Ja!« – »Dann ist's recht. Ich hoffe, es gefällt Ihnen bei mir!«

Und wie nun ihr Blick prüfend auf mir lag und ich in dem klaren, kühlen Lichte der reinen Augen stand, war es mir, als fiele alles Elend der letzten Zeit von mir ab wie ein schmutziger Kittel, ich war wieder jung und gut und unberührt und wußte von nichts als von dem Wunsche, daß mich die schöne Frau einmal liebhaben möchte und daß ich den stolzen Mund einmal mir lächeln sähe. In die Stille hinein hörte ich mein Herz schlagen; ich freute mich daran, und es war wieder so ruhig und beinahe fröhlich klar in mir wie damals, als ich studieren wollte. Ich spürte eine neue Macht über meinem Leben und gab mich ihr hin wie einer Erlösung.

Später am Abend erfuhr ich, daß die schöne Frau mit dem Vornamen Gunhild heiße, ich sah ihr blondes Haar, ihre feingebogene Nase und den schmalen, stolzen Mund, und es war mir, als habe ich ihren Namen schon gewußt, als ich sie mit dem ersten Blick gesehen hatte.

Als wir unsere Arbeit getan hatten und alles im Hause still war, nahm die Köchin eine Ampel und zeigte mir meine Schlafstätte. Es war eine saubere Kammer unter dem Dach mit einem Fenster, das gegen den Fluß zu ging. Wir wünschten einander Gut'nacht, ich packte meinen Koffer aus, löschte das Licht und entkleidete mich. Dann stand ich noch eine Weile unter dem Fenster in der kühlen Nacht, hörte den Strom in der Ferne über ein Wehr gehen, schloß die Augen und dachte in einem süßen Schauer an Frau Gunhild.

Als ich etwa acht Tage im Hause war, begegnete ich eines Abends der jungen Magd, die damals am ersten Tag vor dem Haus die Glockenzüge geputzt hatte, auf der Treppe. Sie war Lehrerstochter und bekleidete bei der alten Regierungsrätin im oberen Stock eine Stellung als Stütze der Hausfrau, worunter man hierzuland eine Tochter aus guter Familie versteht, die in ihrem Dienste alle Vorrechte eines Gebildeten zu genießen Anspruch hat. Wir grüßten uns und sprachen ein paar Worte miteinander; als wir dann vor meiner Kammertüre standen, lud ich sie ein, noch eine Weile zu mir hereinzukommen. Wir saßen auf meinem Koffer nebeneinander; die hübsche schwarzhaarige Person gefiel mir, wenn sie auch eine sonderbare Art, sich zu geben hatte, und mir ein wenig frech vorkam. Sie fragte mich, wo ich herkomme, ich seufzte und suchte verlegen, ihr mein Schicksal zu erklären. Ach, ich wollte nimmer alles aufwärmen; es gehörte nichts davon in die heitere, saubere Gegenwart.

»Ach so«, meinte sie lebhaft – »Sie haben Pech gehabt? Lassen Sie doch, das brauchen Sie mir nicht zu sagen. Und trösten Sie sich, das geht den meisten so – viel Rutschen macht blöde Hosen – das ist gar nicht so. – Pfeifendeckel – ich bin froh, daß ich ein Stück in der Welt herumgekommen bin!«

»Wie man's nimmt«, sagte ich, »so schlimm wie mir wird's Ihnen wohl nicht gegangen sein.«

»O jerem«, lachte sie, »bis zu meiner fünfzehnten Stelle hab ich's noch gezählt; seither lass' ich's bleiben. Als ich eine Woche in der Fremde war, bin ich einmal rittlings das Treppengeländer hinuntergerutscht, und die vier Kinder, die ich hüten sollte, hinten nach. Ach, es war elend schön! Nur wurden wir unten von der Frau abgefaßt und ich bekam eine an die Ohren – da bin ich ihr im Zorn aus dem Dienst gelaufen. Ich bin auch einmal ein Vierteljahr lang bei einer Seiltänzertruppe gewesen!«

»Aber sind Sie denn in Ihrer jetzigen Stellung befriedigt?« fragte ich lachend.

»Vollkommen. Sehen Sie, der Mensch muß halt auf seine Kosten kommen. Meine alte Regierungsrätin ist ein liebes Schaf; ich habe es gut bei ihr und sie kann noch hundert Jahre alt werden. Und sie ist stocktaub, wissen Sie, das ist himmlisch! Ich kann den ganzen Tag singen und juchzen und Mundharmonika spielen und sie hört kein Schnäuferlein; wenn ich ihr Antwort geben soll, muß ich's auf eine Tafel schreiben. Und dann – es gibt einfach im ganzen Land kein so schönes, altes, köstliches Haus mehr an einen Fluß hingebaut wie dieses. Das werden Sie auch noch herauskriegen, wenn Sie sich wahrscheinlich jetzt erst nur drüber freuen, daß keine Kutterkiste im Hause ist, weil man alles ins Wasser schmeißt. Aushalten werden Sie's schon. Die Gunhild ist anständig.«

»Anständig –?« fragte ich. »Ich meine, sie sei wunder, wunderschön.«

»Nein, was die Ansichten verschieden sind! Ich kann sie nicht schmecken! Haben Sie sie auch schon einmal lachen oder schimpfen oder jammern hören?«

»Es braucht doch nicht jeder sein Herz auf der Zunge zu tragen«, sagte ich.

»O, Sie können ruhig sein, die Gunhild hat überhaupt keins. Es ist bei ihr ein Kieselbatzen statt einer Seele im Leib.«

»Sie ist so schön und fein und stolz«, sagte ich nachdenklich. »Ich glaube, sie hat mehr Seele als eins von uns. Es wird eben tiefer bei ihr liegen als bei andern Leuten und sie wird nicht wollen, daß jeder hineinsehen kann.«

»Ach, wissen Sie, wenn's *so tief* ist, dann lassen wir's lieber liegen!«

Da mußte ich lachen, wie sie mich so drollig treuherzig dabei ansah. Sie erzählte, sie heiße Urschel Pfannenschmid und sei da oben bei Heidenheim irgendwo zu Hause.

»Seltsam«, sagte ich, »ich hätte eher gedacht, Sie seien Italienerin oder etwas ähnliches!«

Sie nickte. »Es wird auch so sein. Wissen Sie, die Zigeuner fuhren einmal im Galopp durch unsern Ort und ein Kindle fiel hinten aus einem Wagen heraus und blieb liegen. Da fand's die Schulmeisterin und zog es auf; das bin ich. Jetzt sagt sie natürlich, ich sei ihr Eigenes!«

Ich wußte nicht recht, war das zu glauben oder nicht.

Urschel aber stand auf und ging zum Fenster, wo sie in den Fluß hinuntersah, stieß die kräftigen, braunen Arme gegen die Decke und sagte halb lachend, halb seufzend: »Ach, ich spür's doch in allen Gliedern, daß ich eine Zigeunerin bin. Es liegt mir eine Unrast und eine Musik und ein Tanz im Blut, das treibt mich unablässig zu Streichen und Dummheiten und Lumpereien. Die Leute legen mir's als Leichtsinn und Bosheit aus, es ist aber nichts als Musik und Zigeunertum, man kann nichts dagegen tun.

Das Schönste und das Gräßlichste aber ist die Sehnsucht, zu wandern und in die Fremde zu ziehen. O, wenn ich nachts den Fluß höre und den Wind wehen, bringt es mich fast um vor brennender Lust, in die Ferne zu gehen. Zur Tröstung habe ich mir einen großen, feinen Atlas gekauft; da sitze ich abends oft darüber und mache schöne Reisen, nach Indien oder nach Südamerika; – Sie müssen einmal zu mir herüberkommen, ich möchte Ihnen meine Sachen zeigen.«

Wir blieben den Abend beieinander und saßen unter dem Fenster in die geruhige Dämmerung hinein. Urschel war doch ein prächtiges Mädchen, schwätzte, lachte, und war voller Witz und seltsamer Einfälle. Als wir uns dann getrennt hatten, spät in der Nacht, und ich eben zu Bett gehen wollte, klopfte es noch einmal an meine Kammertür; Urschel stand draußen im Unterrock, ein langer schwarzer Zopf hing ihr über den weißen Hemdärmel herein, und sie sagte fröhlich: »Ich habe etwas vergessen! Wissen Sie, Agnes, ich möchte gern Du zu Dir sagen!«

Und sie streckte mir ihre warme Hand hin.

Von da aber war unsere Freundschaft geschlossen; ich fand in Urschel einen Menschen, wie ich ihn so prachtvoll und natürlich und heiter nimmer gesehen habe.

Überhaupt war mein Leben damals so hell und leicht wie noch nie. Ich genoß die heimliche Schönheit des grünen Flusses, der sommerschweren Kastanien und die des alten, hohen Hauses mit dankbaren, empfänglichen Sinnen. Die Arbeit ging mir gern und flink von der Hand, ich spürte, daß sie mir guttat, und der schönen Frau dienen zu dürfen, war allein schon eine immerwährende Seligkeit, die alle Mühe leicht machte.

Urschel's warmherzigem, spring-lebendigem Wesen stand die Frau freilich fast kalt und seelenlos gegenüber, aber ich glaube, dies war nur eine seltene Selbstbeherrschung, die durch eine feine, sorgfältige Erziehung zur vollendeten Vornehmheit geworden war. Was ich einst an Elsbeth bewundert und geliebt hatte, jene köstliche Würde, die sich niemals etwas vergibt und jener adelige Stolz, der klugen, schönen Geschöpfen manchmal eigen ist, das fand ich nun bei Gunhild wieder zu einem wahrhaften Königinnentum gereift.

Um Gunhild herum war ein seltsamer Duft oder Schimmer, den ich später nirgends mehr gefunden habe, nur in Träumen meine ich manchmal noch, ihn zu spüren, und es wird mir wunderbar wohl dabei. Er hing in ihrem Haar, an ihren Kleidern, er wehte durch ihre Zimmer und lag über dem kleinen alten Garten neben dem Haus, wo sie im Sommer saß und las oder nähte. Es war eine reinliche, helle Kühle, eine klare, seltsam leichte Luft und jedesmal, wenn ich sie atmete, kam eine kindliche Fröhlichkeit und Dankbarkeit über mich; ich war wunschlos und von Herzen glücklich, daß ich in dem guten Lichte stehen durfte, das von Gunhild ausging.

Nur ein oder zweimal kann ich mich von diesem ersten Jahr, das ich bei ihr diente, erinnern, daß mich eine leise, dunkle Gewalt von Liebe und schmerzlicher Leidenschaft erfaßte, in der ich Gunhild schweigend näher kam und da auch sie ihre Kühle und Vornehmheit abstreifte und mir in einer sonderbar köstlichen Art ihre Zuneigung zeigte.

– Im Mai mußte ich einmal an einem warmen Regenabend Frau Gunhild von einer Gesellschaft abholen. Ich hatte mit Urschel Dummheiten getrieben, gelacht und am Schluß gestritten und ging nun müde und heiß durch das laue, feuchte Dunkel der Platanenallee; der Wind ging in den Bäumen, die Tropfen fielen schwer und lässig durch die Blätter und von den nächtlichen Gärten kam eine verlorene süße Luft herüber. Mit jedem Schritt fiel die Müdigkeit mehr von mir ab; die Schönheit der Nacht brachte mich in eine leise Erregung, und in einer seltsamen sehnsüchtigen Freude dachte ich daran, daß ich nachher an Frau Gunhild's Seite noch einmal und mit doppelter Lust unter diesen Bäumen gehen dürfe.

Als ich aus der Allee heraustrat, sah ich, daß es aufgehört hatte zu regnen. Da war auch das Haus, ein breites Licht fiel aus der Glastüre in die Nacht hinaus, aus einem offenen Fenster hörte man Musik und lachende Stimmen. Ich trat abseits in den Schatten; und auf einmal kam mir der Wunsch, es möchte doch wieder anfangen zu regnen. Dann würde Gunhild den Schirm, den ich ihr gebracht hatte, nehmen und mich bitten, mit darunter zu kommen, da ich nicht auch einen bei mir hatte. Der Gedanke aber, so gedrängt nah bei der schönen Frau zu sein, brachte mich in eine plötzliche Seligkeit und beglückende Unruhe, wie ich sie kaum zuvor gespürt hatte.

Ich mußte lange warten. Endlich ging die Haustür auf; Gunhild kam eine hell erleuchtete Treppe herab, sie trug ein paar Blumen in der Hand und sah festlich schön und vornehmer aus als je; unten verabschiedete sie sich von jemand, lächelte und trat dann spähend vor das Haus.

»Ah, Agnes, hier sind Sie! Nicht wahr, Sie mußten warten? Das tut mir leid, ich kann nichts dafür!«

»Oh«, sagte ich beglückt, daß sie so lieb zu mir war, »die Zeit ist mir nicht lang geworden. Ich habe an etwas sehr Schönes gedacht.«

»An was denn, darf ich's wissen?«

Da sagte ich ihr, daß ich wünsche, es möchte wieder regnen; und wie schön ich es mir dächte, mit ihr zusammen unter einem Schirm durch die dunkle Allee zu gehen.

Und als ich es gesagt hatte, kam ich mir auf einmal maßlos frech vor und war erschrocken und verlegen. Gunhild aber streckte ihre Arme aus, stand einen Augenblick prüfend still und sagte dann heiter: »Ich glaube, ich habe einen Tropfen gespürt.«

Und wie sie den Schirm aufspannte und sich zum Gehen wandte, fiel das Licht vom Hause her noch einmal hell über ihr Gesicht: ich sah, daß sie lächelte, ein wenig belustigt, aber strahlend gütig und lieb; dann gingen wir durch die Allee, über die Brücke und in einer stillen, dunklen Straße nach Hause. Und keines sprach ein Wort; aber ich meine, es sei mir nie reiner und wohler zu Mut gewesen als bei jenem stummen nächtlichen Gang, da meine Liebe so reich und erfüllt war durch Gunhild's Lächeln und ihre köstliche Nähe.

Als ich die Haustüre aufschloß, trat sie plötzlich neben mich, faßte mich unter dem Kinn und bog mein Gesicht zu ihrem herauf, indem sie warm und leise fragte: »Sind Sie nun glücklich?«

»Ja«, sagte ich, und suchte im Dunkeln das Licht ihrer Augen zu sehen, »ich bin sehr, sehr glücklich!«

Dann gingen wir ins Haus.

– Am nächsten Tag war Frau Gunhild kühl, vornehm und ruhig wie immer. Das tat mir weh und wenn ich in ihre Nähe kam, war ich verwirrt und befangen. Ich wurde nicht klug aus ihr. Was war nun ihr wahres Wesen – ihre zurückhaltende Herbe oder die zarte, hingebende Güte jener Nacht?

Diese Zwiespältigkeit warf mir einen bösen Schatten über ihr Bild und quälte und bedrückte mich besonders abends stark, so daß ich der lustigen Urschel oft unmutig weglief, ihre Witze blöd und geschmacklos fand und dann noch stundenlang jämmerlich einsam in meiner Kammer saß und schließlich traurig zu Bette ging.

Und da geschah es oft noch spät vor dem Einschlafen, daß ich in einer plötzlichen Klarheit das Bild der lieben Frau vor mir schweben sah, ungetrübt, tröstlich süß und heiter lächelnd; ich hörte ihre Stimme wie damals in der Nacht: »Sind Sie glücklich?« – Ich spürte ihre Nähe, ich atmete ihre Luft, und ich lag still und beseligt in ihrem Lichte. Und ich nahm gern den ganzen verquälten Tag auf mich, um dieser flüchtigen, wonnig schönen Augenblicke willen.

Einmal lag ich mitten in der Nacht wach und meinte plötzlich, unten im Hause ihre Schritte gehört zu haben, eilte hinab und sah sie aus der Küche kommen, in einem langen, weißen Nachtkleid, ein Tuch und ein brennendes Licht in der Hand. – Sie erschrak, als sie mich sah. »Agnes! Warum schlafen Sie nicht?«

Ich fragte, ob ich ihr nicht irgend etwas tun könne, ob sie nicht wohl sei, und ich sah sie voller Angst an und konnte nicht hindern, daß mir ein Zittern über die Glieder lief. –

»Ich habe ein wenig Kopfweh gehabt und konnte nicht einschlafen. Nun habe ich mir ein nasses Tuch geholt, das ist alles!«

Sie stellte den Leuchter weg und sah mich klar und lieb, aber ohne Lächeln an. – »Ich muß einmal mit Ihnen reden, Kind. Sehen Sie, Sie meinen wohl, ich merke nicht, wie Sie mich liebhaben und an mich denken und einen Engel oder Halbgott oder sonst irgend ein vollkommenes Wesen in mir erblicken. Nicht wahr? – Ich sehe und merke und spüre das alles, und es ist mir leid. Es freut mich immer, wenn ein Mensch mich gern hat; aber so wie Sie mich lieben, ist es nicht recht. Sie vergeuden ihre besten Kräfte und Gefühle ohne Nutzen und Ziel mit dieser törichten Schwärmerei, und im Grunde haben Sie gar nichts davon. Das müssen Sie sich selber sagen!

Ich meine, wenn man jemand liebhaben will, muß man erst in sich selber fest geworden sein und gelernt haben, auf eine gute Art seine Kämpfe und Leiden zu verschweigen und zu verwinden. Sehen Sie, Agnes, Sie sind noch so jung und so gewöhnt, Ihren Stimmungen und Neigungen nachzugeben und sie wichtig zu nehmen, es geht ja allen jungen Leuten so. Aber wenn man älter wird, sieht man ein, wie töricht und egoistisch das ist. Man muß immer mehr lernen, an allem Schicksal nur das zu sehen, was einen gut und tüchtig macht, und sich mit dem andern, Haß und Verdruß und überlaufende Freude oder Schwärmereien, still und ruhig abzufinden, bis man es bezwungen hat und darüber steht. Im Grunde ist das Leben auch einfach und gar nicht so viel dran wie wir oft in der Jugend meinen!« – Sie fuhr sich müde über die Stirn.

Wir waren eine Weile still.

»Ach, gnädige Frau«, sagte ich, »so wie Sie das meinen, werde ich's niemals können. Wenn etwas schön ist, muß ich mich halt dran freuen und wenn ich traurig bin, kann ich's nicht verbergen. Und – ich habe Sie eben so sehr lieb und weiß mir nimmer zu helfen!«

Das letzte sagte ich ganz leise und fast ungewollt und die Augen standen mir voll Tränen.

Da legte mir Gunhild ihre Hand auf den Kopf, ganz fest und schwer. Ein anderes wäre mir vielleicht übers Haar gefahren oder hätte mich gestreichelt, aber es war wohl ihre Art so, und in ihrem Gesicht war wieder das schöne, verzeihende Lächeln, daß es mich heiß und selig überlief.

»O, Kind«, sagte sie, »ich glaube, Sie sind ein kleiner Dichter und Schwärmer, und Ihnen ist nicht zu helfen; solche Leute macht man nimmer anders!«

Dann nahm sie ihren Leuchter und nickte mir zu. »Gute Nacht! Und schlafen Sie gleich, ich will es auch so machen!« – Ich lief wie im Traum die Treppe hinauf, legte mich ins Bett und schlief wundervoll fest. Und am Morgen war ich noch im gleichen Traum befangen; immer meinte ich, Gunhild's Hand auf meinem Kopf zu spüren und sah in einem seltsamen Geflimmer ihr schönes, lächelndes Gesicht deutlich und nahe.

Drei oder vier köstliche Tage ging ich in dem seligen Rausch und Halbschlaf, bis ich jäh und traurig davon erwachte. Es war an einem Abend; ich saß mit Urschel unter dem Kammerfenster, träumte vor mich hin und hörte dabei vergnüglich mit halbem Ohr auf ihre munteren Schnurren hin, bis sie auf einmal, über den Fluß hinüberdeutend, sagte:

»Guck einmal, da kommt deine Schneegans – Schneekönigin wollte ich sagen.« –

Da drüben ging Frau Gunhild unter den Kastanien, es war nahe und noch hell genug, um ihr blasses, vornehmes Gesicht zu erkennen, das mir nie so kühl und fremd und abweisend schien wie in diesem Augenblick. Sie trug ein reiches, weißes Kleid, und wie sie so allein mit ihrem sonderbar langsamen Gang durch die abendliche Allee schritt, hatte sie etwas unheimlich Gestorbenes, fast Gespensterhaftes an sich.

Ich weiß nun nicht, was es war: Urschel's blöder Witz oder der Fluß, der so dunkel und tief und trennend zwischen mir und der geliebten Frau war oder ihr verändertes Wesen – mit einemmal zerstob der schöne Traum von dem Lächeln, es wurde mir unnennbar beklommen und jammervoll elend zu Mut, ich stöhnte und lief aufheulend aus der Kammer.

Plötzlich begriff ich, daß ich dieser Frau niemals nahekommen konnte; sie würde mir nie, nie von Herzen zugetan sein, so wie es mein brennender Wunsch war; und ich liebte sie doch so zäh und unablässig und leidenschaftlich, so – wie es nur ein Kind meines Vaters tun kann.

Ich lag ein paar Stunden in einem Winkel unter dem Dach, ganz verstört und zerschlagen, mein Liebesjammer schüttelte mich wie ein körperlicher Schmerz, dazwischen stöhnte ich und schrie leise ihren Namen, bis ich endlich erschöpft und still und todestraurig zu Bette ging.

– Ich mochte vielleicht eine Viertelstunde gelegen sein, als leise meine Tür aufging und Urschel hereinkam. Sie setzte sich stillschweigend zu mir aufs Bett und fing an, ganz sanft und tröstend einschläfernd auf ihrer Mundharmonika zu spielen.

Ich mußte in all meiner Betrübnis lächeln. Der Tollpatsch konnte doch rührend lieb sein! Ich ließ sie eine Weile spielen; das Dunkel der Nacht, die warme Nähe eines Menschen, der mich zu trösten versuchte und die sanfte Musik gingen mir streichelnd über die erregte Seele, bis ich langsam ruhiger wurde.

Als sie aufhörte, zog ich sie neben mich aufs Kissen und erzählte ihr leise meine ganze Liebe zu Gunhild, vom ersten Blick an bis dahin, wo sie zu mir sagte, ich sei ein Dichter und gehöre somit zu einem Menschenschlag, bei dem eben in Gottesnamen das Schwärmen und Spinnen und Sinnieren zum Handwerk gehöre und nichts dagegen zu tun sei. Da unterbrach sie mich.

»Die Gunhild ist ein Ladstock! Bilde dir nur ja nicht ein, du seist etwas Besonderes oder gar etwas Rechtes. Du bist so ein kreuzfades Gestell, daß du einem bloß leidtun kannst. Ich kann's jetzt nimmer länger mit ansehen, du wirst ja krank dabei. Von jetzt ab gehst du alle Sonntage mit mir in den Wald, – abends will ich dich tanzen lehren und morgen früh wecke ich dich um fünf Uhr zum Nachenfahren und Baden, daß deine Grillen versaufen, und im Winter laufen wir Schlittschuh und fahren die Steige hinunter, bis dir der Dusel vergeht. Kannst

du schwimmen? Ja? – Ach, das ist dein erster gescheiter Gedanke!« –
– –

Am Morgen gingen wir in einer tauigen, kühlen Frühe vor die Stadt
hinaus, Urschel pfiff durch die stillen Gassen, daß hie und da ein ver-
schlafener Kopf spähend an den Scheiben erschien. Hinter einem
Weidenbusch zogen wir uns aus; mit einem hellen Juchzer warf sich
Urschel in das Wasser und war mit ein paar Zügen mitten im Fluß,
indes ich noch langsam vom Ufer abstieß. Ein herbes Lüftlein wehte
vom Wald herunter, der blauschwarz zu Seiten des heiteren Tales stand;
die erste Sonne lag wundervoll in glänzenden, wogenden Lichtern auf
dem Fluß, die Tropfen glitzerten und Urschel kam vom anderen Ufer
herübergerudert mit einem gestohlenen Nachen, frisch und lachend
wie der junge Tag.

Da lief mir das Herz über von einer lang verhaltenen Fröhlichkeit,
meine ganze zurückgedämmte Jugend schoß mir wie ein toller Übermut
in alle Glieder; ich kletterte zu Urschel ins Boot und sang mit Macht
ein Schifferlied in den wonnigen Morgen hinaus. Wir schnellten über
das Boot hinunter wie die Fische, daß das Wasser hoch über uns zu-
sammenschlug, wir pusteten in die Höhe, strampelten springende
Tropfen gegen die Sonne, spazierten über das Wehr, wo uns das
Wasser reißend über die Füße lief, und als die Sonne kräftiger wurde,
lagen wir faul im Boot, ließen uns sachte stromabwärts treiben und
sahen helle Wolken über den Himmel gehen.

Auf dem Heimweg stiegen wir über einen Gartenzaun, stahlen zwei
taufrische Rosen und steckten sie uns an die Blusen. Wir machten uns
über die Weckensäcklein lustig, die an den verschlossenen Haustüren
hingen, sahen den Briefträger die Postkarten lesen, ehe er sie in den
Kasten warf; wir schellten Sturm an fremden Glockenzügen und ver-
schwanden ungesehen in verschwiegenen Gassen.

Und am Abend trugen wir das Licht auf die Bühne hinauf, Urschel
fing an zu pfeifen, einen Walzer nach dem andern, tanzte großartig
und riß mich in einen prachtvollen Schwung hinein.

* *
*

Als ich an jenem Abend endlich im Bette lag und mir das Herz noch
klopfte von Tanz und Leichtsinn, als ich noch einmal den ganzen
köstlichen Tag überdachte von dem morgensonnigen Wasser an bis

zu dem nächtigen Freudenfeste, da war es mir, als sei ich der Welt urplötzlich nahe gekommen und liege dem lieben, reichen, warmen Leben selig an der Brust.

Und ich konnte mein Gefühl nicht anders unterbringen, als in einer großen Dankbarkeit gegen Urschel, der ich von dem Tage an nachlief wie ein Hündlein.

Es gab nichts kurzweiligeres und unterhaltenderes als ihre Stube. Sie war größer als meine und hatte zwei Fenster, die auf die Dachrinne hinausliefen, wo Urschel in alten Milchhäfen, Schnittlauchkisten, an Schnüren und Stäbchen einen unglaublich üppigen Blumenflor zog. Die Wände waren von oben bis unten mit Bildern, Photographien, Zeichnungen und Postkarten tapeziert, was dem Raum ein ungemein reiches, buntes Aussehen gab. Die Bilder waren meist Ausschnitte aus Zeitschriften: südliche Landschaften, Vögel, Blumen, Schmetterlinge, die mit mehr Vorliebe für prächtige Farben als mit gutem Geschmack ausgewählt waren. Über dem Bett hingen in verblüffender Zusammenstellung die drei erklärten Auserwählten Urschel's: Kopernikus, Schiller und – Zeppelin. Woher sie den Kopernikus hatte, weiß ich nicht; es war ein schöner, alter Kupferstich und ihren Andeutungen nach vermute ich, daß sie ihn einer früheren Herrschaft, bei der er unbeachtet in einer Bühnenkammer lag, gestohlen hatte. Die drei Herren sahen urkomisch aus, wie sie so einträchtig über dem Mägdebett hingen; Kopernikus in der Halskrause, Schiller im offenen Kragen, Zeppelin modern geschnigelt. Ihn verehrte sie wohl am heißesten; sie interessierte sich glühend für Flugtechnik und zeigte mir verschämt in einem verborgenen Schächtelchen den Grundstock zu einer Luftschiffreise, die zu ihren glänzendsten Zukunftsplänen gehörte. Es waren, glaube ich, damals sieben Mark und zweiundzwanzig Pfennige. Auch hing an einem Faden von der Decke herab ein kleines Flugzeugmodell, wie es Knaben zum Spielen haben und sie strich oft zärtlich versunken über die Räder und Propeller. Auf ihrem Tisch lag stets aufgeschlagen der große, schöne Atlas, der mit dem Globus zusammen wohl ihr wertvollstes Besitztum bildete. Auch hatte sie eine Masse loser Landkarten und eine Sternkarte, die ihr aber später einmal, als sie nachts bei einer astronomischen Betrachtung unter dem Fenster saß, entfiel, im Fluß versank und durch keine andere ersetzt wurde.

Vom ersten Frühjahr bis in den Winter hinein hatte sie das ganze Zimmer voller Blumensträuße stehen, deren Pflege und Erneuerung ihr viel Arbeit machte, da sie nie einen welken duldete. Daneben versorgte sie noch eine Schildkröte, einen Raupenkasten und einen Stieglitz, der zwischen den Fenstern in einem grünen Käfig hing; und weil ihr die Stube immer noch nicht voll und belebt genug war, hatte sie ihre volkstümlichen Musikinstrumente fein malerisch auf Tischen und Stühlen ausgebreitet: Laute, Zither, Ziehharmonika und ein Piston mit schauerlichem Ton, das sie aus Pietät für ihren Großvater, der es geblasen hatte, als einziges Andenken von zu Hause mitgebracht hatte.

Am kuriosesten waren ihre Bücher, auf drei, vier Kistenbrettern stand da, neben Schillers schön gebundenen Werken, eine zerfetzte, dreckige Indianergeschichte: der letzte Mohikaner oder Rosa, die Prärieblume; neben Tacitus' Germania ein modernes Experimentierbuch für Knaben, sowie die Sagen des klassischen Altertums und ein naives, schwäbisches Liederbüchlein mit derartigem Inhalt:

> »Was nützet mir mei' neus Paar Stiefel,
> Wenn's andere drin spazieren gehn!
> Und treten's mir die Absätz' ab –
> Vallera, vallera!«

Geschichtliche Erzählungen las sie am liebsten; sie konnte oft ihren ganzen Monatslohn ausgeben, um neue zu kaufen, wie denn überhaupt Geschichte ihre gründlichste und ernsteste Liebhaberei war. Ich lieh ihr einmal ein Buch, das ich mir um zwei Mark gekauft hatte: ein süßlich modernes, äußerst heikles Werkchen eines anerkannten Schriftstellers, das mir sehr gefiel und schon halb in Fleisch und Blut übergegangen war.

Sie brachte es mir mit verächtlicher Miene zurück. »Blech!« sagte sie, »weißt du – das war früher doch noch eine andere Schreiberei als jetzt. Da schrieb man Geschichten und Schicksale der Völker und Stämme und allein Helden und Könige wurden es gewürdigt, einzeln hervorgehoben und beschrieben zu werden. Und heutzutage befaßt sich so ein Kerl da seitenlang mit den Gefühlen eines Kindes im Mutterleib! Ach, ich kann das gar nicht leiden!«

Und in der hellen Teufelei warf sie das Buch zum Fenster hinaus in den Fluß, rief feierlich: »fahr wohl!« nach und rannte lachend zur Tür hinaus.

Das war mir zu bunt, ich rief ihr zornige, empörte Worte nach; ich kaufte mir meine Bücher, weiß Gott, auch nicht gerade zum ins Wasser schmeißen; sie nahm mir's übel, und wir bekamen bittere Händel; bis sie nach ein paar Tagen, wie es so ihre Art war, mitten in der Nacht halb angekleidet plötzlich vor meinem Bett erschien, mich umarmte, küßte, streichelte und mit einer Nelke, die sie an langem Stiel zwischen den Fingern hielt, halb tot kitzelte.

»Filzläusle, Herrgottskäferle, Schweinebrätle!« sagte sie zärtlich, »bockst du immer noch?« – und dann küßte sie mich aufs neue.

»Agnes, ach Agnesle, mög' mich doch wieder! Ich will's nimmer tun. Komm, ich will dir eine Geschichte erzählen: In Stuttgart war einmal einer Soldat, der hatte fünf Schätze; eine Köchin, eine Kellnerin, eine Zimmerjungfer, die ihm seine Wäsche wusch, eine Näherin, die sie ihm flickte, und eine Nette, Kleine – zum Gernhaben. Getreulich alle fünf Sonntage besuchte er wieder die gleiche und entschuldigte sich mit Wache und Stubendienst. Als nun seine zwei Jahre herum waren, kam er in eine große Verlegenheit und hätte sie gern alle wieder losgehabt. Da bestellte er sie am letzten Sonntag alle miteinander auf den Alten Postplatz vor die Kaserne an das ganz gleiche Plätzchen.

Erst stehen sie wohlwollend beieinander und fragen einander nach ihrem Schatz; – da kommt die ganze Geschichte heraus, sie fahren einander in die Haare, und zornwütig schieben sie ab, die eine die Rotebühlstraße hinauf und die andere hinunter, eine die Poststraße hinunter und eine die Calwerstraße hinüber, die fünfte aber die Gartenstraße hinauf, dieweil nämlich der Alte Postplatz in Stuttgart, just wie dafür geschaffen, fünf Ausgänge hat. Der ungetreue Schatz aber sah es von der Kaserne aus und lachte sich die Haut voll.

Magst du mich jetzt wieder? Immer noch nicht? – Ich will dir noch etwas erzählen. Wir haben zu Haus einen Tisch, bei dem das eine Paar Füß' kürzer ist als das andere. Mein Großvater wollte partout immer am kurzen Ende sitzen und endlich gestand er uns den Grund. »Wisset ihr, Kinder«, sagte er, »wenn's Welschkornbrei gibt, lauft alle Schmälze auf meine Seit'!«

Was, du lachst? Wart, es ist mir noch etwas eingefallen! In der Kochschule seinerzeit hatten wir eine Lehrerin, die hochdeutsch sprechen wollte und es nicht konnte. Etwa so: »Urschula, hannen Sie den Spatzenteig jetzt fertig? – Urschula, es ischt Ihnen ebbes nagefallen! – Urschula, mit Ihnen muß man sich z'tot ärgren!«

Einmal sollte beim Nachtessen eine Wurst übrig bleiben, wurde aber aus Versehen scheint's mitgegessen. Da schnaufte sie wütig an den Tischen auf und ab: »Wer hat zwei Wurschten gegessen? Es muß ebber zwei Wurschten gegessen han!« Das schlimmste aber war, daß wir's ihr nachmachten und zwar so arg, daß wir bald nimmer anders konnten und uns die Fräulein-Schneider-Sprache herausfuhr, wo wir besser anders gesprochen hätten! Es hat mich nämlich einmal ein Herr um den Weg gefragt, und ich sagte, ohne etwas dabei zu denken: »Gangen Sie nur selle Stafflen dort na!«

Dabei kitzelte sie und zwickte sie mich fortwährend und fuhr mir mit der Nelke im Gesicht herum, daß ich fast erstickte vor Lachen.

»Hast du mich jetzt wieder lieb, Agnesle?« fragte sie sanft und hielt mir die Nase zu. »Ja«, schnappte ich, und sie ließ sogleich fahren, küßte mich herzlich auf den Mund und rannte fort, ihre Ziehharmonika zu holen, auf der sie mir dann noch bis spät in der Nacht Volkslieder vorspielte und mit ihrer weichen, schönen Stimme dazu sang. Sie saß auf meinem Bettrand und ihre bloßen Füße wippten den Takt dazu.

– Wir gingen an den hellen Sommerabenden oft noch hinauf in die Wiesen und Felder, brachen Sträuße von Kornblumen und lagen an rot versonnten Hängen, lachten, sprachen, sangen oder waren still und sahen die Sonne untergehen. Dann liefen wir in der lauen Dämmerung ins Städtlein hinunter, bummelten durch die Gassen und Alleen, standen oft lange auf der Brücke und träumten den ziehenden Wellen nach oder fuhren still im Nachen noch ein Stück weit den Strom hinunter, bis die Nacht gesunken war. Daheim in Urschels bunter Stube begann dann erst das rechte Leben; wir misteten den Tieren, besorgten die Blumen, sprangen in der Stube herum, rauften wie die Buben und seiltänzerten in der Dachrinne, und wir tanzten, sangen und musizierten, erzählten einander Geschichten und schauten in den weiten gestirnten Himmel hinaus.

Wir saßen halbe Nächte lang über dem Atlas, dachten uns die Herrlichkeiten der südlichen Länder aus und litten ungebärdige Sehnsüchte darnach; wir lasen mit glühenden Gesichtern Reisebeschreibungen, Weltgeschichte und populäre Schriften über Technik und Chemie. Unermeßliche Gründe taten sich auf vor unsern Augen, Völker erstanden und zerfielen wieder, Schicksale brausten wie Stürme durch die Länder, und die Zukunft lag vor uns wie ein unendliches, schimmerndes Meer, das uns voll Größe und Ungestüm entgegenbrandete. Tausend

Himmel und Welten erschlossen sich uns, von Wundern und Schönheit und gewaltigem Leben erfüllt, daß wir zitternd und scheu davor standen, und doch in der überquellenden Lust unserer jungen Jugend uns dazu berufen glaubten, alle diese Welten zu erfassen und alle Schönheit des Lebens zu besitzen, und wir spürten den Drang und die mächtige Kraft dazu in uns.

– Dieses weite, reiche Leben, das ich wie einen köstlichen Vorgeschmack meiner Zukunft genoß, zog mich so in seinen Bann und erfüllte mein ganzes Herz, daß meine unselige Schwärmerei für die schöne Gunhild bald verblaßte und ich wieder unbefangen mit ihr reden und verkehren konnte; es blieb nur eine dankbare, leise Wohligkeit zurück, die ich jedesmal empfand, wenn ich ihr nahe war oder wenn sie mich ansah. – – –

So gegen den Herbst und Winter hin wurde Urschel immer lebendiger und toller, es schäumte in ihr wie ein brausender, junger Most, und es kribbelte ihr in allen Fingerspitzen von Streichen und Teufeleien. Sie kaufte sich Feuerwerk und Frösche, die sie zu nachtschlafender Zeit in fremder Leute Gärten losließ, sie ließ mit den Buben Drachen steigen und spielte eine halbe Nacht lang unter des Dekans Schlafzimmerfenster auf ihrer Mundharmonika die gleiche Schauermelodie wohl fünfzig Mal hintereinander, um den frommen Herrn aus der Fassung zu bringen. Auf Staatsbeamte überhaupt hatte sie einen unerklärlichen Pick, in diesem Punkt war sie vollkommen Zigeunerin.

Da sie aufs Luftschiffahren vorderhand verzichten mußte, mietete sie sich ein Fahrrad und übte abends vor dem Haus mit großem Geschick. Dabei kam sie einmal zu Fall und verstauchte den Fuß. Sie schämte sich, es mir zu sagen, hinkte in ihr Bett und versuchte, sich allein zu kurieren. Als ich morgens nach ihr sah, fand ich den Fuß bös geschwollen und mit einer unheimlichen Salbe dick beschmiert.

»Was ist das?« fragte ich entsetzt.

»Hundsschmalz! Es hilft immer!« sagte sie überzeugt.

Es half aber diesmal nicht, und Urschel mußte eine gute Zeit lang im Bett bleiben. Ich habe jene Tage noch wohl im Gedächtnis; es ist mir, als habe sie sich nie liebenswürdiger, witziger und heiterer gezeigt als damals.

Manchmal lag sie den ganzen Tag still und spielte Mundharmonika oder schnitt Papierpuppen aus, mit denen sie auf ihrer Bettdecke Schillers Dramen aufführte; auch konnte sie großartig Karikaturen zeichnen; ich habe mir damals eines dieser Blätter ausgebeten und bewahre es mir noch heut. Es zeigt die schöne Gunhild und mich als schmachtende Anbeterin unter einem Regenschirm, auf dem ein Amor sitzt und uns beide am Bändel hält.

Immer aber war Urschel am Abend, wenn ich zu ihr hinaufkam, zum Platzen voll von lustigen Einfällen und Geschichten, auf die sie sich den einsamen Tag über besonnen hatte. Ach, was haben wir damals zusammen gelacht! Sie zeigte mir ihre vielen Narben und Schrammen, die sie am Leib herum trug und die sie sich alle durch ihren bodenlosen Leichtsinn auf ähnliche Weise wie den bösen Fuß zugezogen hatte; zu jeder wußte sie ein witziges, romantisches Anekdötlein zu erzählen.

»Ich habe so oft mit dem Tod gespielt, immer mit dem tröstlichen Gedanken: Unkraut verdirbt nicht! Es ist auch wahrhaftig wahr. Bis auf ein Närblein und ein Blau-Mal hat es mir nie etwas getan. Nun bin ich doch gespannt, ob ich, wenn ich einmal ernstlich den Tod suche, auch wirklich umzubringen bin! Ich glaube eben, der Tod will mich nicht. –«

»Weißt du«, fuhr sie fort, »wenn ich mir einmal das Leben nehmen will, steige ich an einem schönen Tag auf einen Kirchturm, ganz hoch hinauf auf die oberste Brüstung, tue die Arme auseinander und springe hinunter. Dann habe ich mein Gelüste gebüßt.«

Von ihrer Kindheit wußte sie in so glühenden Farben zu erzählen, daß mich nachträglich noch der helle Neid stach, weil ich nichts dagegen aufzuweisen hatte, als etwa den alten Kirchhof. Als ich ihr's sagte, zog sie mich zu sich aufs Bett und streichelte mich.

»O du armer, armer Tropf du! Hat einen Kirchhof voll Begrabener zur Unterhaltung gehabt! – Der Herrgott sollte dich nachträglich noch um Verzeihung darum bitten, daß er dich um das alles, was du damals hast entbehren müssen, betrogen hat!«

Damals haben wir auch zusammen Scheffels Werke gelesen. Urschel war außer sich vor Freude darüber. Der Ekkehard lag von da ab immer unter ihrem Kopfkissen, und ich kann sie mir nie schöner und seelenvoller denken, als wenn sie mit mir durch den Wald lief und ein Lied dieses ihres Lieblingsdichters in die Bäume hinaufsang.

Im Winter liefen wir Schlittschuh und schlittelten verbotene steile Steigen hinunter. Einmal wurden wir ertappt und von einem Polizeidiener gehörig heruntergeputzt. Urschel lachte ihn aus und fuhr am nächsten Abend wieder dort; da kam sie in des Polizeidieners Buch und mußte zehn Mark Strafe zahlen. In der hellen Wut stieg sie in des dicken Amtsrichters Garten und schuf von dem frisch gefallenen Schnee ein köstlich getreues Abbild des gestrengen Herrn mit einem gewaltigen Bauch und setzte ihm ein Narrenkäpplein auf. Sodann aber sammelte sie die zehn Mark in einzelnen Pfennigen, packte sie säuberlich zusammen und schickte sie aufs Rathaus.

»Ich möchte dabei sein, wenn sie's zählen«, rief sie grimmig vergnügt.

– Am Sylvesterabend saßen wir in meiner Stube, die einen Ofen hatte; wir tanzten, brauten ein Pünschlein, und als es gegen Mitternacht ging, gossen wir Blei. Zuerst kam ich: ein längliches, dünnes Stücklein schwamm in der Schüssel.

»Ein Wanderstab«, meinte Urschel.

»Es kann auch ein Federhalter sein«, sagte ich nachdenklich.

> »Laß das Dichten, sag's in Prosa!
> Was du weißt, dös ka'scht au so sa!«

sprach Urschel feierlich.

Als sie dran kam, lag ein wunderliches, geschnäbeltes Gebilde im Wasser. »Ein Storch!« schrie sie erschrocken; denn sie war furchtbar abergläubisch. Ganz vernagelt sah sie auf meinen Fenstersims; als die Glocken durch die klare Winternacht läuteten, bekam sie wieder Mut. – »Ach was, es hat nicht gegolten!«

Und sie goß noch einmal. Als es dann so etwas wie ein Herz war, war sie zufrieden.

Die Nächte vor Fastnacht tanzte sie durch. Sie war auf jedem Maskenball, in einem Spanierkostüm, das ihr zu den schwarzen Haaren prächtig stand. Morgens um fünf Uhr kam sie heim, schlich leise wie ein Vogel die Treppen herauf, küßte mich lachend wach und warf mir Konfetti übers Bett. Sie war sehr, sehr hübsch in diesen Augenblicken, wenn sie mit dem Treppenlämpchen auf mich herableuchtend, in dem fremdartigen Kostüm vor mir stand, strahlend vor Lust und Leichtsinn.

Auf einmal, im März, als der Schnee taute, hatte sie einen Schatz. Er war ein Schulmeister und sie hatte ihn an der Fastnacht kennen gelernt. Ich bekam ihn lang nicht zu Gesicht; endlich an einem Sonntag im Mai ging ich mit den beiden spazieren. – Er hatte lange strohblonde Haare und ein hübsches, freches Gesicht, das mir nicht recht gefiel. Besonders in seinen Augen lag ein Ausdruck, den ich mit dem besten

Willen nicht von dem Funkeln unseres Katers unterscheiden konnte, wenn er in Frühjahrsnächten zu seiner Kätzin ging.

Ich sagte es ihr, aber sie entgegnete nichts. Ein paar Tage drauf, an einem ungewöhnlich heißen Maimorgen gingen wir zusammen zum Baden an den Fluß.

Urschel war seltsam verstimmt. »Was hast du?« fragte ich.

»Ich sag dir's auf dem Wasser«, sagte sie verbissen.

Als wir miteinander mitten im Fluß schwammen, stupste ich sie. »Jetzt sag's!«

Da fuhr sie auf mich los wie eine wilde Katze, tunkte mich und riß mich wieder herauf. »Du Luder, du scheinheiligs, was geht dich mein Schatz an? Hab ich dich drum gefragt? Braucht er denn dir zu gefallen, du Krott, du elende! Wart, dich will ich dein böses Maul halten lernen!« Und sie schüttelte mich wie toll, riß mich unters Wasser und saß mir im Genick, daß mir Hören und Sehen verging.

»Willst du noch einmal etwas gegen den Schulmeister sagen?«

»Nein«, – sagte ich schwach und schwamm, als sie mich losließ, schnell ans Ufer und ging schwer empört und beleidigt heim.

Ich schaute sie ein paar Tage nicht an; aber sie fehlte mir unbeschreiblich und ich beschloß, meine zweite Freundin nicht wieder wie die erste um einer Liebschaft willen zu verlieren. Auch gefiel es mir, daß sie ihren Schatz so streitbar verteidigt hatte, und es dünkte mich, wohl so das Rechte zu sein, wenn man eine Liebschaft habe.

Dann versöhnten wir uns wieder. Urschel war herzlich und lieb, und ich mußte ihr versprechen, am nächsten Sonntag mit ihr und dem Lehrer spazieren zu gehen.

Nie war sie toller und ausgelassener als an jenem Nachmittag. Wir gingen einen schönen Weg durch Wiesen und heiteres Land, und Urschels hellblaues Kleid leuchtete festlich zwischen dem jungen Grün. Sie lachte und schwätzte in einem fort, hatte den einen Arm um den Blonden und den andern um mich gelegt und erzählte Geschichten, daß uns die Tränen kamen vor Lachen.

In einem Wirtsgarten aßen wir zu Abend, tranken roten Wein dazu, und als Urschel vom Haus her Tanzmusik hörte, tat sie einen Schrei vor Entzücken und riß uns lachend und glühend mit hinein.

Spät in der Nacht kamen wir heim; unten vor dem Hause hatten die beiden Verliebten noch ein Geflüster und Heimlichtun miteinander, das kein Ende nehmen wollte. Schließlich schloß ich das Haus auf und

machte mich daran, allein hinaufzugehen. »Ich komme gleich nach!«
rief Urschel, und der Blonde grüßte.

Dann lag ich ärgerlich in meinem Bett und horchte in die Dunkelheit
hinein, bis ihr leichter Schritt die Treppe heraufkäme. Und dann
plötzlich war draußen ein Geräusch und kurz darauf in Urschels
Kammer ein leises Lachen. Ich sprang auf, lief vor ihre Tür und rüttelte
an der Klinke.

»Urschel!«

Es blieb alles totenstill.

Da wurde es mir auf einmal ganz elend und schwer in allen Gliedern;
ich lief in meine Kammer zurück, schloß die Tür hinter mir zu und
lag dann schluchzend in meine Kissen vergraben, bis ich mich in Schlaf
geweint hatte. Von Urschels Kammer nebenan war kein Ton mehr zu
mir gedrungen.

– – – Von jenem Sonntag an konnte ich mich nimmer über Urschel
beklagen. Den Blonden schien sie vergessen zu haben; sie war nur noch
für mich da, hielt mich umschlungen, wenn wir abends unterm Fenster
saßen und spielte mir meine Lieblingslieder vor. Oft, wenn ich morgens
erwachte, sah ich sie in einem erschöpften Schlaf mit verweinten Augen
vor meinem Bett auf dem Boden liegen, und wenn ich sie erschrocken
weckte und befragte, küßte sie mich:

»Ach, ich möchte eben immer bei dir sein!«

Sie wurde noch fleißiger als vordem, zart und leise, und ihr Gesicht
war voll schmerzlich beseelter Schönheit; alles Wilde und Törichte fiel
von ihr ab. Sie nahm ihre vielen Bildchen von den Wänden und ver-
schenkte sie. Den Stieglitz ließ sie fliegen, und die Schildkröte setzte
sie in einen Garten, daß Kinder sie finden konnten. Mir blutete das
Herz, wenn ich die fröhliche Stube so zerstört sah; sie streichelte mich
aber und fragte mit traurigem Lächeln: »Gelt, ich bin arg dumm gewesen früher! Jetzt bin ich gescheit; ach, so kalt und grausam gescheit.
Ich weiß jetzt alles!«

Nur die drei Mannen über dem Bett blieben hängen in der ganzen
Größe ihrer Unsterblichkeit.

Dann kam jener schöne traurige Abend im Juli. Urschel brachte eine
Düte mit großen, schwarzen Kirschen, wir saßen im Abendschein unter
ihrem Fenster, aßen und spuckten die Steine weit hinaus.

»So ist es schön, Kirschen zu essen; an einem offenen Fenster, worunter ein Fluß vorbeifließt, daß die Steine ungesehen verschwinden«,

sagte sie und fing dann so unters Essen hinein leise zu erzählen an, von Kirschbäumen in ihrer Heimat, von dem Stieglitz und von den Seiltänzern.

»Du Agnes«, sagte sie dann traurig, »ich werde doch wohl keine Zigeunerin sein. Ich glaube, ich bin zu sauber dazu; ich kann den Schmutz nicht an mir leiden.«

Nach einer Weile fragte sie ganz unvermittelt: »Weißt du, was die alten Deutschen mit ihren schlechten Dirnen gemacht haben? Es ist mir so, als hätten sie sie in den Sumpf gejagt. –

Weißt du's nicht?«

Ich schüttelte verwundert den Kopf und meinte, ich könne ja in irgend einem Buch nachschlagen.

»Nein, laß nur«, sagte sie. »Es wird wohl stimmen mit dem Versäufen!« Darauf seufzte sie leise und schwieg.

Später, als es dunkel war, gingen wir noch zusammen an den Fluß hinunter. Es war eine wundersame stille Nacht, Brücke und Wasser lagen schimmernd im feierlichen Lichte des Mondes, über uns aus dem tiefblauen Grunde brachen die Sterne so groß und deutlich leuchtend, daß Himmel und Erde einander nahe gekommen schienen in schweigender Schönheit.

Wir saßen auf der Brücke, ergriffen von dieser Nacht, deren mächtige, stumme Sprache in uns weiterredete, lauter und unbezwinglicher als in all der Zeit, seit wir uns kannten. Ich legte mein Gesicht in ihren Schoß, große, warme Tränen fielen aus den lieben Augen darauf nieder; sie trocknete mir's mit ihrer Schürze und liebkoste mich stumm und innig.

Als wir dann aufstanden und weitergingen, sagte sie leise: »Du bist ein guter Kerl, Agnes. Aber ich glaube, du hast zu wenig dumme Streiche in deinem Leben gemacht. Das ist nicht gut.«

Dann lachte sie. »Ich habe die meinigen gemacht und sie haben mich genug gedrückt. Aber jetzt sind sie alle so leicht geworden, und wenn ich in den Himmel komme, fliegen sie lustig und gemütlich wie Pfeifenwölkchen um meine arme Seele herum, daß der liebe Gott lachen muß und das Schimpfen vergißt.«

Wir machten ein Boot los und fuhren noch bis Mitternacht auf dem glänzenden Wasser, dann ruderte sie mich ans Ufer und bat mich, heimzugehen, sie wolle später nachkommen.

Und als ich ans Land steigen wollte, da riß sie mich noch einmal ins Schifflein zurück, preßte meinen Kopf an ihr Herz und küßte mich heiß und zitternd wie in Angst und Leidenschaft.

»Sei doch nicht so wild und so wunderlich, – du. Du machst mir ja Angst«, sagte ich. »Komm, wir wollen uns die schöne Nacht nicht verderben!«

»Ja, – ich bin gleich ruhig. Aber«, und dann fing sie auf einmal an, leise zu lachen, »wenn ich nun zum Beispiel heute Nacht ins Wasser spränge, – gelt, dann käme das Amtsgericht um die fünfundzwanzig Mark Strafe, die ich noch schuldig bin? Ach, das täte mich noch in der Ewigkeit freuen!«

Sie wurde aber gleich darauf wieder ernst und still und in ihren Augen waren Tränen.

Dann half sie mir ans Land steigen, bot mir zum Abschied noch beide Hände herauf und sagte leise: »Gute Nacht, Agnes. Wenn du einmal nach Spanien kommst, sag einen Gruß von mir!« Darauf stieß sie ab und blickte nimmer zurück.

Ich schritt langsam heim und war sonderbar ergriffen. Aber nicht traurig wie in jener andern Nacht, da Urschel den Blonden mit zu sich heraufgenommen hatte, sondern glücklich und von einer tiefen, dankbaren Freude erfüllt, darüber, daß ich einen solch schönen, köstlichen Menschen zum Freunde hatte wie meine Urschel. Noch vor dem Einschlafen fuhr ich über meine Wange, wo ihre Tränen und Küsse hingefallen waren und nannte zärtlich ihren Namen.

»Liebe, liebe Urschel!« – – –

Am nächsten Morgen war Urschel verschwunden. Man fand ihre Schürze und nassen Kleider am Fluß; die Leute sagten, sie sei ins Wasser gegangen, weil sie von dem Schulmeister ins Unglück gebracht und verlassen worden sei, und Männer mit Stangen suchten am Flusse nach ihr. Ach, ich glaubte es nun auch, ich meinte, es noch gewisser zu wissen, als die andern!

Es war alles so namenlos traurig und schwer und entsetzlich.

Die Männer fanden sie nicht; der Leichnam war wohl vom Flusse mit fortgerissen worden.

– Nach acht Tagen bekam ich einen Brief.

»Liebe Agnes, ich bin in Hamburg. Damals in der Nacht habe ich mich im Fluß ertränken wollen; ich bin aber nicht untergegangen, weil ich so gut schwimmen konnte; es war zum Lachen. Jetzt ist es mir auch so recht. Ich will nach Amerika. Wenn ich drüben bin, schreib ich Dir wieder, und wenn es schön ist, mußt Du auch kommen; dann freue ich mich.

Du wirst schon wissen, warum ich es habe tun wollen. Aber ich fange jetzt an, es lieb zu haben. Wenn es ein Mädchen wird, heiße ich es nach Dir. In Hamburg gefällt es mir gut; ich war schon am Hafen und habe Schiffe gesehen; sie sind bloß ganz fürchterlich viel größer, als ich sie mir vorgestellt habe. Wenn ich bei der Überfahrt nur auch die Maschinen sehen darf! Neger habe ich auch schon gesehen und gestern einen Chinesen.

Viele Grüße und einen Kuß von Deiner Urschel.«

– Ich lachte und weinte, war halb närrisch vor Freude und las den Brief wohl hundertmal. Ach, das war sie, wie sie leibte und lebte; meine liebe, liebe Urschel!

– Sie hat mir nie mehr geschrieben.

Es ist mir, als habe ich es dazumal schon leise und dunkel geahnt, daß sie mir für immer verloren sei. Und doch war es nun, da ich sie auf einem Schiff über's Meer fahren wußte und einer neuen, begehrlich ersehnten Zukunft entgegen, lange nicht so trübe und furchtbar, und tausendmal besser zum Ertragen für mich, als wenn sie die Stangenmänner vom Flusse aufgefischt hätten.

Aber die fröhliche, helle Flamme meines Lebens fiel jäh in sich zusammen, nun, da ihr die Nahrung ausging. Es ist mir vergönnt gewesen, eine Zeitlang von eines prächtigen und schönen Menschen Leben mitgerissen zu werden und aus seinen Augen die Welt zu sehen; da war sie reich und bunt und voller Leben und Ereignis und Unerschöpflichkeit, und unser Schicksal war das der Welt, weil wir kühn mitten drin uns treiben ließen wie ein Boot auf bewegtem Wasser, selber bewegt, selber vom Wind und Sturm getrieben und dem großen, weiten Meer zusteuernd.

Und nun mit einem Schlage hatte ich mein eigenes, kleines, jämmerliches Dasein wieder, und sah mit Entsetzen, daß ich nicht Kraft und Witz und Fröhlichkeit genug hatte, es allein so weiter zu führen, wie es vorher mit Urschel gewesen war. Mein Schicksälchen lief grau und armselig weiter und wartete auf den großen Strom und das weite Meer, dem wir damals so nahe standen, und mußte noch lange warten.

In einer halb blöden Stumpfheit lebte ich die nächsten Monate vor mich hin. Einmal noch kam all der Schmerz grausam neu über mich;

in der Stunde, da ich mein Erbe antrat: da ich den Schiller, Kopernikus und Zeppelin von der Wand nahm und ihn unten in meinem Koffer barg.

Tags darauf zog in einem schwarzwollenen Kleid und mit falschen Zähnen eine dicke Nane nebenan ein.

* *
*

Schon von meiner Kindheit an war ich gewöhnt, mit irgend jemand in herzlicher Vertrautheit zu leben und alles zu bereden, was mir auf der Seele lag. An Margret und an Elsbeth hatte ich mit der gleichen, warm erwiderten Liebe gehangen; und nun, da durch Urschels wundersame Freundschaft alle Hingabe und Liebe und Neigung in mir geweckt und erwartungsvoll war, stand ich allein, suchte vergebens nach einem Menschen, dem ich meine Liebe schenken könnte, und das schwere Blut meines Vaters regte sich in mir dunkel und drängend.

Und da war es wieder die Neigung zu der schönen, kühlen Frau Gunhild, die mich packte wie ein toller, ungebändigter Sturmwind, und es war keine Urschel mehr da, die mich mit treuen, fröhlichen Händen davor bewahrte.

Wenn sie an mir vorüberging, klopfte mir das Herz vor Beklemmung, ich zitterte, wenn sie mich rief oder ansah und wenn sie mit mir sprach, kamen mir Tränen in die Augen. In den einsamen, schwülen Sommernächten machte mich die Leidenschaft halb verrückt; ich küßte im Flur ihren Hut und ihre Schuhe, manchmal schlich ich mich lautlos vor ihre Schlafzimmertür, warf mich auf den Boden und krampfte meine Finger in die Matte. Und ich dachte oft in schmerzlicher Verwunderung, wie es denn möglich sein könne, daß diese ungeheure Kraft so ganz verloren und ohne Widerhall bleiben könne; ob es da nicht geheime Strömungen gäbe, Fernwirkungen, die Träger und Überbringer solcher stummer Sehnsüchte wären. Ach, sie mußte es doch spüren, daß ich sie lieb hatte!

Schließlich wurde ich mager und müd und kam in der Kraft und Gesundheit herunter; ich vernachlässigte meine Pflichten, und eines Abends, als ich den Tisch vom Nachtessen abräumte, stellte sie mich zur Rede.

»Was ist mit Ihnen, Agnes? Sind Sie krank?«

Da sagte ich ihr mit abgewandtem Gesicht alles, wie ich sie lieb hätte und die Not meiner Nächte. Ich fragte sie traurig, ob sie es denn nicht gespürt habe, daß ich ihr leidenschaftliche Liebe entgegenbringe und Tag und Nacht sehnsüchtig an sie denke.

Sie schwieg lange, wie es so ihre Art war. Dann sprach sie langsam: »Nein, ich habe nichts gespürt. Und dies kommt daher, weil ich nichts spüren will! Sehen Sie, ich kann so etwas nicht verstehen. Kämpfe und Schmerzen hat ein jeder Mensch, auch ich; aber es ist etwas in mir, das mich davor behütet, von einer Leidenschaft so jämmerlich haltlos gemacht zu werden, wie Sie. Ich bin mir einfach zu gut dafür; ich habe es nicht nötig, jemand nachzulaufen, der meine Liebe nicht möchte. Und ich will es Ihnen offen sagen: die Leute, die so wenig Stolz und innere Kraft haben, daß sie nicht Herr über sich selber werden, die verachte ich; eine solche Liebe ist keines rechten Menschen würdig, und ich möchte nicht, daß mich – so – etwas – berühre.« –

Dann faltete die stolze Frau ihre Serviette zusammen, verließ das Zimmer und ließ mich unsagbar verwettert und keines Wortes mehr mächtig zurück. Wie betäubt starrte ich auf ihren leeren Stuhl und als ich mich endlich wieder gefaßt hatte, schlich ich mich leise hinaus und die Treppe hinunter, um meinen Jammer an den Fluß zu tragen. An einer Stelle, unweit des Wehres, wo ich oft mit Urschel gesessen hatte, und wo man weit über das Tal sah, setzte ich mich ans Ufer, zog meine Schuhe und Strümpfe aus und hängte die Füße ins Wasser, – und bedachte, daß es wohl das beste wäre, ich tue das, was meine Ur-schel nicht fertig gebracht hatte.

Es war ein schwüler, von einer seltsam bangen Unruhe erfüllter Abend; ein schweres Wetter stand am Himmel, im Westen schoben sich die Wolken über einem verhaltenen Leuchten, und in wunderbarer, bläulicher Klarheit und Nähe lagen Berge und Tal und Fluß in der fahlen, dünnen Gewitterluft. Dicht über dem Wasser aber strichen zahllose Schwalben, wie in angstvoller Hast mit sausendem Schwirren hin und her; dazu hörte man neben dem Rauschen des Wehres hie und da einen dumpfen Donner über das Gebirge her in die gespannte, lauernde Stille hinein.

Und wie ich nun in Elend und Trauer daran dachte, daß gerade ich, die das dürstende, begehrende Blut meines Vaters hatte, das mir schier die Adern sprengte vor drängender, sehnsüchtiger Gewalt, alle Men-schen, die mir lieb waren, wieder verlieren müsse, – da ich Elsbeth und den Vikar, Urschel und die schöne Gunhild im Geiste vor mir sah und wie heiß und echt ich sie liebte und Schmerzen um sie litt und Leidenschaften verwürgte, und nun erkennen mußte, daß mir keines von ihnen mehr blieb, – da ich das Leben, das ich glaubte in Tanz und fröhlichen Nächten verstanden und besessen zu haben, so nackt und unverhüllt in seiner eigenen, nächtigen Unruhe und stummen Sehnsucht sah, da fiel es mir urplötzlich wie ein Schleier von den Augen; es erging mir wie Urschel, da sie sagte: ich bin so grausam gescheit; ich weiß jetzt alles!

Es kam eine Erkenntnis über mich, schmerzlich freilich, grausam schmerzlich, und doch wie ein göttliches Licht: ich wußte, daß ich das Leben nicht gekannt hatte bis zu dieser Nacht und daß es viel trauriger und viel schöner sei als ich je geglaubt hatte. Ich sah ein, daß man keinen Schmerz umsonst leide, ja, daß Schmerzen und Verluste sein müßten, um einen reif und weise und wahrhaft glücklich zu machen. Und ich gelobte, kein Leid und keine Sehnsucht mehr in so läppischer Ungebärdigkeit auszutoben wie die Liebe zu Frau Gunhild; was von jetzt an an Schmerzen über mich käme, wollte ich bewußt und still und eines tapferen Menschen würdig hinnehmen und tragen. Und ich war froh, daß mir das Leben stumm seine traurigen Hände bot, daß ich sie ergreife und mittue; jetzt, in Not und Einsamkeit, da ich nichts anderes mehr hatte, kam die gütige Mutter Natur selber, mich zu trösten, und ich sah in einer jähen Offenbarung ihre allmächtige Schönheit und Größe.

Es wurde dunkel um mich; die Nacht hing in vielen drängenden, unerlösten Gewittern; es fiel kein Tropfen, nur irre Lichter zuckten über den verwölkten Himmel, und der schwüle Wind fuhr durch die Uferbüsche. Und mit jedem Wetterleuchten wurde es klarer in mir und gewisser; und als ich die Füße aus dem Wasser zog, war ich ein anderer Mensch als vorher. Ich brachte es nicht über mich, meine Schuhe anzuziehen; ich mußte meine liebe Erde unter den bloßen Füßen spüren und meinte, sie damit zu liebkosen.

Und als ich nun, die Strümpfe über die Achsel gehängt, über die Brücke heimwärts lief, dichtete ich einen Lobgesang an das Leben: »O du liebes, wonniges Leben, wenn du nichts wärst als Frühling und Sommer und Winter, so wärst du dem, der dich mit offenen Augen sieht, nichts als Lust und Unerschöpflichkeit; und wärst du nichts als

Lieben und Schmerzenhaben und Geliebtes wieder verlieren, so wärst du köstlich und wundersam!«

Und es fielen mir Lieder ein und Gedanken, und ich fing an zu dichten und dachte lachend, wie es schon einmal ein Fußbad gewesen sei, das mich derartig angeregt habe und beschloß, falls ich das Dichten einmal nötig hätte, mich wieder eines solchen zu bedienen. –

Am andern Morgen kündigte ich Frau Gunhild meine Stellung; sie sah mich ruhig und ein wenig mitleidig an; nun, da ich mich selbst nimmer bemitleidete, rührte es mich nimmer, und ich kam glatt über den gefürchteten Augenblick weg. Dann schrieb ich auf ein Kindermädchen-Gesuch in einer Zeitung, schickte Gunhilds Zeugnis hin und bekam die Stelle.

Am ersten Oktober reiste ich. In einer windigen Morgenfrühe fuhr ich noch einmal über den Fluß, lief über Brücke und Markt, und es war mir wehmütig und froh zugleich zu Mute. Als ich Frau Gunhild zum letztenmal die Hand gab, blickte ich sie mutig und zuversichtlich an und hatte die Freude, noch einmal jenes köstliche, liebe Lächeln an ihr zu sehen, das mir wie eine freundliche Verheißung für mein ferneres Schicksal dünkte.

Nur ganz am Schlusse, als ich schon im Eisenbahnwagen saß, übermannte mich noch einmal der Schmerz um alles, was ich hier zurückließ; der Zug fuhr langsam zum Städtlein hinaus, in der Platanenallee war es schon herbstlich kahl; ich konnte zwischen den Stämmen eine Reiterin erkennen, die in langsamem Trab daherkam und dem Zug nachschaute. Es war Gunhild; und als ich die stolze Frau noch einmal so fein und königlich auf ihrem Pferd sitzen sah, lief es mir heiß die Backen hinunter. Ich blickte nach ihr zurück, solang ich sie sah und weinte bitterlich.

Mir ist, als habe sich von jener Reise an in meinem Leben eine bedeutsame Wandlung vollzogen; war ich seither, durch Kindheit und frühe Jugend gleichsam wie von einem gemächlichen und eigentlich garnicht zu mir gehörigen Strom zumeist durch traurige oder doch sehnsüchtige und halberfüllte Zeiten weiter gespült worden, so wurde jetzt mein Fahrwasser zur Brandung, ich stand mitten drin in Wirbeln und Geschehnissen, und es wurde mir wohl bewußt, daß dies zu mir gehörte, denn ich mußte streiten und mich wehren und festhalten, daß ich nicht unterging.

Wiewohl mein Leben auch heute noch bewegt und bunt genug hin-
läuft, so hat es doch mit jenen Stürmen nichts mehr zu tun; das alles
drängte sich damals in ein paar kurzen Jährlein zusammen. Mit jener
Reise war das zarte und träumerische Vorspiel zu Ende; brausend und
hinreißend brach nun die große und seltsame Musik meines Lebens
über mich herein.

Zunächst ging es nun noch betrüblich und langweilig genug zu.

Ich kam in eine fremde große Stadt als Kindermädchen, und ich,
die Kräfte gehabt hätte, sechs wilde Buben zu versorgen, mußte nun,
ohne daß ich im Haushalt mitangreifen durfte, ein kleines, schläfriges
und sanftes Mädelchen hüten. Des Abends um neun Uhr mußte ich
im Bette liegen und während der Nacht sollten fein säuberlich Fenster
und Läden geschlossen bleiben, da ich mit der Kleinen in einem Zimmer schlief.

Ich durchlebte Stunden voll namenloser, drängender Unruhe, in
denen sich meine Jugend, Gesundheit und Schaffenslust empörten gegen
dieses aufgezwungene Müßigsein, – Augenblicke, in denen alles an mir
zitterte vor zurückgedrängter Kraft und Vollblütigkeit und deren uner-
löste Qual mich bedrückte wie eine Krankheit. Manchmal befiel mich
dieses Fieber am Tage, wenn ich Leute schwere Arbeit tun sah,
manchmal abends, wenn ich im Vorübergehen aus festlichen Sälen
Tanzmusik hörte, meistens aber in der Nacht, wenn ich ohne Schlaf
und Müdigkeit auf meinem Bette lag und alle Sehnsüchte, aufzustehen
und etwa ein Stück in die Nacht hinauszulaufen, in mir unterdrücken
mußte, da ich das Kind nicht allein lassen durfte.

Und ich war es doch gewöhnt, die halben Nächte durchzuschwärmen!
Nun lag ich trostlos allein im Dunkeln, durfte kaum ein Fensterriegelein
offen haben, indeß doch von draußen mein liebes Leben in vielen
lockenden Stimmen herein drang. Und meine wache, begehrende Seele
lag wie ein gefangenes Raubtier und durfte nicht mittun, und jeder
Katzenschrei in der Ferne konnte mich zum Stöhnen bringen vor
Jammer.

Die langen Winterabende verbrachte ich so gut es ging mit Lesen;
auch fing ich, halb aus Langeweile, halb aus wirklichem Interesse an,
mein bißchen Französisch und Englisch aus der heimatlichen Realschule
weiter zu treiben; doch fehlte mir hierzu die Konversation und zum
ersten ein geistiges Gewecktwerden überhaupt. Wohl hatte ich mit
Urschel zusammen geschichtliche Romane und Dramen mit Genuß

und Verständnis gelesen, aber die moderne Literatur und vor allem Lyrik schienen mir lediglich Empfindung und Ausdrucksform einer gebildeten, mir unendlich fernstehenden Menschenklasse zu sein, davon ich mich bald im Innern unberührt abzog und deren Sinn mir unverständlich und unerschlossen war.

Im Frühsommer aber ging mir wieder ein Türlein zum Leben auf. Mein Pflegling bekam den Keuchhusten und wir verreisten zum Zwecke einer Luftveränderung in eine hochgelegene und waldreiche Gegend, um für einige Wochen in einem von allem Verkehr meilenfernen ländlichen Wirtshaus Wohnung zu nehmen. Das Anwesen lag einsam inmitten Wiesen und Wald; man ging bis zum nächsten Dorf wohl eine Stunde. Es war ein großer Bauernhof mit Knechten, Mägden und vielem Vieh; früher hatte das Wohnhaus, hart an der Landstraße gelegen, den vorbeiziehenden Fuhrleuten als Herberge gedient, nun war es zu einer Art Kurhaus umgewandelt, und man wußte nicht, machte es die köstliche Luft da droben oder die gedeihliche Sorge der alten Wirtin für das Leibliche, die es einem so wunderlich wohl werden ließ.

Mit brennendem Neide sah ich die Mägde auf dem Hof und in den Ställen ihre Arbeit tun, hörte am frühen Morgen, wenn sie aufs Feld fuhren, ihr Gelächter und ihre fröhlichen Stimmen, und an den Sonntagen stand ich mit zuckenden Füßen an meinem Fenster, wenn ich wußte, daß sie drüben in der Scheuer mit den Knechten tanzten und die dünne Drehorgelmusik mir in den Ohren war. Einmal, als man die ersten Heuwagen einführte und alles, was auf dem Hof war, mit äußerster Kraft das seine dazu tat, um vor einem heraufziehenden Wetter das Heu hereinzubringen, ließ ich das Kind allein im Zimmer oben sitzen, rannte verbotenerweise in den Hof hinunter und half diebisch vergnügt beim Abladen. Die Wirtin sah es im Vorbeigehen, nickte mir zu und lachte ein bißchen; auch sprach sie später am Abend, als wir uns im Haus oben begegneten, eine Weile mit mir, wie dies schon öfters geschehen war. Ich faßte zu der freundlichen und klugen Frau ein sonderbares Zutrauen, schüttete ihr mein Herz aus und sagte mit etlicher Verzweiflung, daß ich es in diesem faulen und untätigen Zustand nimmer lang aushielte. Sie sagte aber nichts darauf und bot mir bald Gute Nacht.

Am andern Morgen, als ich mit der Kleinen früh ein wenig spazieren lief, sah ich sie durch ihre Äcker gehen, um zu besehen, was das Wetter geschadet habe. Als wir näher kamen, rief sie uns zu sich her und sagte, sie wolle etwas mit mir besprechen. Ich sah sie erstaunt an.

»Ich möchte Ihnen einen Vorschlag machen«, begann sie. »Ich möchte Sie Ihrer Herrschaft nicht abspenstig machen; aber wenn Sie sich *doch* einmal eine andere Stelle suchen, – dann können Sie zu mir kommen. Ich bin eine alte Frau und komme mit manchem, was getan sein sollte, nimmer so recht zustande; z. B. mit dem Briefschreiben und der feinen Wäsche, Flicken und solchen Sachen. Eine Bauernmagd kann ich dazu nicht brauchen, und meine eigenen Kinder sind verheiratet und weit fort von hier. Sie sollen es gut haben bei mir, auch im Lohn; und Sie können das Kochen lernen und das Feldgeschäft, wenn Sie das doch so gern tun.«

Als sie aber meine freudige Rührung heraufsteigen sah, fügte sie schnell hinzu: »Sie dürfen sich die Sache aber nicht so leicht vorstellen; Sie müssen schaffen wie ein Ochs und was dran kommt, – man kann da bei uns keinen Unterschied machen. Auch sagt man hier nicht Fräulein zu Ihnen, wie Sie das wohl gewöhnt sind, und Sie müssen mit den andern Mägden und den Knechten in der Küche essen. Überlegen Sie sich's wohl; ich will jetzt noch gar keine Antwort.«

Mir schoß einen Augenblick durch den Kopf, daß, wenn Frau Griffländer damals nicht gestorben wäre, ich jetzt wohl Studentin sein könnte, auch, daß ich in der Schule einstens Englisch gelernt habe und daß mein Bruder ein gelehrter Herr sei; – und daß ich trotz alledem eben im Begriff war, als Bauernmagd auf einem weltfernen Hof zu landen, wo ich mit den Roßknechten und Säutreibern zusammen am Tisch essen mußte.

Aber es brachte mich bloß zum Lachen; ich streckte der alten Frau, rot vor Freude und Dankbarkeit, die Hand hin: »Ich kann es Ihnen jetzt schon sagen, Frau Finkenlohr; ich weiß es heut so gut wie in einem Vierteljahr: ich komme, sobald ich kann!«

Somit war der Bund geschlossen; wir lachten eins das andere an, und nach sechs Wochen hielt ich in einer stillen, niedlichen Stube des alten Wirtshauses meinen Einzug.

Drittes Buch

Das Haus hieß »Zum gottlosen Zinken«; und wenn dieses sich auch aus seiner ruhmreichen Vergangenheit, wo es allem fahrenden Volk und Gesindel zum Unterschlupf gedient hatte, schon einigermaßen erklären ließ, so kam mir der Name zu Anfang doch mächtig befremdlich und lächerlich vor. Hör ich ihn aber heute, nach all den vielen Jahren, einmal nennen oder ist er mir selber auf den Lippen, so kommt mir eine Innigkeit und quellende Wehmut zum Herzen, als ob man von einer vergangenen Liebschaft, einer seligen Kindheit oder etwas ähnlichem Schönen und Köstlichen spräche. Ich habe die glücklichste Zeit meines Lebens dort oben zugebracht; es war, als sei mir dort der Boden geschaffen, für den ich geboren sei und die Luft, in die ich gehöre und das Leben grad so, wie es für mich am herrlichsten war.

Das Land war eine Hochebene, von sanften Hügeln unterbrochen und an ihrem Ende gegen waldige Flußtäler steil abfallend. Der Winter war lang und rauh, von ungeheuerlichen Stürmen begleitet, die in rasender Wucht über das freie Land hinfuhren und deren ähnliche ich anderorts nirgends erlebte. Sie tobten Tage und Nächte lang ununterbrochen; als sie in meinem ersten Herbst droben einsetzten, schlief ich die Nächte nicht vor Zittern und jämmerlichem Elendsgefühl und lief bei Tag herum wie ein verwehtes Blättlein. Die Knechte hatten ihren Spott mit mir; ich gewöhnte mich aber bald daran; später hatte ich die Stürme gern und liebte besonders die föhnigen, warmen, feuchten im April und Mai.

Zwischen dem sich endlos hinziehenden, herben Winter lag, kaum, daß Frühling oder Herbst gewesen wäre, ein kurzer, glühender Sommer. Die Sonne hatte eine wunderliche Kraft dort oben, sie schien mir stärker zu brennen als in meiner Heimat und an allen Orten, die ich kannte; man meinte, ihr näher zu sein, als im Tal drunten. Das Köstlichste aber war die Luft droben, im Winter und Sommer gleich klar und rein und würzig vom Wald her. Auch in sturmfreien Zeiten war sie leise bewegt, sodaß selbst in die glühendsten Tage ein Hauch von Frische und Kühle kam.

Zu Anfang war ich auch bei der mäßigsten Arbeit sterbensmüde, matt und abgeschlagen in allen Gliedern; Frau Finkenlohr aber lachte dazu und meinte, es ginge allen Fremden so in der ersten Zeit; man müsse die gute Luft erst ertragen lernen. Und es war so; wie sich meine Seele mit den Stürmen vertraut machte, so gewöhnte sich mein Körper an Luft und Sonne und was es an Gutem droben noch gab. Ich ging in die Höhe und Breite und war am Ende des Sommers braun wie eine Haselnuß.

Die Leute dort oben paßten zu ihrem Land; sie waren rauh, derb, außen und innen und ihren Stürmen und Wettern gewachsen; aber es war, als sei von der Glut ihrer Sonne ein Teil in sie übergegangen; selten hab ich so ein lebenslustiges und leichtsinniges Völklein beieinander gefunden, wie im gottlosen Zinken droben. Mir war es recht. – Auch die Wirtin stammte von der Gegend; sie war eine Bauerntochter, hatte aber einen Geschäftsmann geheiratet und ihr Leben im Unterland zugebracht. Erst im Alter und als ihr Mann gestorben war und die Kinder versorgt und verheiratet, war sie wieder heraufgezogen und hatte den gottlosen Zinken gekauft, der damals in einem bösen, verlotterten Zustand war.

Diese Frau genoß ein Ansehen in der ganzen Gegend wie ein König. Es waren eine Menge Anekdötlein und absonderlicher Geschichten über sie im Umlauf, da sie schon als Kind ungemein klug und willensstark gewesen sein mußte. So habe einst ihr Vater mit einem Nachbarn in einem bösen Streit und Prozeß gelebt; kein Advokat und kein Richter der Umgegend habe zu ihrem Vater geholfen, obwohl das Recht auf seiner Seite gewesen sei; denn der Nachbar war der reichste und mächtigste Hofbauer weit und breit. Da sei sie kurzer Hand eines Morgens auf einen Gaul gestiegen und gerades Wegs zum Herzog in die Residenz geritten und habe ihm und seinen Räten die Geschichte vorgetragen. Worauf der Herzog, der an dem kühnen und wohlgestalteten Bauernmädchen, das kaum zwanzig Jahre alt war, seine Freude hatte, denn auch für eine glänzende Abhilfe sorgte.

In ihrem Alter nun machte sie keine solchen abenteuerlichen Sprünge mehr. Als ich sie kennen lernte, war sie schon über siebzig; sie war ein bißchen dick und ihr freundliches Gesicht von einer Menge winziger Fältchen bezogen; auch saß auf der linken Seite ihrer Nase eine komische, kleine, braune Warze gleich einem unverschämten Witzlein. Sie arbeitete von früh bis spät in einer geruhsamen und vergnügten Art, die es einem unendlich wohl machte, um sie zu sein. Im übrigen bestand ihr Wesen aus vielen wunderlichen, halb gütigen, halb heiteren und spassigen Eigenheiten. Wenn sie ins Dorf ging, führte sie in ihrer Rocktasche stets eine Schnupftabaksdose voll gestoßenen Zuckers mit sich; schon von weitem sprangen ihr dann die Kinder entgegen und zeigten ihre Hände her. Wer aber eine sauber gewaschene Hand hatte, durfte seinen Zeigefinger ablecken und damit in die Dose fahren, sodaß er um und um mit Zucker behangen war.

Von der ganzen Gegend kamen die Leute zu ihr, um sich Rat und Beistand zu holen. Sie wies nie einen ab und gab einem jeden freundlich und so gut sie konnte Bescheid; nach einer Weile aber streckte sie ihm vergnügt die Hand hin: »Ich will Sie jetzt nimmer aufhalten; Sie werden pressieren!« und geleitete ihn mit sanfter Entschiedenheit zur Tür.

Hängte sie Wäsche auf, so war, wie auf Kommando, fast stets der strahlendste Sonnenschein; darob war Frau Finkenlohr weit und breit berühmt. Im Heuet schickten die Bauern ihre Mägde, zu fragen, wann im gottlosen Zinken gewaschen werde, damit man sich mit dem Heuen darnach richten könne. – Hatte man einen bösen Buben, so schickte man ihn auf den Zinken als Knecht; Frau Finkenlohr brachte ihn zurecht. Hatte man ein Geldlein nötig, so lieh es Frau Finkenlohr; war eine Kuh krank, wußte jene mehr als der Tierarzt, und kam einer zum Sterben, so schickte man zur Zinkenwirtin vor dem Pfarrer.

Dazu trug sie Sommer und Winter Kleider von einer fröhlichen rötlichbraunen Farbe mit einem sanft abtönenden Geflimmer schwarzer Strichlein drin; zum Ausgehen einen kühnen und leise wippenden Kapotthut nach längst entschwundener Mode, zum Arbeiten aber eine blaue Schürze dazu, sodaß sie, wenn man noch das graue Haar und die roten Bäcklein ansah, allezeit einen vergnüglich farbigen und aufheiternden Eindruck machte.

Was es auf dem Hof an Gutem, Schönem, Wertvollem und Heiterem gab, sei es an Arbeit oder Genuß gewesen, das ging fast alles von dieser Frau aus; und je mehr ich mich diesem wonnigen Leben hingab, desto tiefer wurde in mir die Verehrung und Liebe zu ihr. Ich war noch gar nicht lang im gottlosen Zinken, als ich in einen verwunderlichen und komischen Zustand geriet: ich spürte mit einemmal, daß ich in die dicke alte Frau verliebt war – verliebt mit allen Finessen und zu diesem Zustand gehörigen Stimmungen und gelegentlichen Nöten, wie ich es etwa in einen schönen jungen Herrn hätte sein können. Nahm ich mir voller Ernst und Energie des Morgens vor, ihr nicht den ganzen Tag lang nachzulaufen wie ein Hündlein, so war ich, kaum sah ich die blaue Schürze hinter irgend einem Stall oder Wiesenhang auftauchen, unversehens an ihrer Seite, um zornentbrannt über mich selber und beschämt wie ein armer Sünder alsobald wieder wegzulaufen, wenn sie mich fragend und verwundert ansah. Ihr wachstuchenes Brillenfutteral auf der Fensterbank der Wohnstube, ihre grauwollenen Schlupfpantoffeln unter dem Ofen erfüllten mich mit sonderbar zärtlicher Wonne und Innigkeit, sobald ich sie erblickte; rief sie mir oder nannte meinen Namen, so lief es mir wie ein süßes Gestreichel über den Leib; und zeigte sie mir in der Küche etwa, wie man einen Hasen abzog und spickte und stand dabei so dicht hinter mir, zusehend, wie ich Speckstreifelein schnitt und durch das Fleisch zog, griff auch zuweilen über meine Schulter, indem sie mirs besser wies, so stieg mir das Blut zu Kopfe vor seliger Beklemmung, so nah und vertraulich bei ihr zu sein. Auch ergriff mich manchesmal ein kindischer Neid, wenn ich sie ein Bauernbüblein streicheln sah, das von ihrem Zucker bekam, und ich hätte selber noch klein sein mögen und aus ihrer Dose schlecken.

Je länger ich aber um sie war und ihr einfaches und gesundes Wesen auf mich wirkte, je öfter ich ihr in die lieben, vergnügten Augen guckte, um so mehr fielen meine hanswurstigen Gefühle von mir ab; ich begann sie ohne alle sentimentalen Abschweifungen und Verwirrungen allmählich gerade heraus und ohne viele Worte einfach von Herzen lieb zu haben; und das so unabänderlich und ohne jede Trübung wie außer meiner Mutter wohl keinen Menschen mehr.

– Im Sommer fuhr ich zumeist mit aufs Feld; man blieb die ganzen, langen, heißen Tage draußen und kam des Abends todmüde heim, wo man denn auch ohne viel Feierabend gleich nach dem Abladen in seine Kammer zum Schlafen ging; kaum, daß die Mägde beim Heimfahren ein Lied vor sich hinsangen oder die Knechte nach der Abendsuppe noch eine Pfeife rauchten. Aber selig, schön und wie lauter strahlende Feste standen jeweils zwischen den schweren Wochen die Sonntage. Frau Finkenlohr litt es nie, daß man am Sonntag aufs Feld ging oder etwas auf dem Hof schaffte, wie es die Bauern in den Dörfern auch meist am Sonntag taten; und mochte es noch so dringend sein. Nach dem Mittagessen ging man auf seine Kammern und hielt einen langen herrlichen Schlaf, darein einem kein Kurgast schellen durfte; die späten Nachmittage aber vertanzte man in einer leeren Scheuer hinter dem Haus. Es kamen noch junge Leute vom Dorf dazu; die Mädchen hatten helle und sonntägliche Kleider an, die Knechte und Bauernburschen aber tanzten in ihren weißen Hemdärmeln. Zumeist waren es große und kraftvolle Leute mit braunen, schönen Gesichtern; sie waren oft wie rasend vor ausgelassener Fröhlichkeit, rochen nach Heu und nach Sonne und man hing beim Tanze köstlich leicht und sicher in ihren starken Armen. Ein barfüßiger Bub saß auf einem Strohhaufen im Eck und spielte uns auf einer Ziehharmonika; je und je sah uns ein Kurgast zu, der draußen vorbeiging oder trat Frau Finkenlohr vergnüglich lachend unter die Tür, freute sich an uns und stellte uns ein paar Schüsseln mit Küchlein hin oder einen Korb voll Birnen und einen Krug mit einem kühlen Wein. Wurde es dunkel, so ging man auseinander; die Knechte besorgten das Vieh, die Mägde gingen zum Melken, taten die Hennen ein und kochten zu Nacht. Hatte man aber gegessen, so war man noch lang in die Nacht hinein beieinander. Es waren im Hof dicke, tannene Stämme zum Trocknen hingelegt, darauf saß es sich bequem und wer keinen Platz mehr bekam, hockte auf die Küchenstaffel oder auf den Brunnenrand. Die, die einander gut waren, küßten sich ohne Scheu und hielten sich umschlungen; und die Jungen unter den Mägden, die noch keinen Schatz hatten, taten kaum minder zärtlich miteinander, wisperten, schäkerten und lachten in die Nacht hinaus. Man trieb allerlei Spässe miteinander, sang Lieder mit vielen schwermütigen Versen und einer zog die Harmonika dazu; auch erzählte man Geschichten, war einmal fröhlich, einmal traurig und ging oft erst um Mitternacht in seine Kammern.

Im Winter war es nicht so schön; fiel auch die strenge Feldarbeit weg, so ließ doch die herbe Jahreszeit die ausgelassene Fröhlichkeit der warmen Tage nicht aufkommen. Doch war an den langen Abenden alles in der großen warmen Küche beieinander; die Knechte kamen vom Holzfällen im Wald heim, stellten die vereisten Rohrstiefel gegen den Herd, daß Wasserbäche davon liefen und zündeten sich die Pfeife an. An der niedrigen Decke liefen köstliche Gerüchlein hin vom Gansbraten und Butterkuchen der Kurgäste sowohl wie von der geschmälzten Abendsuppe und dem geräuchten Speck des Gesinds. Im Backofen lagen mit lieblichem Gebrutzel die roten Winteräpfel, von denen Frau Finkenlohr allabendlich eine Schürze voll für uns hineinschob. Die Kittel der Knechte tauten allmählich auf; man saß in einem warmen Dampf, untermischt mit dicken Pfeifenwolken, rings um einen herum war ein heiteres Gesumme und Gespräch, und hörte man noch dazu von draußen den Schneesturm ums Haus gehen, so wurde es einem ohne Grenzen wohl und geborgen zu Mut.

Zuweilen hatte ich freilich eine unbestimmte Sehnsucht nach etwas, das hier auf dem Gottlosen Zinken nicht Brauch und Sitte war. Ich wußte es selber nicht so recht; aber es war etwa danach, ein schönes Buch zu lesen, von alter Zeit oder von fremden Ländern, oder eine feine, kluge Freundin zu haben, oder – wenn ich mich sehr hoch verstieg, einmal mit einem zu tanzen, der kein Bauernknecht war. Besonders packten mich solche Gelüste, wenn ich je und je einen Brief von den Geschwistern bekam. Meinem großen Bruder hatte ich zu irgend einem bestandenen Examen ein Stück Speck und einen saftigen Bauernkäs geschickt; nun sandte er mir zum Dank dafür eine Photographie, darauf er mit ein paar Freunden zu sehen war. Das waren feine und vornehme Leute, und es packte mich ein leiser Neid, daß er mit solchen zusammen sein durfte, ich aber eine Bauernmagd war, – und wir waren doch einer Mutter Kinder.

Die Regine war auf einem Lehrerinnenseminar; die Margret aber seit ein paar Jahren verheiratet. Er sei Buchhändler, ein gebildeter und gescheiter Mensch und spiele wunderbar schön Klavier; die Schwestern schrieben, die beiden seien ein prächtiges Paar; Kinder hatten sie auch und wohnten in einer Stadt, wo es sehr schön sei und sie viel Verkehr hätten.

Wenn ich solche Briefe las, wußte ich traurig, wohin meine Sehnsucht ging. Warum war ich nicht auch ein Mensch, der in einem solchen Leben mittun durfte, das mir sonderlich höher, inhaltsvoller und erstrebenswerter dünkte als das Dasein auf dem Gottlosen Zinken?

Doch waren solche Stimmungen selten und verflogen wie Wolken an einem heißen Sommertag. Die Gegenwart war zu selig und zu heiter, als daß man hätte lang an etwas Trübes oder Trauriges denken mögen. Das Leben war ohne Sorgen und so voller Wonnen jeden Tag, – was konnte man Schöneres tun, als schaffen und seine Kräfte spielen lassen, genießen, mittun und darin untergehen! –

* * *

Um die Weihnachtszeit kam eine Menge reicher Kurgäste auf den Gottlosen Zinken zum Schneeschuhfahren, darunter war ein Mensch, der sich merklich von den andern fernhielt. Er war auf sein Alter hin schwer zu schätzen und mochte etwa fünfunddreißig Jahre alt sein, ebensogut aber älter oder jünger. Er hieß Herr Bürger und war von

Beruf Kaufmann, wenigstens stand im Fremdenbuch so, und seinen Lebensäußerungen nach schien er reich oder doch sehr wohlhabend zu sein. Er ging stets tadellos gekleidet, trug außerordentlich langes, sorgfältig glattgescheiteltes Haar, worunter ein regelmäßiges und hübsches Gesicht hervorsah. Es hatte einen guten, kindlichen Ausdruck, und es lag stets eine leise Müdigkeit und Trauer darüber.

Dieser Herr hatte mancherlei ausgesprochene Eigenheiten; kam ich des Morgens mit einer Schürze voll Scheitholz in sein Zimmer, um Feuer zu machen, so saß er stets am Tisch und schrieb in ein großes, schwarzgebundenes Buch. Dazu trug er einen himmelblauen Schlafrock, und man hätte ihn mit seinen langen Haaren und dem mageren, bartlosen Gesicht akkurat für eine alte Jungfer halten können. Wenn ich so nach Mädchenart meine Augen durch das Zimmer gehen ließ, entdeckte ich auf dem Nachttisch neben des Herren Bettstatt ein gleiches schwarzes Buch und dabei einen langen, schön gespitzten Bleistift und eine Nachtlampe. Es sah aus, als sei der Herr ein Gelehrter oder Dichter, der auf alle Fälle gerüstet war, wenn ihn etwa meuchlings bei Nacht ein guter Gedanke überfalle; für Diebe und Mörder aber, die das Gleiche zu tun pflegen, lag dicht daneben ein fürchterlicher Revolver, von dem ich stets hoffte, daß er nicht geladen sei. Ich hatte noch bei keinem auf dem Zinken ein derartiges Instrument gesehen, und es kam mir überaus merkwürdig vor, daß man sich hier so bewaffnen müsse.

Noch merkwürdiger, um nicht zu sagen, etwas erheiternd erschien mir eine Art von Ausstellung, die allmorgendlich auf der Kommode Herrn Bürgers prangte. Das war in peinlich genauer, unverrückbarer Anordnung eine Reihe jener Gegenstände, die ein anderer Mensch gleichgültig des Abends, wenn er zu Bette geht, mit seinem übrigen Zeug ablegt und denen er weiter keine erhebliche Achtung schenkt. Hier aber lag Morgen für Morgen unverändert außen links das seidene Sacktüchlein aus der oberen Jakettasche, in das man nicht schneuzt, zweitens das größere Sacktuch aus der Hosentasche, sodann ein zweiter Revolver und ein zweites, etwas kleineres Notizbuch, aber immer noch größer als die, die andere Leute mit sich führen. Dann kam die goldene Uhr mit geometrisch gerade liegender Kette, darnach ein Geldbeutel, ein Füllfederhalter, ein Feuerzeug und eine Taschenapotheke, und zur äußersten Rechten machte ein Abonnement der städtischen Straßenbahnen der Stadt Karlsruhe den Beschluß, und ich sann vergeblich, was ihm dieses wohl auf dem Gottlosen Zinken nütze.

Jeden Morgen ergötzte ich mich an der seltsamen Parade; kam ich später wieder hinauf, um das Zimmer zu machen, so war alles verschwunden, kein einziges Notizbuch mehr zu sehen, und Herrn Bürgers Zimmer unterschied sich in nichts von den andern, außer einer tadellosen Ordnung. Der Herr selber saß dann im Gehrock unten an einem entrückten Tischlein des Speisezimmers und las die Zeitung oder schrieb in sein geheimnisvolles schwarzes Buch.

Tagsüber ging er nicht etwa mit den andern spazieren oder zum Skilaufen, sondern blieb zumeist auf seinem Zimmer; und wenn ich klopfte, um nach dem Feuer zu sehen, saß er am Tische und schrieb unverdrossen weiter. Nur zuweilen, wenn die andern in den Wald abgezogen waren, vernahm ich aus seinem Zimmer das Spiel einer Geige, das mir fein lieblich dünkte. Ich hörte es gerne, stand manchmal eine Weile still vor seiner Tür, um zu lauschen und gewann den seltsamen Menschen darum fast ein bißchen lieb.

Nun hatte er bei Tisch eine Nachbarin, ein junges, hübsches Fräulein namens Söderblüm. Es war ein quecksilberiges, ausgelassenes Frauenzimmer, lachte und sang und tollte durchs Haus und führte die Leute an der Nase herum. Es war wirklich ein Unglück für den stillen Herrn, daß diese Person neben ihm saß. Sie plagte ihn mit allen Boshaftigkeiten, über die sie verfügte, hatte ihn beständig zum Narren und machte ihn vor den andern lächerlich. Besonders liebte sie es, bei Tische etwas fallen zu lassen, etwa ihren Serviettenring oder ihr Taschentuch, worauf er sich stets überhöflich hinunter beugte und auf dem Boden herumsuchte, daß er ihrs wieder überreichen konnte. Dabei hing ihm der ganze, strähnige Schopf seiner langen Haare über Stirn und Nase hinunter; wenn er sich erhoben hatte, versuchte er ängstlich und verschämt, die Sache in Ordnung zu bringen, aber es ward dadurch nur um so fürchterlicher. Mit der Mähne eines Mordbrenners oder Rebellen schaute er dann aus seinem guten und kindlichen Gesichte zaghaft umher und erregte jedesmal eine ungemeine Heiterkeit.

Mir tat er leid; wenn das Fräulein etwas hinunter warf, sprang ich jedesmal schnell herzu, um den bösen Zustand zu verhüten. Denn es schien mir oft, als sei Herr Bürger wirklich ein Dichter, der nun einmal mit seinen Träumen und Eigenheiten und seiner weltfernen Innerlichkeit nicht zu dem lustigen und geräuschvollen Leben der andern paßte, und dann war es doch übel angebracht, ihn deshalb zu verhöhnen und zum Narren zu haben.

Fräulein Söderblüm war auch sonst hinter ihm her; besonders, wenn er irgendwo mit einem seiner schwarzen Bücher erschien, ja, sie zog sogar mich in ihren mutwilligen Handel hinein. Eines Tags berief sie mich in ihr Zimmer, hieß mich schwören, daß ich niemand verrate, was sie mir jetzt sage, – wartete aber meinen Schwur gar nicht ab, sondern fing an, eifrig auf mich einzusprechen. Ich sollte versuchen, eins von Herrn Bürgers schwarzen Heften zu erwischen, um es dann ihr zu bringen; etwa, wenn der Herr einen Augenblick nicht im Zimmer sei oder sonst wie. Sie wolle mir verbürgen, daß sie alles auf sich nehme, er auch sein Heft unversehrt wieder zurück bekäme, und ich solle nicht die geringsten Unannehmlichkeit damit haben; hingegen versprach sie mir ein überreichliches Trinkgeld. »Wissen Sie, Kindchen«, sagte sie am Schlusse, »bei großen Dichtern muß man das immer so machen; nachher, wenn sie das Lob und den Ruhm haben, ist es ihnen selber recht, wenn man ihrer Schüchternheit ein wenig zu Hilfe gekommen ist.«

Nachher, als ich draußen war, drehte ich ihr eine lange Nase; ich zweifelte sehr, ob sie Herrn Bürger für einen großen Dichter halte, und ich war keinesfalls gesonnen, ihr ein solches Heft auszuliefern, auch wenn ich Gelegenheit dazu gehabt hätte; eher wollte ich selber einen Blick hinein tun.

Als es ihr nicht so gelingen wollte, suchte sich das schöne Fräulein nun aufs herzlichste mit Herrn Bürger anzubiedern, und eines Tages lud sie sich selber mit ihrer Schwester und einer Freundin zu ihm aufs Zimmer ein, worauf der arme Mensch in der Küche erschien und mit todestraurigem Gesicht einen Kaffee für vier Personen bestellte. Frau Finkenlohr schickte mich, für die Bestellung zu sorgen; ich freute mich darüber und ging mit einem Brett voll Geschirr und guter Sachen vergnügt hinauf in Herrn Bürgers Zimmer. Da saßen die Fräulein bei ihm am Tisch, taten schön mit ihm, lachten ihn mit silbrigem Geklinge an, schwätzten in lustigem Lärm alle durcheinander auf ihn ein und trugen Lockenhaare und seidene Kleider. Und dieweil ich ein weißes Tuch auf den Tisch tat, die Tassen hinstellte und später leise hin und her ging, die Herrschaften zu bedienen, verging mir sachte meine Fröhlichkeit, und es wurde immer stiller und trauriger in mir. Ich spürte mit wunderlicher Klarheit, daß ich den armen, einsamen Menschen lieb habe, und es wallte heiß und hoch in mir auf, etwas für ihn tun zu dürfen und ihm zu helfen. Und ich dachte mit Bitterkeit, daß die feinen Damen ja nur ihren Schabernack mit ihm hatten und ihn im Grunde verspotteten und auslachten; die aber durften um ihn sein, weil sie von seinem Stande waren, und es war ihr gutes Recht, seine Gesellschaft aufzusuchen und sich mit ihm zu unterhalten. Ich aber mußte daneben stehen und meine demütige Hingabe in mir unterdrücken, und es war mir wohl für immer versagt, ihm etwas Liebes tun zu dürfen, weil ich eine Bauernmagd und arm und ungebildet war.

Zum erstenmal seit langer Zeit erfüllte mich eine große und tiefe Traurigkeit; sobald ich konnte, stieg ich in meine Kammer hinauf, und es liefen mir heiße Tropfen auf die weiße Schürze hinunter.

Nicht lange darauf reiste Herr Bürger ab, früher, als er beabsichtigt hatte, und ich vermute, daß dies wegen Fräulein Söderblüm geschah. Ich bekam in den nächsten Tagen einmal ein Bild geschenkt, darauf alle Kurgäste photographiert waren und entdeckte darunter mit Freuden auch Herrn Bürger. Ich hob es auf und schaute es zuweilen an; auch dachte ich in den stürmenden Winternächten, da ich lange schlaflose Stunden auf meinem Bette lag, manchmal mit leiser Betrübnis noch an ihn. Als aber das Frühjahr anbrach und auf dem Gottlosen Zinken das schöne Leben wieder anging, hatte ich ihn ob dem vielen andern, das mein Herz erfüllte, sänftlich vergessen.

*   *
*

In den ersten Junitagen widerfuhr mir ein kleines Unglück; ich brachte den rechten Zeigefinger in die Futterschneidmaschine, und es war ein ordentlicher Schrecken. Das Blut lief wie ein Brünnelein, und mir wurde, als ich das fetzige Glied besah, übel und schwindelig zu Mut. Doch wurde ich alsbald in Frau Finkenlohrs Schlafzimmer in einen tiefen und weichen Großväterstuhl gesetzt, bekam ein süßes Likörlein zur Stärkung und, da mir vor dem Doktor graute, verband mich die alte Frau sachte und kunstgerecht mit einer weißen Leinwand. Die nächsten Tage vergingen mir in höchlich angenehmer Faulenzerei; zumeist saß ich, den Arm in der Schlinge, auf dem breitästigen Holzbirnbaum im Garten, dessen niedriger Stamm bequem mit einer Hand zu erklettern war, sah neidlos und mit geheimer Vergnüglichkeit die andern ihrem schweren Geschäft nachgehen, wohl wissend, daß ich bald genug wieder mittun könne, und las einen alten Kalender oder in Frau Finkenlohrs Kochbuch, – oder feierte so ins Blaue hinein.

Doch dauerte dies nicht lange; es wurde mir bald jämmerlich langweilig und ich hätte herzlich gern wieder mitgeschafft. Auch stand es mit dem Finger nicht gut; er wollte nicht recht heilen, begann zu eitern und tat mir weh.

In diesen Tagen kam der reiche Herr Bürger wieder auf den Gottlosen Zinken gereist, um seine Sommerfrische da zu verbringen. Er bewohnte seine alte Stube wieder und lebte genau wie im Winter; ich sah ihn aber kaum, da ich wegen des Fingers keine Gäste bedienen durfte.

Nun geschah es eines Nachmittags, daß Herr Bürger ins Dorf gehen wollte, um in der Kirche Orgel zu spielen, und Frau Finkenlohr bat, ihm jemand vom Gesind mitzugeben zum Bälge treten. Es war aber alles draußen beim Heuen und alle Kräfte aufs höchste angespannt, sodaß keine Fußzehe übrig war zu Herrn Bürgers unnützem Geschäfte. Da kam Frau Finkenlohr zu mir: ob ich nicht eine Stunde Orgel treten wolle; ich täte ihr einen großen Gefallen damit, weil sie den höflichen und ordentlichen Herrn nur ungern abgewiesen hätte. Ohne Besinnen sagte ich zu und lief alsbald an Herrn Bürgers Seite fort. Er wollte es erst nicht zulassen, daß ich mitging, weil ich ja verwundet sei und am End auch noch Schmerzen habe; als ich ihm aber lachend versicherte, daß man ja nicht mit den Händen Orgel trete, ich an den Füßen aber gesund sei und mich auf die Musik freue, nahm er's an.

Alsdann waren wir in der stillen, kühlen Kirche; das Licht floß in ruhigen Strahlen durch die dunkelfarbenen Fenster in den hohen Raum. Der Herr spielte, die Musik schien mir selig schön und erfüllte mit feierlichem und mächtigem Gewoge die Stille. Ich stand zunächst der Orgel auf einem schmalen Brette, schwebte langsam und sänftiglich auf und nieder und die strömende Schönheit erfüllte mich mit beklommenem Jubel. Dieweil ich aber mit Innigkeit auf Herrn Bürger herunter sah und gewahrte, daß sein dünnes Kittelein, das er der Hitze wegen trug, am Ärmel vorne ausgefranst und ein wenig zerrissen war, auch am Kragen etwas fleckig, was wohl daher kommen mochte, daß niemand sich liebend um ihn kümmerte, als ich so von der Seite her sein müdes, trauriges Gesicht und seinen schon leise grau werdenden Kopf anschaute, da erfaßte mich eine tiefe Bewegung, ich konnte nimmer Herr drüber werden, und mit einemmale war in mir wieder die ganze glühende, stöhnende, todestraurige Liebe zu dem feinen Herrn wie ehedem bei jener Kaffeevisite.

Nun brach eine böse Zeit über mich herein. Jeden Tag ging ich mit Herrn Bürger ins Dorf zum Orgeltreten, und die stille, kühle Kirche wurde mir zum Orte stürmendster Not und Bedrängnis; Musik, dunkel glühendes Licht und meine junge, sich schmerzvoll bäumende Liebe rissen mir am Herzen in stöhnender Lust und Qual. Da stand ich, betörend nahe dem geliebten Menschen, auf meinem schwankenden Brettlein, zitternd vor sehnlicher Begier, daß ich den armen, müden Kopf hätte an mein Herz nehmen mögen und ihm Liebes tun.

Sprach er irgendwann mit mir in seiner gewohnten, freundlichen Weise, so schoß mir eine strömende Röte ins Gesicht, es machte mich schwach und elend, und oft wandte ich mich ab und lief davon, damit er nicht sähe, wie mir das Wasser in die Augen kam.

Ach, jene Liebe spielte mir übel mit; dazu wurde der Finger immer schlimmer, sah bös und dick und geschwollen aus und tat mir Tag und Nacht weh. Frau Finkenlohr meinte, man könnte nun allerhöchstens noch einen oder zwei Tage zuwarten, dann aber müsse ich zum Doktor. Wenn ich des Morgens in ihrem weichen Sessel saß und sie mich unendlich zart und behutsam und geschickt verband, dann mußte ich allen Willen zusammennehmen, daß ich nicht aufheulte und mich an ihre Brust warf und ihr *das* erzählte, wozu ich ihre Liebe und Zartheit noch viel nötiger gehabt hätte. Aber das durfte man nicht; man mußte alles allein ausfressen.

Sobald es dunkel wurde, fing es in dem bösen Finger an, ohne Unterlaß quälend, peinigend zu klopfen und mit einem stechenden Schmerz gegen den Unterarm hinauf zu ziehen. So ging es bis zum andern Morgen immerfort; aufs letzte hin waren es schlimme, schlimme Nächte. Ebenso unaufhörlich aber, glühender und böser trieb die Liebe mit mir ihr stummes grausames Spiel. Es wäre mir Seligkeit gewesen, im Dunkeln an seine Stube zu gehen und gleich einem Hund, wie damals bei Frau Gunhild, vor seiner Türschwelle zu liegen, und ich hätte dann viel Schmerzen nimmer gespürt. Und doch, wenn ich nur an so etwas dachte, so schüttelte mich die Scham und ekelte mir vor mir selber. Schlaflos lag ich auf meinem Bette, warf mich gequält hin und her und sah Herrn Bürgers Gesicht mit hohnvoller Deutlichkeit vor mir schweben, spürte Gewalten in mir, die ihm hätten helfen mögen und ihm Ströme von Liebe schenken und durch tausend Feuer für ihn gehen. Und ich durfte es ihm mit keinem Blicke zeigen!

Dann sprang ich auf und rüttelte in blinder Wut an meinem Türpfosten und biß die Zähne in das harte Holz, daß ich nicht schrie vor Traurigkeit. Höhnisch erschien vor meinen Augen jener Abend am Flusse, da ich gemeint hatte, auf alles ein Sprüchlein zu finden und mein Herz gefeit zu haben gegen jegliche Not und Verzweiflung; und nun war die ganze Weisheit zerronnen wie Nebel, ich war trauriger und verzweifelter als je, suchte vergebens nach einem Sinn, nach einem Funken von Erhabenheit und Größe in diesem hündischen Elend. Die Natur, die mir damals voller Liebe ihr unverhülltes Gesicht gezeigt hatte, blieb mir heute stumm und fern; vor meinem Fenster hing die Nacht, schwarz, tot, reglos, ohne Stürme, ohne Sterne, und es war alles blind und blödsinnig.

So trieb ichs die langen, schweren Nächte hindurch, stöhnte, weinte und litt Schmerzen, und es kam kein Schlaf in meine Augen. Am Morgen lag ich erschöpft und zerschlagen auf meinem Bett, und in allem Elend und in aller Müdigkeit war mir gleichsam als bitterer Trost das eine bewußt, daß es so nicht lang mehr weiter gehen könne, weil ich am Ende meiner Kraft sei; auch war eine lauernde Spannung in mir, wie dies alles wohl ausgehe und sich lösen könne.

Als sich Frau Finkenlohr etwa am achten Tage, da Herr Bürger wieder im Hause war, in der Frühe beim Verbinden meinen Finger besah, meinte sie, es sei nun soweit und ich müsse anderntags zum Doktor in die Stadt, und als ich nach dem Mittagessen müde und verheult in der Küche hockte, schickte sie mich in meine Kammer; ich solle zu schlafen versuchen, Herr Bürger gehe heut nicht zum Orgeln.

Stumm lief ich aus der Küche; vor der Kammer aber graute mir, als warteten dort alle Nöte meiner nächtlichen Kämpfe auf mich; so stieg ich denn im Garten auf meinen Birnbaum und geriet in einen wunderlichen reglosen Dämmerzustand, da ich vor Müdigkeit wie betäubt und doch zum Schlaf zu unruhig, gequält und zu traurig war; nur eins war mir klar bewußt, – daß es bald irgendwie ein Ende geben müsse.

Aus diesem dumpfen Hindämmern weckte mich am späteren Nachmittag ein Geraschel im Laub des Gartens unter mir; hinabspähend gewahrte ich Frau Finkenlohr in der blauen Schürze, wie sie geruhsam auf dem Boden hockte und ihre Erbsen an Stöcklein band. Ihr grauer Scheitel sah durch das Grün herauf; ich hielt mich aber lautlos stille, und als ich sie so vergnügt und mit Behagen ihre Arbeit tun sah, ergriff mich ein Gefühl von Neid und Bitterkeit, und es gelüstete mich, ihr eine der harten Holzbirnen an den Kopf zu werfen, – zu sehen, ob auch sie einmal aus ihrer über alles erhabenen Gelassenheit und ihrem vergnügten Frieden zu bringen sei.

Nach einer Weile kamen Schritte den Garten herauf; es war Herr Bürger; er gesellte sich zu Frau Finkenlohr und fing ein Gespräch mit ihr an. Und als sie mit ihren Erbsen fertig war, ging er mit ihr weg, dem Haus zu.

Blöde stierte ich auf den Fleck hinab, wo die beiden gestanden waren; plötzlich aber wurde ich rot und blaß und beugte mich zitternd vor. Wahrhaftig, da lag auf dem Gartenweg Herrn Bürgers schwarzes Schreibheft; es war dasselbe, in das er noch am Vormittag an einem Tisch im Garten hineingeschrieben hatte, und es mußte ihm entfallen sein, als er vorhin seine Nase geputzt hatte.

Und schon stieg ich an allen Gliedern bebend von meinem Baum herab; ich mußte es haben, ich hatte mir durch meine Liebe tausend schmerzliche Rechte dran erworben. O, seine Gedichte, – seine geliebten Gedanken und Träumereien!

Ich war unten, spähte herum, ob mir niemand zusähe und stieg dann schnell mit dem Heft wieder in die Höhe. Stöhnend preßte ich es an mein Herz. Dann schlug ich mitten drin auf und las.

»– – Projekt: Ausflug nach Unterbutzenbach. Wecker geht 5 Uhr 30 herunter. Sofortiges Aufstehen. Blick aus dem Fenster: Schnee. Westliche Hälfte des Himmels etwas bewölkt, östlich jedoch klar. Sterne. – Toilette. Zahnputzwasser etwas zu kalt, was jedoch zu entschuldigen ist, da Bedienung eine Stunde früher aufstehen mußte. Aus dem Kamm bricht ein Zinken; nach dreiwöchentlichem Gebrauch schon der zweite. (Kamm wurde bei Umschneider & Co., Blumenstraße 7, gekauft; genannte Firma ist also künftig zu ignorieren.) Vorbereitungen; an Mundvorräten: ......«

Blaß und verstört blätterte ich vorwärts; das konnte doch wohl nicht das rechte sein. Ich las an einer andern Stelle des Hefts.

»– – – Mittags 12 Uhr 40. Fräulein Söderblüm erscheint in einem gemusterten Kaschmirkleid. Muster: grünlichblaue Quadrate mit gelblichweißem Grund. Darüber weiße Sportjacke. Mittagessen. Ausgezeichnete Nudelsuppe; Schweinskotelette, schwach geschätzt etwa 12 auf 15 Zentimeter groß – – – –«

Das Buch entfiel meinen Händen, kollerte durch den Baum hinunter und blieb auf dem Wege liegen.

– – – Es wurde Abend; längst hatte Herr Bürger sein Heft wieder geholt. Der Himmel überzog sich trübe, und es fing zu regnen an. Ich saß noch immer mit krampfig steifen Gliedern auf meinem Baum, einen schweren, blöden Druck im Hirn. Als der Regen stärker kam, ging ich willenlos vom Baum herunter und wollte ins Haus zur Abendsuppe, da mir schwach und elend vor Hunger war. Und da fing in meinem Innern etwas an, in einem solch starken und wunderlichen Gewoge auf und nieder zu gehen, wie ich es nie mehr in meinem Leben verspürt habe; Scham und schüttelnde Heiterkeit, Glück, Erleichterung und tiefe Beklommenheit liefen mir in mächtig bewegten Wellen durch die Seele, und ich vermochte kaum dem tollen Wirbel standzuhalten und die Augen noch offen zu haben und weiter zu gehen. Aus Frau Finkenlohrs Schlafstube schien ein helles Licht in die Nacht hinaus. Da saß sie wohl und wartete, daß ich wie allabendlich zum Verbinden hinaufkäme. Ach ja, ich wollte zu ihr; es dröhnte mir im Kopf, in Schwindel und Schwäche kämpfte ich mich die Treppe hinauf, droben brach ich in ihren Armen zusammen und wußte nichts mehr von mir.

Als ich wieder zu mir kam, lag ich in Frau Finkenlohrs Bett; sie beugte sich über mich, sagte, ich hätte Fieber und ließ mich an jenem Abend nimmer von sich. Sie zog mir sachte die Kleider aus, brachte mir zu essen, und gab mir ein Schlafmittel. Auch ließ sie mich in ihrem eigenen Bett liegen; sie selber rüstete sich daneben ein Lager, und als ich ihr ruhiges und heiteres Schnarchen hörte und das wohlige Gerüchlein ihrer Kissen spürte, verwogten allmählich die hohen Wellen in meinem Gemüt; es ergriff mich das Gefühl eines ungeheuerlichen Erlöstseins, und in einer Müdigkeit ohne Grenzen schlief ich trotz der quälenden Schmerzen in meinem Finger schnelle ein.

– Am andern Morgen ließ Frau Finkenlohr anspannen und fuhr mit mir zum Doktor in die Stadt. Es war schlimm, und ich mußte eine Zeitlang dort bleiben.

Dann, an einem frühen Morgen machte ich mich wieder auf den Heimweg nach dem Zinken. Und es geschah, daß ich mich veratmend an den Wegrand setzte. Es war ein kühler, wolkiger Morgen; man wußte noch nicht, wollte der Tag schön oder trübe werden. Der Sturm hatte eingesetzt und lief mit mächtigem Wehen über das weite, flache Land. Und dieweil ich so in der tiefen, bewegten Einsamkeit saß und mein Herz voll einer seltsamen Trauer und großer, unverbrauchter Liebe war, löste sich's in mir langsam, wurde zu Worten und Reimen, und es war mir dies seltsam tröstlich. Es hieß so:

So oft auch der Sturm mit Toben
Übers Land hingeht, –
Er ist noch immer zerstoben
Und müde verweht.

Die Ströme ziehen mit Brausen
Und mächtig daher;
Und müssen doch alle draußen
Verrinnen im Meer.

– Meine Liebe steht unaufhörlich
Voll Sehnsucht und groß,
Glüht ungestüm und begehrlich –,
– Und wird doch bloß

Gleich Stürmen und rauschenden Flüssen
Irgendwo still
Verwehn und verrinnen müssen,
Weil niemand sie will.

Als ichs am Abend aufschrieb, kam Frau Finkenlohr dazu. In einer plötzlichen, seltsamen Anwandlung schenkte ich ihrs. Sie las es, meinte, es sei schön, bloß wäre es nicht gut zum Singen. Sodann bedankte sie sich und schloß es in ihre Schatulle.

Viertes Buch

Wohl war nun der Sommer über dem Gottlosen Zinken und mein Finger heil, daß ich wieder im Felde stehen konnte und meine drängende Kraft von mir tun; die schönen, warmen Sonntagnächte waren da mit ihren schwermütigen Liedern – und doch war mein Herz nimmer so recht dabei. Ich hielt mich ein bißchen fern von den andern; oft machte ich einsame Gänge und warf mich an einem Feldrand nieder, um ungestört meinem Sinnen nachgehen zu können. Es hatten mich wunderliche Gedanken gepackt; seit Herr Bürger fort war, hatte mich eine drängende Unruhe erfaßt. Eine mühsam verhaltene, dunkel glühende Kraft lief mir durch die Glieder; es war so seltsam in diesem Sommer: nach der schwersten Arbeit war immer noch etwas in mir, unverbraucht und mächtig, und regte sich lauernd, hervorzubrechen. War ich des Abends erschöpft auf mein Bett gesunken, so erwachte ich oft jäh mitten in der Nacht und lag unruhevolle Stunden ohne Schlaf; unbezwinglich sang mir die schmerzliche Gewalt in allen Adern.

Es ging mir, so von außen betrachtet, gut und war alles in Ordnung und hätte können nicht besser sein. Ich hatte eine schöne, maßvolle Arbeit, gute Menschen um mich herum, Essen und Trinken vollauf und ein lustiges Leben ohne Sorgen. Und doch, – ich hätte es weggeworfen um einer einzigen Nacht willen, da ich hätte wieder für einen Menschen glühen dürfen und Schmerzen und Wonnen um ihn haben und dem Leben am Herzen liegen! Und da war wieder die Erfahrung von jenem abendlichen Flusse her, sie stand siegreich über mir und hatte ihr Recht behalten. Nicht das war Leben: anständig weiter zu kommen und keine Schulden zu haben, in einem guten Futter zu stehen und hie und da einen Mittag zu vertanzen; Leben war lieben, Schmerzen haben, glühen, leiden, von Wonnen sich durchtoben zu lassen und von stürmenden Gewalten gebogen und zerbrochen zu werden. Ach, ob Lust, ob Schmerzen, war einerlei; es war beides Wonne, Schönheit, Glühen und wahrhaftestes Leben.

Ich hätte gerne die bösen Nächte noch einmal auf mich genommen und mein Herz verwühlen lassen; besser, tausendmal besser, als nebendraußen zu stehen, glanzlos, glücklos, schmerzlos, nicht mittun zu dürfen und von seiner eigenen, dumpf darnach drängenden Sehnsucht verwürgt zu werden.

Die Liebe um Herrn Bürger hatte alles in mir aufgerissen, was Gutes, Großes, Glühendes je in mir gewesen war. In den warmen, schlaflosen Nächten überfiel mich wieder das drängende, bittere Weh meiner ersten Jugendtage; ich dachte an den Namenlos, an jenen Sommermorgen bei der Buche; der quellende Strom meiner Liebe war wieder wach, und ein schluchzender Jammer schüttelte mich, daß er von niemand begehrt war und ohne Ziel und Erlösung sich in schweigende Tiefen und Einsamkeiten verlor.

Wenn ich hätte in jener Zeit sterben müssen, hätte ich verlangend zu Gott geschrieen, er möge mich doch noch länger auf der Welt lassen; mein Leben könne doch gewiß noch nicht fertig sein; es habe ja noch nicht angefangen; alles bisher sei jämmerlich und nichtig und nicht zu leben wert gewesen; nun müsse es erst kommen.

Der weise, lächelnde Gott aber ließ mich nicht sterben; er gab mir, was ich gewollt; eine große, erfüllte Liebe und ein Schicksal dazu.

Auf dem Gottlosen Zinken war in jenem Jahre wie in den vorigen ein Enkel Frau Finkenlohrs zum Besuch über die Sommerferien, und da im selben Spätsommer fast keine Kurgäste da waren, lebte er näher und vertrauter mit der Großmutter und uns als sonst. Seine Eltern waren frühe gestorben, und er besuchte in der Stadt, wo Margret wohnte, das Gymnasium. Er mochte nun etwa siebzehn Jahre alt sein, ein magerer, kränklicher Mensch mit einem Gesicht von einer erstaunlich zarten und hellen Farbe, darein ihm, sobald ihn etwas bewegte, unbezwingliche, dunkle, rote Wellen liefen. Er trug ein liebenswürdiges, kindliches Wesen zur Schau, schien auch den Humor der Großmutter geerbt zu haben, denn er war zumeist frech und lustig wie ein junger Spatz; im übrigen spielte er die mehr komische als ehrenvolle, etwas langweilige Rolle des Stadtjungen unter Bauernknechten. Doch ließ er sich von jenen, in deren Rohrstiefeln er ersoffen wäre, nie ganz unterkriegen; hatten sie ob seiner Dürftigkeit und seines zarten Häutleins ihren Spott mit ihm, so parierte er mit Witz und einer behenden Spitzbüberei, davor die ungeschlachten Kerle das Maul halten konnten.

Ich kam nicht näher mit dem jungen Menschen zusammen als die andern auch; wir liefen in vergnügter Gleichgültigkeit aneinander vorbei. Doch geschah es, wenn ich, als wir mitten in der heißen Sommerarbeit waren, in irgend einer Wiese das blonde Müßiggängerlein im Grase liegen sah, ein Buch in der Hand oder in den Himmel schauend, daß der Anblick seiner lässigen und zierlichen Glieder, der guten und unbestäubten Kleider, des Buches oder seines feinen, hellen Gesichtes in meiner eben noch vergnügten Seele eine leise, dunkle und sehnsüchtige Wirrnis erregte, daß mir der junge Blasse mehr denn irgend ein anderer als Teilhaber und Sendbote jenes höheren, geistigen Reiches erschien, nach dem in manchen Stunden meine heimliche Begierde ging. Und so oft ich ihn dann sah, wurde ich von einer wunderlichen Traurigkeit erfüllt, die mir das gegenwärtige und greifbare Schöne trübte und schal und wertlos erscheinen ließ und von einem Neid und eigentümlichen Wünschen gepackt, das nicht etwa seiner Faulenzerei oder seinem Herrensöhnchentum galt, noch weniger gar mit weiblichen und schwärmenden Gefühlen die eigene Person des Schmächtigen umfing, sondern lediglich nach jener Atmosphäre ging, daher die klugen, feinen Gesichter, die schmalen und ungebräunten Hände und die schönen Bücherrücken kamen.

In jenem Sommer nun, zu dessen Anfang die Geschichte mit Herrn Bürger gespielt hatte, war der junge Mensch absonderlich lustig und toll, so als wolle er schnelle, ehe er vollends erwachsen und ein Herr sei, nach alles Bubige und Rüpelhafte auf einmal heraus lassen. Dazumal verübte er auch jenen Streich, von dem man sich heute noch auf dem Zinken erzählt.

Es gab nämlich eine Verfügung Frau Finkenlohrs, daß sich alle Samstagabende das Gesinde, hübsch gesondert, erst die Knechte, dann die Mägde, in der großen Küche zusammen fand, um sich hier bei sicher verriegelten Türen in einer behaglichen Wärme den Staub und Schweiß der Woche von Gesicht und Leibe zu waschen, wozu es Kübel und Geltlein genug, dazu Kessel voll heißen Wassers, reichlich Seife und prächtige, große Trockentücher gab. Auch konnte man sich an einem aufgespannten Garbenseil ein Vorhänglein von Rupfentüchern und dahinter mittelst eines runden Zubers ein vornehmes und äußerst heimliches Badstüblein errichten. – Denn die weise Frau fand, daß die Sauberhaltung und Hautpflege ihrer Untergebenen auf diese Weise, zumal im Winter, bei weitem angenehmer, unterhaltsamer und vor allen Dingen beträchtlich gründlicher geschehe, als wenn dies jedes für sich auf seiner kalten Kammer besorge, wo es dann dementsprechend schnell und obenhin ginge und zu wesentlichen Teilen ganz unterlassen würde.

Nun war die Wäscherei jedesmal ungemein ergötzlich und beinahe so schön wie der Tanz am Sonntag. Draußen trieben die Knechte

Narreteien und Spässe um die verriegelten Türen, und daß sie gern herein geguckt hätten, machte uns noch vergnügter. Man verführte ein großes Geplätscher und Rumoren in Waschschüsseln und Fußkübeln, spritzte sich und nähte einander die Strümpfe oben und die Hemden unten zu, wie derlei Sachen eben so im Brauch waren und einen zum Lachen brachten. Zum Schlusse wusch man sich gegenseitig die Haare und hockte dann zum Trocknen in unbegrenzter Behaglichkeit in der Dämmerung um den Herd herum, erzählte einander Gespenster- oder Liebesgeschichten, und es war schauerlich schön.

In diese Idylle brach nun eines Samstagabends der junge Gottfried Finkenlohr ein wie der selige Wolf unter die sieben jungen Geißlein, indem er sich an einem Seil durch den alten Rauchfang unbemerkt herunter ließ, uns eine Minute mit schallendem Gelächter betrachtete und dann flink und leicht wieder empor schwebte. Die Aufregung war rasend. Die alte Kätter, wähnend, es sei der Teufel, riegelte in gräßlichem Entsetzen die Tür auf und floh im Hemde durch das Haus; die kleine Gäns-Amei warf ihren Badzuber um, vor der nahenden Flut sprangen die andern auf den Tisch; in der nun geöffneten Tür standen brüllend vor Lachen die Knechte, und lange, nachdem der junge Übeltäter verschwunden war, war das Haus noch von Lärm und Schrecken und Gejohle erfüllt.

Dieses hatte zur Folge, daß der junge Mensch am Sonntag morgen in seiner Großmutter Stube moralisch bearbeitet ward, bis er mürb war wie eine russische Bretzel, sodann, daß der alte Rauchfang in den folgenden Tagen zugemauert wurde und daß wir Mägde, dieweil wir uns an der Ehre gezwickt sahen, die Knechte mit allen uns zu Gebote stehenden Mitteln bearbeiteten, daß sie den Sünder ein wenig verhauen sollten. Nun, als er am Sonntag abend schon im halben Dämmer vom Haus herkam, um, wie er es immer tat, den Abend mit uns auf dem Hof zu sitzen, fielen sie unversehens über ihn her, und es sah gefährlich aus. Einen Augenblick schien es, als wolle er sich verzweifelt zur Wehr setzen, dann stieß er einen kurzen, komischen und betrübten Schrei aus, ließ sich blitzschnell auf den Boden fallen und blieb da steif wie ein Stock liegen. Die Kerle, die sich maßlos über seinen Streich gefreut hatten und ihm keineswegs ernstlich übel wollten, gingen sofort auf seinen Witz ein und ließen von ihm ab.

»Ihr seht«, wandte sich der Roßknecht erklärend an uns, »er ist schon hin; da ist nichts mehr zu verhauen!«

Der Knecht hob des jungen Menschen Arm ein wenig in die Höhe: steif und leblos fiel er wieder herunter.

»O Gott, ja«, sagte ein anderer bedauernd, »ganz verreckt, – wahrhaftig!« Ein Dritter schnüffelte an ihm herum. »Er stinkt schon«, sagte er, »wir wollen ihn begraben.«

»Wo?«

»Auf dem Mist!«

So legten sie ihn auf ein Brett, trugen ihn hinten in den Garten, wo ein Unkrauthaufen lag und ließen ihn langsam und feierlich drauf nieder. Dazu sangen sie in tiefen, düsteren Bässen:

»Stiefel muß sterben,
ist noch so jung, so jung,
Stiefel muß sterben,
ist noch so jung.

Wenn dös der Absatz wüßt,
daß 's Stiefele sterben müßt – –«

und schneuzten sich kummervoll. Der Roßknecht hielt die Leichenpredigt, wir andern standen im Kreis herum und zum Schlusse spuckte man statt Kranzspenden dreimal über das Grab.

– Da wir nun alle der guten und gewissen Überzeugung waren, daß das Herrlein den Überfall nicht etwa aus irgend welchen dunklen und gefährlichen Trieben heraus vollbracht hatte, sondern allein aus reinem, bubenhaftem Vergnügen an einem dummen Streich, – da auch jener Sonntagabend ganz ungeheuer fidel war und wir alle wie besessen vor Lustigkeit und Übermut, so wurde ihm einmütig verziehen, er konnte kecklich auferstehen und sich wieder zeigen und wurde nun erst recht als Held und Kühner gefeiert.

Als ich am andern Tag im Hof am Brunnen Rüben putzte, stand plötzlich der junge Finkenlohr vor mir, ein wenig rot, ein wenig verlegen und ein wenig spitzbübisch.

»Ich muß Ihnen etwas sagen, Fräulein. Aber wenn Sie mich ansehen, bring ich's nicht heraus!«

»Dann will ich mich umdrehen und weggucken«, sagte ich lachend und neugierig.

»Ich – ich möchte Sie um Verzeihung bitten für – für das am Samstag abend. Wenn ich gewußt hätte, daß Sie dabei wären, hätte ich es nicht getan. Es ist mir leid.«

Ich drehte mich um und mußte immer mehr lachen. »Ach, das ist ja schrecklich. Hat Sie Ihre Großmutter geschickt?«

»Nein. Das tue ich von mir selber aus. Sind Sie mir nicht böse?«

»Ach, nein, es war doch so lustig. Und man muß einen Spaß verstehen können.«

»Nicht wahr?« sagte er strahlend. »Ach, die Bestattung gestern war schön. Die Kerle haben das wundervoll gemacht!«

Von da an sprachen wir manchmal miteinander; und dann kam er eines Tags über den Hof gelaufen, aufgeregt, und die dunklen Flämmlein waren in sein Gesicht gestiegen. Er hielt ein Papier in der Hand, und dieweil ich den Hennen mistete, stand er vor mir, sprach atemlos auf mich ein und sah mich aus den guten und ehrlichen Bubenaugen glänzend an. Ich war verdutzt und erschrocken und begriff nicht, was er meinte.

»Ach, Fräulein Agnes, Sie müssen es mir nicht übel nehmen, wenn ich nun dahinter gekommen bin; ich kann nichts dafür. Ich mußte für die Großmutter in der Schatulle etwas suchen, und da kam mir's in die Hände, und ich weiß nun, daß es von Ihnen ist. O, ich muß es immer wieder lesen, es ist schön und wie von einem großen Dichter, und Sie sind geizig, wenn Sie so etwas für sich behalten, wissen Sie!«

Nun wußte ich freilich, was er meine: er hatte das Gedicht in der Hand, das mir an jenem Morgen eingefallen war. Das wurde nun auf einmal gefährlich lebendig; ich war voller Scham und hätte es gern wieder zurück gehabt.

»Ich meine«, sagte ich verlegen und nahm den Reisigbesen wieder in die Hand, »Sie sollten ein wenig da weggehen; Sie werden sonst dreckig.«

Er sah mich groß und betrübt an. »Sie tun ganz recht dran, wenn Sie mich verspotten! Da lauf ich an Ihnen vorbei, als ob Sie die Gäns-Amei wären, und Sie müssen auf dem Acker stehen und Rüben heraustun und Mist führen und haben so etwas Wunderbares in sich drin. O, ich schäme mich so! und ich meine, es müßte der Großmutter und allen auch so gehen, weil keiner gewußt hat, was für ein großer Mensch Sie sind. – Machen Sie denn oft so etwas? O, Sie müssen Mörike lieb haben, nicht wahr, wenn Sie so dichten?«

Ich gestand beklommen, daß ich weder von Mörike noch andern Dichtern viel wisse; doch glitt er allsogleich zart und schnell über das hinweg, was mich beschämte, und strahlte mich in heller Freude an. »O, ich habe ein ganzes Kistlein voll Bücher da. Homer und Hölderlin und ein paar Bände Goethe und viel Moderne. Sie können alle, alle haben. Kommen Sie doch heute Abend in meine Stube; ach ja, Sie müssen kommen. Es ist auch eine Literaturgeschichte da. O Fräulein, ich möchte so gern Ihr Freund sein.«

Ich kann mich jenes Abends noch mit seltsamer Deutlichkeit erinnern. Da der junge Mensch nicht abließ, mit Bitten und Drängen zu betreiben, daß ich auf den Feierabend in seine Stube käme, so versprach ich's endlich zögernd und widerwillig. Ich drückte mich den ganzen Nachmittag unmutig herum, besann mich noch im letzten Augenblick auf eine Ausrede und ging endlich doch zur verabredeten Zeit zu ihm hinüber. Dann saß ich steif und feierlich auf einem Stuhle, schämte mich in meinen Kleidern, die nach Dung und Kuhstall rochen, elend vor dem noblen, jungen Herrn, dazu hatte ich ein Hühnerauge, das mich übel plagte, und hielt mühselig die schläfrigen Augen offen; es war alles unbehaglich und beschämend und lächerlich, und das Unbehaglichste und Widersinnigste war, daß ich dachte, ich müsse nun inmitten dieser komischen Situation von meinen Empfindungen und geheimen, innerlichen Angelegenheiten reden, was mir überaus abgeschmackt und widerwärtig erschien.

Doch war der junge Mann in denkbar bester Laune und einer freudigen Erregung, nahm von seinen aufgestapelten Büchern eins und fing an, mir daraus vorzulesen. Es waren Gedichte; und indem der feine Junge so am Fenster stand in einer schönen, abendlichen Helle und ihm die blonden Haare leicht und lässig und kindhaft in sein weiß und rotes Gesicht fielen, überkam mich die Begier und dunkle Sehnsucht, in jenem andern, höheren Reiche zu leben, das unsichtbar und köstlich und edel alle diese Leute zusammen hielt, so stark und mächtig, daß jäh alle Schläfrigkeit und alle Pein und Komik von mir abfielen, und ich mit dürstender Gespanntheit und Begierde Sinn und Worte und Schönheit dieser Stunde in mich aufnahm. Mein Geheimstes und Innerlichstes, das eben noch voller Scham zurückgedrängt war und vieles davon mir selber noch kaum bewußt, lag nun frei und offen zutage, der Dichter sprach in seinen Versen so groß und glühend und hinreißend von solchen Dingen, daß es mir Wonne erschien, mein eigen

Teil daran zu haben, und daß ich nun ohne Scheu dachte, daß man in einem guten Ernste auch davon reden könne. Und als ich den jungen Menschen in seiner ganzen liebenden, jugendlichen Inbrunst diese Verse sagen hörte, war mir jene Welt, die mir bisher tot und unzugänglich und fern gewesen war, urplötzlich nahe gerückt, goldene Tore und ungeheure, schimmernde Reiche waren vor mir aufgetan, und ich gab mich voll tiefen Beglücktseins hin, sie zu erfassen.

Als es dunkel wurde, legte der junge Mensch das Buch weg, und wir waren eine Weile still. Dann fing er an, in die dämmerige Stube hinein zu sprechen.

»Ach Fräulein, wenn Sie wüßten, wie sehr ich Sie darum beneide, daß Sie dichten können! Es ist gewiß nicht wegen dem Ruhm oder weil Sie vielleicht später Geld damit verdienen können; bloß deshalb, weil Sie das Alles so in sich verschaffen können, und die Macht haben, es mit einem Lied oder Vers wieder von sich zu tun. Sie haben es unverschämt gut, wissen Sie, daß Sie Ihre Leidenschaften und Überschwänge so ableiten können, wenn sie Ihnen zu viel werden. Wenn Sie mir bloß ein bißchen davon geben könnten! Sehen Sie, das ist bei mir sicher eine Krankheit und nicht in Ordnung so; ich kann alles Große und Schöne nur in ganz mäßigen Grenzen ertragen; wenn es darüber hinaus geht, bin ich einfach am Ersticken und am Verrücktwerden!«

Er lief zum Fenster hinüber. »Da ist nun bloß ein Himmel in der Nacht und ein dunkles Feld darunter; und das ist überall so und schon millionenmal so gewesen, und alle andern Leute sehen's auch, und die wenigsten sagen was drüber. Mich aber kann schon dieses, weil es so schwermütig ist und so still und so unsäglich schön, vor Wonne zum Stöhnen und Rasen bringen. Und ich stehe stumm dabei und kann es in kein noch so armseliges Reimlein und Tönlein bringen, und es erdrückt mich doch fast! Wenn nun einmal irgend etwas Großes und Gewaltiges über mich kommt, – o, ich weiß nicht, was dann draus wird!«

»Goethe sagt das auch manchmal«, fuhr er traurig fort; »es ist im Werther; hier, hören Sie.« Er nahm ein Buch, holte eine Kerze her und zündete sie an. – »Die menschliche Natur hat ihre Grenzen: sie kann Freude, Leid und Schmerzen bis auf einen gewissen Grad ertragen und geht zugrunde, sobald der überstiegen ist. – – Und hier, ein paar Seiten vorher, als er von jenem Frühlingsmorgen schreibt: – ich gehe darüber zugrunde, ich erliege unter der Gewalt der Herrlichkeit dieser Erscheinungen.« –

»Ach, wie ein Anderer sich vor Schwermut und Kummer das Leben nimmt«, sagte Gottfried, »so könnte ich's vor Lust und Ergriffenheit tun; wie selbiger seine Trauer einfach nimmer ertragen kann, so geht mir's mit der Schönheit; ich empfinde sie in manchen Augenblicken so übermäßig stark, daß meine Nerven dann völlig versagen!«

»Aber können Sie denn nicht doch etwas tun, um das in sich zu verschaffen?« meinte ich; »etwa Klavier spielen oder singen oder zeichnen, oder schließlich tanzen – –?«

»Das geht alles nicht; ich bin talentlos wie ein Sägbock. Und mit der Musik steh' ich überhaupt verschroben. Ich habe keine Ahnung von Gehör; Musik ist mir meistens bloß ein Geräusch, dem ich nichts abgewinnen kann. Als Kind habe ich geheult, wenn jemand sang oder Klavier spielte; dann kam eine Zeit, wo ich mir wirklich Mühe gab, etwas Schönes an der Musik heraus zu finden, und wenn jemand Klavier spielte, strich ich drum herum wie um ein verschlossenes Gartentürlein. Aber ich lief meistens betrübt wieder davon, denn es war so wie vorher auch. Und ich konnte ungeheuer wütend werden, daß es etwas gibt, wo jeder sich umsonst Genuß und Schönheit und Erquickung holen kann, und ich allein kapiere es nicht und habe nichts davon! – – Jetzt bin ich manchmal froh dran, daß es so ist; wenn ich auch noch Musik empfände, könnt ich vollends ganz umschmeißen. Sehen Sie, ich gehe so leidenschaftlich gern ins Theater, wenn nun ein wirklich großes, schönes Stück gegeben wird, habe ich immer Angst, ich müßte etwa einmal stöhnen oder heulen, oder ich könne nicht bis zum Schlusse still sitzen, oder es sonstwie nicht ertragen; da ist es mir immer recht, es ist ein bißchen Musik dabei, oder es ist eine Oper; das Geschätter und Getöne hält mich dann so angenehm nüchtern und kühlt mich ab. – Gelt, Sie sind entsetzt –; es ist aber leider wahr.

Aber darin haben Sie recht: es wäre vielleicht alles gut bei mir und in Ordnung, wenn ich musikalisch wäre und irgend ein Instrument spielen würde. Mein halbes Leben gäb ich drum, wenn ich geigen könnte!«

Er schwieg und sah bekümmert in die Flamme seiner Kerze.

»Ich glaube«, sagte ich nach einer Weile, »ich habe schon ehe Sie mir das gesagt haben, gewußt, daß so irgend etwas Besonderes mit Ihnen los ist.« Und ich erzählte ihm, wie er mich diesen Sommer schon manchmal aus dem Gleichgewicht gebracht habe, und wie er gerade es gewesen sei, der mir immer jenes Reich der Feinen und Gebildeten verkörpert habe, nachdem es mich so sehnsüchtig zöge.

»Ach, Fräulein«, rief er nun wieder hell und lebhaft, »ich glaube, da sind Sie auf einer falschen Spur. Sie müssen doch nicht an mir hinauf sehen, weil ich Bücher habe und Zeit, sie zu lesen, und weil ich einen sauberen Kittel besitze und im Gras liege, wenn Sie arbeiten; das ist doch nicht so etwas extra Schönes oder Erstrebenswertes, und Sie können jederzeit auch dazu gelangen, sobald Sie nur wollen und schließlich Zeit und Geld dazu haben. Ich verstehe Sie schon, wenn Sie von einem geistigen und unsichtbaren Reich sagen; aber spüren Sie denn nicht, daß Sie da schon lang selber drin sind? Ach, Fräulein Agnes, wenn man solche wunderbaren Sachen macht wie Sie!

Aber es gibt etwas, das mir eigen ist und vielleicht haben Sie das herausgemerkt; es ist das Einzige, warum Sie mich vielleicht ein bißchen liebhaben und verstehen müssen. Ich wüßte sonst nichts, das mich Ihnen näherbringen könnte, und ich möchte doch so schrecklich gern, daß ich ein bißchen Ihr Freund sein darf.

Sehen Sie, ich habe mich schon darüber besonnen und kann es Ihnen doch nicht so recht sagen. Es ist vielleicht das: daß ich oft bei Nacht plötzlich aufstehen muß und ans Fenster laufen und eine Weile in die Nacht hinaussehen, oder daß ich einen Baum oder eine Blume oder ein Bild liebhaben muß wie einen Menschen und stundenlang bei ihm sein und es küssen und mit ihm sprechen und lauter solche Sachen, die doch ein anständiger und geistig normaler Mensch eigentlich nicht tut. Und zum Beispiel, daß es bei mir gar nicht auf irgend etwas Äußerliches ankommt, wie es mir zu Mute ist und in welcher Laune ich bin; denn wenn das wüsteste Wetter ist und ich dazu hin Hunger oder einen Schnupfen habe oder mir jemand gestorben ist, kann es mir trotzdem unbegrenzt fröhlich zu Mut sein, und dagegen bin ich oft traurig, wenn alles stimmt und es mir gut geht. Oder daß ich mich so wahnsinnig drüber ärgern kann, wenn einer, der bloß ißt und trinkt und schläft oder nach Geld oder einer guten Stelle strebt, glücklich ist und sich noch damit rühmt, daß es ihm so gut geht; und dabei ist er eine ganz gemeine Kreatur und das, was er tut, gar nicht gelebt. Oder daß ich einem schönen Menschen nachlaufen muß oder ihn immerfort ansehen, auch wenn es sich gar nicht gehört. Und wenn mich etwas freut oder wenn ich es schön finde und dafür begeistert bin, geht es manchmal mit mir durch, und ich muß heulen oder stöhnen oder davon laufen und kann mich nicht mehr bezwingen.«

Er atmete tief auf und sah mich erregt und begierig an.

»Und nun müssen Sie sagen, ob Sie das nicht auch so haben, und ob wir nicht ein wenig zusammen gehören, gerade, weil wir beide so – so sind?« – –

Ich nickte ihm zu und mußte lächeln. »Ein bißchen schon, wenn Sie das tröstet, Herr Finkenlohr, aber ich weiß nicht einmal, ob mir das recht sein soll. Ich habe auch nicht so viel Zeit dazu und bin dazuhin älter als Sie und muß nun anfangen, vernünftig zu werden. Es ist für ein armes Mädchen wie mich, das schaffen muß und sich durchbringen, nicht sehr rentabel, so zu sein.«

Und ich erzählte ihm Urschels Urteil über solche moderne Menschen, von denen sie sagte: – weißt du, das sind gewiß sehr interessante Leute, und man kann recht schöne Bücher von ihnen schreiben; aber im Grund sind es eigentlich doch traurige und erbarmungswürdige Tröpfe, leisten nichts und bringen die Welt um keinen Pfifferling vorwärts; wenn sie ordentlich schaffen müßten, wären sie bald gründlich kuriert. –

»Ich bin dann immer beschämt in mich gegangen. – Aber nun muß ich doch lachen, wie ich Ihnen das erzähle und tue, als ob ich Ihre Großmutter wär. Und ich bin doch im gleichen Spital krank!«

»Ach, da hat Ihre Freundin aber nicht recht gehabt«, rief er; »mein Gott, ja, wenn man sich Mühe gibt, kann man sich vieles abgewöhnen, und wenn ich arbeiten muß wie ein Zugochs, werde ich auch nicht mehr viel andere Gelüste haben als Hunger und Schlaf. Aber dann wär ich glücklich auf jenem Bäcken- und Flaschnersstandpunkt angekommen und müßte mich selber anspucken vor Verachtung. Wenn einer ein Dichter ist oder Musiker oder sonst irgend etwas Positives dabei leistet, dann lassen die Leute seine Art und seine Launen und seine Empfindsamkeit schon gelten; sie sind nur nicht zufrieden, wenn nichts dabei herauskommt.«

»Wer weiß«, fiel ich ein, »vielleicht werden Sie doch noch einmal ein Dichter. Wenn Sie doch das Spintisieren und Sonderbarsein dazu schon in sich haben.«

Nun sah er mich belustigt an. »Wissen Sie, ich hoffe immer, Sie verraten mir das Rezept dazu. Ich habe so eine blasse Vorstellung, daß man sich dazu auf sein Sofa setzt und das, worüber man dichten will, als Aufsätzlein oder in Stichwörtern sauber auf ein Papier schreibt:

Rose
Mädchen
duften
Abendsonne
wunderbar

und nachher probiert man dann, wie sich's reimt. Nicht wahr?«

Nun mußten wir beide lachen und kamen darüber in ein kurzweiliges und reges Gespräch, daraus uns unvermutet und erschreckend der erste Hahnenschrei riß.

»Um Gotteswillen, Herr Finkenlohr, es ist schon bald Morgen, und um halb sechs muß ich wieder im Stall sein!«

»Ach, lassen Sie sich's nicht gereuen! Schlafen können wir, wenn wir alt sind und klapperig und keine Zähne mehr haben. Ich freue mich doch so, daß Sie da sind. Und morgen kommen Sie wieder, gelt?«

Er stand so vor mir, seinen blinzelnden Kerzenstumpf in der Hand, und sah mich mit einem prächtigen Lachen an, daß es mir warm und glückhaft durch den Leib rann und ich ihm lächelnd meine Zusage nickte.

Indem wir uns dann gute Nacht und guten Morgen sagten, bat ich ihn, er möge mir noch geschwind zum Abschied die letzten jener Verse lesen, die mir am Abend so gefallen hätten. Dann stand ich an der Tür und hörte zu; und als er zum Schlusse kam, ging ich still hinaus und ließ einen Spalt offen, daß mich Vers und Kerzenscheinlein noch ein Stück die dunkle Stiege hinauf geleiteten. In meiner Kammer aber ließ mich ein seltsam gehobenes und absonderliches Gefühl, das ich noch nie gekannt hatte und mir nicht zu erklären wußte, noch eine Weile nicht zur Ruhe kommen; es packte mich so, daß ich in sanfter Verwirrung meinen alten Kleiderkasten küßte und streichelte, meinen Kopf am Fensterrahmen rieb und die Katze, die, durch meinen nächtlichen Gang aufgestöbert, sich schnurrend vor der Tür herum trieb, zu mir herein nahm und zärtlich aufs Fußende meiner Bettstatt legte, bis ich durch dergleichen närrischen und gefühlvollen Hokuspokus endlich doch im Bette landete, wo ich mir mit andächtiger Freude die eben verklungenen Verse wiederholte, soweit ich sie noch im Gedächtnis behalten hatte. Ich bekam sie aber doch nicht ganz zusammen, besann mich fürchterlich darauf, reimte und reimte und brachte einen unend-

lichen Unsinn zuwege, worüber ich am Ende in vergnügter Beschämt-
heit einschlief.

Wir waren nun im September und die strengste Feldarbeit vorüber;
dies kam mir mächtig zugute, denn nach einem vierzehnstündigen
Erntetag wäre ich abends auch über dem Faust – eingeschlafen. So
aber begann mich nun der junge Mensch in ein schwärmerisches
nächtiges Leben hineinzuziehen. Es ging eine herrliche Zeit an, und
jeder Tag war ein Fest.

Des Morgens lief ich mit zwei großen Körben in die weiten Baum-
wiesen hinüber, um das Obst aufzulesen, das in der Nacht gefallen war;
und das köstliche Schauspiel des frühen Nebels, der zu Anfang noch
mit zauberischem, blauem Duft die Ferne verhing und vor dem klaren
und kräftigen Glanz der heraufsteigenden Sonne in leise Dünste verrann,
erfüllte mich mit andächtiger Wonne, darein der Jubel meines bewegten
Herzens samt allen Versen, Geschichten und heiteren Gedanken des
vergangenen Abends und den schönen Träumen der Nacht frohbe-
schwingt mit einstimmte. Über Mittag gab es in Haus und Küche
drängend viel zu schaffen, und ich war, wenn auch nicht müde, so
doch weniger lebhaft dabei als die Wochen zuvor, denn stetig ging mir
stille und in innerer Abgekehrtheit die neu aufgeblühte Lust weiter.
Kam es aber gegen Abend, so wurde ich von einer hellen und mächtig
feierlichen Stimmung erfaßt; kaum war nach der Abendsuppe der
Löffel gewischt, verschwand ich auf meine Kammer, um dort eine
Reihe von Handlungen zu verrichten, die mir unendlich wichtig und
durchaus notwendig zu den bevorstehenden wunderbaren Stunden
schienen, und die ich so weihevoll als möglich ausführte. Ich holte mir
eine große Schüssel voll frischen Wassers und wusch mich darin vom
Kopf bis zu den Füßen, daß mich die Haut brannte vor Sauberkeit,
bürstete die Haare frisch und flocht meine Zöpfe aufs sorgfältigste,
auch zog ich meine schönsten Schuhe und ein helles, gutes Kleidlein
an und das alles mit einer Weihe, als ob's zu einer heiligen Handlung
ginge, und jeden Schuhbändel knüpfte ich mit Feierlichkeit und jeder
Bürstenstrich war freudevolle Andacht. War ich dann fertig und ging
die dämmerige Stiege hinunter zu Gottfrieds Stube, so konnte ich nie
vor seiner Tür stehen, ohne daß mein Herz leise und verwirrend zu
klopfen anfing. Wenn ich hineinkam, stand er immer am Fenster wie
an jenem ersten Abend, daß aus aller Dämmerung heraus sein liebes
Gesicht sich leuchtend abhob und voll eines warmen, roten Abend-

scheins war, in sanftem Gewoge ging der Wind in den Vorhängen um ihn her, und seine Stimme tönte mir herzlich und voller Freude entgegen.

Das erste Buch, das wir zusammen lasen, war die Ilias. Kam es mir auch zu Anfang unwirklich und komisch vor, daß jene Leute, ehe sie sich die Speere an die Rippen schmissen, zuvor lange und schöne Reden aneinander hin hielten, so war mir doch von Urschel her eine starke Liebe für solche Bücher geblieben, und da mir Gottfried mit einer fast heiligen Begeisterung die Gesänge vorlas, dauerte es nicht lange, bis die Schönheit jener Verse und Bilder mein empfängliches Gemüt erfaßt hatte.

Gottfried hatte einen schönen Plan gemacht, wie er meiner literarischen Einfalt und Unschuld am ehesten beikommen könne und gedachte so an Hand seiner Literaturgeschichte mir erst Homer und die Ältesten beizubringen und dann über die deutschen Klassiker auf die Modernen zu kommen; doch waren wir auf dieser Leiter noch keine halbe Stufe weit gestiegen, als er eines Abends, da zufällig das Gespräch drauf kam, fast erschrocken ausbrach: »Ach Gott, Sie kennen ja den Gösta Berling noch nicht!« Und wir lasen ihn noch in derselben Nacht und taten von nun an alle Pläne und Systeme beiseite, überschlugen, was uns langweilig schien, lasen Bruchstücke, durcheinander, von der Mitte an, von hinten herein und wie es uns Willkür und Stimmung gab. Ach, und wir genossen, schwärmten, glühten und waren begeistert.

Wenn ich heute an jene Zeit zurückdenke, so wird mir besonders eines mit Dankbarkeit bewußt: daß ich nämlich auf diese Weise sehr wenig schlechte und minderwertige Bücher gelesen habe und nicht wie die meisten der Leute, die ich inzwischen kennen lernte, durch einen Wust von Backfisch- und Modeliteratur erst zum Echten und Schönen durchgedrungen bin. Und daß ich, weil ich von Natur, Sonne, Erde und Mistgabel her unvermittelt in die göttlichen Gefilde Homers und Goethes versetzt wurde, mein Lebtag lang einen guten und sauberen Geschmack behalten habe. Vielleicht ist gerade daraus bei mir jenes besondere Verhältnis zur Literatur geboren, das ich vor den meisten andern Leuten eigen habe und von dem ich später noch reden will.

– An einem Sonntagabend hockten wir bei den andern im Hof auf den Stämmen. Es war schon spät und die warme Nacht voll einem weichen, zärtlichen Gelächter, Gesumm und Heimlichtun. Wir saßen mitten darunter und nahe beieinander und hörten so drauf hin.

»Finden Sie nicht«, sagte Gottfried auf einmal unvermittelt und leise, »daß so eine über Goethe und Schiller gegründete Freundschaft, wie wir sie haben, hierher paßt wie zu meiner Großmutter eine himmelblaus-eidene Bluse? Hier oben hat man sein Mädchen zum in den Arm hin-einnehmen und verküssen. Hören Sie doch, wie die Kerle schmatzen; es ist der reine Hohn für uns. Wir schänden den ganzen Zinken mit unserem platonischen Geflöte!«

»Sie gehören verhauen!« sagte ich entrüstet. »Wollen Sie auf der Stelle still sein mit solchen Sachen!«

Er lachte, wurde aber darauf wieder ernst. »Ja, ja, ich werde gleich aufhören. Aber eines muß ich Sie noch fragen, wenn wir schon dran sind. Und Sie müssen mir Antwort drauf geben.«

Er beugte sich dicht zu mir herab und fragte ganz leise: »Haben Sie einen Schatz, Fräulein Agnes?«

»Nein«, sagte ich ohne jedes Besinnen, doch war es mir sofort heftig leid, und es wurde mir irgendwie dunkel bewußt, daß ich hätte vorsich-tiger sein müssen und das nicht so gerade heraus hätte sagen dürfen; indem ich aber noch verwirrt und überrumpelt nach Worten suchte, begann um uns herum ein allgemeines Auseinandergehen und Aufbre-chen. Auch Gottfried stand auf und bot mir in seiner gewohnten Ver-gnügtheit gute Nacht; es blieb mir nichts anderes übrig, als auch auf meine Kammer zu gehen.

Gottfrieds Worte hatten mir einen unangenehmen und beschämenden Eindruck hinterlassen; ich gab mir die größte Mühe, ihnen nicht mehr weiter nachzudenken und sie so schnell als möglich zu vergessen; und dies gelang mir auch.

In dieser Woche ging ich an einem Abend zur gewohnten Zeit in Gottfrieds Stube hinunter. Er stand nicht wie sonst am Fenster, sondern saß am Tisch, hatte den Kopf in die Arme gestützt und sah mir mit einem sonderbaren Blick entgegen.

»Nun, was ist Ihnen für eine Laus übers Leberlein gelaufen?« fragte ich ihn und lachte.

»Ach, ich habe einen blödsinnigen Nachmittag gehabt«, fing er an. »Bitte, setzen Sie sich doch! – Wissen Sie, nach dem Essen stöberte ich in meinem Schrank, da kamen mir ein paar Schokoladetafeln, die ich mir hierher mitgebracht hatte, in die Hand. Und da kam mir mit ei-nemmal der Gedanke: wenn du alt bist, magst du vielleicht keine Schokolade mehr, und das war mir derartig gräßlich, daß ich meinen ganzen Vorrat nacheinander aufaß. Dann wurde mir sehr übel, und ich mußte schnell hinters Haus gehen. Und als es mir wieder leichter war, sehe ich am Krautgarten zehn Schritte weg von mir den Roßknecht stehen und die schwarze Marie im Arm haben; die hatten in ihrem Eifer von meiner ganzen Sache nichts gehört. Und ich kann Ihnen schon sagen, wie der so an ihr herumtappte und sie abschmatzte, da wurde mir noch viel übler als von der Schokolade, und ich rannte wie besessen zwei Stunden weit; und als ich mich zum Ausruhen ins Gras legte, war ich bis auf die Gunterwiesen hinauf gekommen. Da droben war es sehr schön; ich nahm einen Strauß Enzian mit, den wollte ich Ihnen bringen. Auf dem ganzen Heimweg dachte ich immerfort an Sie, und es war mir sehr vergnügt und auch ein wenig sonderbar dabei; ich weiß nicht, wie. Eh ich auf den Zinken kam, schob ich die Enzianen in meine Hosentasche, damit sie niemand sähe und schlich ganz unbemerkt in Ihre Stube und wollte die Blumen auf Ihren Tisch legen. Und dann mußte ich mit einemmal denken, daß Sie eine Dichterin sind und ein ganz wunderbarer und schöner und großer Mensch und ich bloß ein Schulbube; und da wurde es mir wieder schlecht und wütend und alles miteinander, und ich lief davon und warf die Blumen auf den Mist; dort, Sie können sie gerade noch sehen. Ich habe sogar noch geheult, und zum Nachtessen bin ich auch nicht gegangen!

Aber nun kommen Sie, wir wollen die Lampe anzünden und Mörike lesen und nimmer davon sprechen, sonst ist auch noch der schöne Abend beim Teufel.«

So fing er an zu lesen, und es schien alles ganz gut und glatt weiter zu gehen, bis vielleicht nach einer Viertelstunde seine Worte langsam und immer sonderbarer wurden, und der große Mensch mit einemmal seinen Kopf vornüber auf den Tisch in die Arme warf und schluchzte wie ein Kind.

»Bitte, gehen Sie – – ich kann wirklich nicht mehr – – verzeihen Sie, Fräulein Agnes – – –«

In großer Bestürzung und Verlegenheit ging ich schnell hinaus und auf meine Kammer. Unausgekleidet saß ich auf dem Rand meines Bettes, starrte erschrocken in das Dunkel und hörte, wie mein Herz laut und heftig schlug. Und indem die Dumpfheit und Verwirrung allmählich von mir wich und es mir leise klar wurde, wie es dem guten Jungen zu Mute sei und daß er wohl Ähnliches durchlebte wie ich damals um Frau Gunhild oder Herrn Bürger, und indem mir vollends als etwas ganz Unerhörtes und Freches der Gedanke aufstieg, daß dies um mich sei, befiel mich eine mächtige Scham, das Blut stieg mir kochend heiß in die Backen, und ich begann so zu schwitzen, daß mir große Tropfen auf der Stirn standen. Dazu spürte ich Mitleid mit dem armen Kerl und ward traurig darüber, daß er mich weggeschickt hatte, und zwischen alldem dämmerte mir endlich eine schwache Seligkeit herauf, die ich nimmer unterdrücken konnte. Es litt mich plötzlich nicht mehr auf meinem Bett, mir kaum bewußt, was ich tat, nahm ich meine Streichholzschachtel und lief schnell und leise damit aus meiner Tür, zum Haus hinaus und auf die Miste hinüber. Ich brauchte elf Zündhölzlein, bis ich Gottfrieds Blumen gefunden hatte; mit klopfendem und glücklichem Herzen brachte ich sie auf meine Stube und stellte sie ins Wasser. – –

Was mich in den nächsten Tagen bewegte, war nun nicht gerade Seligkeit. Ich war mit einer ständigen Unruhe erfüllt und ging Gottfried möglichst aus dem Wege; sah er mich doch, so wurde ich rot und unendlich verlegen. Des Abends hielt ich mich ängstlich auf meiner Stube und hing lauter dummen Gedanken nach; daß die Angelegenheit, die mich bedrückte, vielleicht noch einmal auf etwas Schönes und Erfreuliches hinauslaufen könne, daran wagte ich in schreckhafter Abergläubigkeit nicht zu denken. Mein einziger Trost war ein Band mit Goethes Erzählungen, den mir Gottfried einmal mit herauf gegeben hatte und der zufällig noch auf meiner Stube war. Ich las oft darin, und es tat mir wirklich wohl.

– Da geschah es am vierten jener Tage, daß spät abends noch ein paar neue Kurgäste auf dem Zinken ankamen. Dieweil Frau Finkenlohr sie in ihre Stuben führte, richtete ich in der Küche unten noch ein Nachtessen. Ich machte einen Salat, schnitt vom geräucherten Schinken auf und ging dann noch, ehe ich das Rührei hintat, in den Garten, geschwind den Schnittlauch dazu zu holen. Es regnete, als ich hinaus kam, und war eine tiefe, graue Dämmerung.

Nun ist am Hauseck, wo man in den Gemüsegarten geht, unter etlichem Buschwerk ein kleines, steinernes Bänklein; und als ich daran vorbei wollte, griff eine Hand nach der meinen; es saß da im Regen ein Mensch, und als ich hinschaute, erkannte ich Gottfrieds Gesicht.

Ich erschrak, und es befiel mich eine jähe Schwäche; zitternd legte ich mein Küchenmesser aus der Hand und setzte mich in einem leisen

Schwindel neben ihn auf das Bänklein. Der Regen lief in eiligem Geströme auf uns nieder, und wir waren ganz stille.

Dann sagte Gottfried: »Ich habe immer – immerfort an Sie gedacht, Fräulein Agnes. Und ich – wünsche mir etwas. Ich möchte einmal über Ihr Haar streicheln dürfen.«

Ich blieb regungslos sitzen; doch liefen mir, ohne daß ich's hindern konnte, die Tränen herunter.

Da fuhr er mir mit der rechten Hand einmal ganz scheu und schnell über den Kopf, und dann legte er beide Arme um meinen Hals und drückte sein Gesicht an meines, und beide waren naß vom Regen und von Tränen.

Währenddem hörte ich Frau Finkenlohr in der Küche. Ich stand schnell auf, holte meinen Schnittlauch und kochte weiter, als ob nichts geschehen wäre; und doch war plötzlich die ganze Welt verändert, schwankte und zitterte vor meinen Augen und war wie erhellt von tausend seligen Feuern.

Es war seltsam: auch jetzt noch glaubte ich nicht daran, daß zwischen mir und dem reichen, feinen Jungen eine Liebschaft werden könne. Doch war gerade diesem zum Trotz seit dem Geschehnis auf dem Bänklein ein Wille und Trieb in mir, beständig daran zu denken, – von einer erfüllten und glücklichen Liebe zu Gottfried zu träumen und diesen Traum mit der ganzen Kraft meiner Phantasie auszumalen und zu nähren. Vielleicht war es, mir selber kaum bewußt, gerade die Angst, aus diesem Traum doch bald aufwachen zu müssen und die traurige Gewißheit, die am Ende doch dahinterstand, daß ich meine beglückende Einbildung um so zäher festhielt und mich umso stärker in sie einspann.

Es war ja auch wahrlich nicht schwer, zu dem guten und feinen Menschen eine Liebe zu fassen, umso weniger unter den gegebenen Verhältnissen und bei meiner Veranlagung. So ließ ich nun in meinem Innern alle Gluten brennen und alle Ströme selig und ungehindert fließen; ich war so voll Gehobenheit und Ruhe, daß ich sogar Gottfried, wenn wir uns begegneten, herzlich und fast unbefangen grüßen und anblicken konnte. Wir sahen uns selten, zumeist vor andern und sprachen nie miteinander; Gottfried stand wenige Tage vor seiner Abreise.

Alles, was in meinem Leben war, kann ich beschreiben und kann versuchen, es euch nahe zu bringen; von jenen Tagen aber kann ich nur stümperhaft, grob und ungenügend reden; sie waren das Zarteste und Heiligste, das je in meiner Seele war, und es gibt nicht die rechten Worte dafür. Ich glaube, daß man das bloß einmal erlebt, und ich glaube auch, daß es nur wenig Menschen erleben.

Ich war jene Tage voll einem starken und ruhigen Glücke, und es war immerwährend ein Zustand um mich gleich einem schwebenden, schönen und feierlichen Traum; wachte ich auf, so war er sogleich da und köstlich über mir; schlief ich ein, nahm ich ihn selig in das Dunkel mit hinüber; die harten Äcker waren Paradiese, sobald ich darüber ging; war mir etwas schwer, so dachte ich: Gottfried –, und es wurde vogelleicht. Im kleinsten Nötlein wußte ich: Gottfried –, und allsogleich war es behoben.

* *
*

Jeden Herbst und jedes Frühjahr reiste Frau Finkenlohr auf zwei Tage in die Hauptstadt, einesteils um nach ihren alten Bekannten zu sehen, besonders aber, um für das nächste Halbjahr die nötigen Einkäufe zu besorgen. Da sie nun eines kleinen Übels am Fuß wegen in diesem Jahr am Reisen verhindert war, so wurde beschlossen, daß ich fahren sollte und zwar mit Gottfried zusammen, der nun wieder in sein Gymnasium einrücken mußte und die gleiche Strecke reiste. Ein paar Tage vorher brachte Gottfried aus der Zeitung die Nachricht, daß am selben Abend im Hoftheater der Faust gegeben werde; die Großmutter schenkte uns beiden das Geld dazu, und Gottfried bestellte strahlend die Karten.

In einer Frühe zogen wir los; Gottfried trug in einem Köfferlein mein schönes Kleid in Seidenpapier eingewickelt, auch ein Paar anständige Schuhe und für jeden von uns etliche Vesper; das Textbüchlein aber hielt er in der Hand und ließ es nimmer von sich. Frau Finkenlohr schaute im Morgenkittel aus ihrer Schlafstube, trug uns viele Grüße auf an das Bäslein Babett, bei dem wir nächtigen mußten, und wir sollten es doch bei Leib nicht vergessen, vom Unterland ein paar Traubenblätter zu den Rebhühnern mitzubringen, die sie übermorgen braten wolle.

Es war uns auf dieser ganzen Reise feierlich und still zumut; wir sprachen kaum, und je näher wir der Hauptstadt zufuhren, desto mehr wuchs in uns eine leise Bangigkeit vor dem Abend, und es war gut, daß wir keine übrige Zeit zum Drübernachdenken hatten, denn es gab vollauf zu tun, bis wir die verschiedenerlei Einkäufe und Besorgungen erledigt hatten. Gottfried trabte in unendlichem Vergnügen mit mir durch einige Läden; wir kauften eine neue Kaffeemühle und ein Bügeleisen, einen Ersatzteil zu Frau Finkenlohrs künstlichem Gebiß, sowie ein Röslein auf ihren Kapotthut und graues Fersengarn zu ihren Strümpfen, auch vergaßen wir die Kimmichküchlein nicht und die berühmten Schützenwürste des Metzgers Eichenwolf. Als wir noch die Traubenblätter hatten und endlich zu dem alten Bäslein kamen, erfüllten uns die festlichen Vorbereitungen, die sie uns zu Ehren traf, mit steigender Heiterkeit, darin vollends unser bängliches Herzklopfen auf ein paar Stunden unterging.

Das Jüngferlein hörte nimmer gut, und trotz einer ungeheuren Brille sah sie auch nimmer recht, – und sie hatte uns zum Empfang einen wunderbaren Tee gekocht; mit Vanille und Zimmet gewürzt, damit er doch ja recht gut wäre. Doch habe ich sie im Verdacht, daß sie infolge ihrer Kurzsichtigkeit statt des Zimmets ein anderes Gewürz erwischt hatte, denn der Tee schmeckte abscheulich. Da sie es uns aber tödlich übel genommen hätte, wenn wir ihn verschmäht hätten, ihn selbst auch ausgezeichnet fand, verlebten wir nun auf dem geschnörkelten Kanapee eine ergötzliche Stunde; das Bäslein trippelte ab und zu; war sie bei uns in der Stube, unterhielten wir sie mit Eifer und taten, als ob wir darüber das Trinken vergäßen – ging sie hinaus, berieten wir, wie man das seltsame Getränk am ehesten hinunter brächte; probierten bald kleine, bald große Schlücke, hielten auch beim Trinken die Nase zu, und schließlich nahm Gottfried ritterlich meine Tasse und begoß damit die Geranienstöcke vor dem Fenster, ehe die Alte wieder eintrat.

Unter großer Heiterkeit kleideten wir uns dann fürs Theater an, als ich mir vor des Bäsleins blindem Spiegel die Haare frisch aufsteckte, stand Gottfried am Fenster und las mir noch einmal den Prolog vor; da kam die feierlich bange Erwartung doch wieder. Die Base geleitete uns alsdann bis vors Haus, befürchtete, daß sie nimmer wach wäre, wenn wir heimkämen und gab uns den Hausschlüssel mit.

In den Straßen war eine seltsame Schwüle; der Sommer hatte seine Hitze noch einmal in einem sengenden Tage zusammen getan; am Himmel sah es aus, als ob's ein böses Wetter gebe. Wir gingen ganz still durch die Straßen und Plätze und die breiten Staffeln des Theaters hinauf, saßen dann stumm und tief beklommen, bis das Haus sich füllte und der Vorhang aufging.

Dann kam der Faust. Und indes von der Bühne der Gewaltige in seinen göttlichen Worten zu uns redete, jeden Kummer mit tiefen, leuchtenden Farben tränkte und was schmerzvoll war, vergeistigt und voll Süße und stiller Schönheit erscheinen ließ, alle Freude aber schäumend und vertausendfacht, – indes der Mächtige alles, was scheu, verschleiert und dunkel in uns war, zerriß und zerbrach, daß wir nackt, wissend und plötzlich in schmerzhaft blendendes Licht gestellt, vor einander waren, und doch von seiner lohenden, göttlichen Flamme erfaßt, in seligem Jubel uns zu seinen Höhen hinreißen ließen, – indes Szenen, Menschen, Schicksale an uns vorbeizogen und die abendlichen Stunden füllten, wandelte es sich in uns; wozu es sonst vielleicht Monate und Jahre gebraucht hätte, war nun in ein paar Stunden geschehen. Unsere Liebe war uns mit einemmal bewußt, körperhaft, nahe und groß geworden, und wir selber vermeinten, reif und andere Menschen zu werden.

* *
*

Nach dem letzten Akt wurden die Lichter hell. Zitternd riß mich Gottfried empor, und wir liefen schnell durch das Haus; hinter uns brachen Lärm, Gedränge und Gelächter aus den geöffneten Türen; als wir aber die breiten Stufen ins Freie hinab schritten, heulte uns durch schwarze Nacht ein tobender Sturm entgegen, gleißendes Feuer schlug auf uns herunter, verzuckte wieder und die Nacht war noch finsterer, noch schauerlicher darnach.

Da war der alte Stadtgarten; unter Donner und kaltem prasselndem Regen liefen wir tief in das Dunkel der Büsche und hohen Bäume hinein. Erst hasteten noch eilige Menschen gleich flüchtigen Schatten an uns vorbei, dann waren wir allein. Zitternd und stumm vor Erregung hielten wir uns an den Händen; im sprühenden Flammen der Blitze sah ich zu Gottfried auf; sein blasses Gesicht war voll Farbe und Bewegung, und seine Augen so glänzend und schön, wie ich es nie mehr gesehen habe.

Dann standen wir in Blitz und Getöse, hielten einander umschlungen und waren rasend und trunken vor Liebe und Leidenschaft. Gottfried bedeckte mein Gesicht, meinen Hals und meine Brust mit Küssen, und ich hing zehrend immer wieder an seinem Munde. Wir nannten uns bei unseren Namen und stammelten Liebesworte, und nahm uns Sturm und Donner die Stimme von den Lippen, so schrien wir's stöhnend in das wilde Wetter hinaus. Und endlich, nach Stunden, als wir von dem lohenden Rausch gesättigt und müde waren, suchten wir durch die dunkeln und fremden Straßen, die voll kühlem, stürzendem Regen waren, unsren Heimweg zu des alten Bäsleins Wohnung.

Ich war die ganze Nacht froh und helle wach; die Base hatte mir in ihrer Schlafstube ein Bett gerichtet; lange saß ich aufrecht und unausgekleidet darauf; als ich merkte, daß jene wie ein Murmeltier schlief, zündete ich mir ein Licht an und ging damit in das Gaststüblein hinüber, wo Gottfried in erschöpftem Schlafe lag. Ich setzte mich an sein Bett, stellte das Licht daneben und sah lange in stummer, jubelnder Andacht auf den geliebten Jungen nieder. Das Stüblein war muffig und roch nach Mottenpulver, des Bäsleins Kerze brannte tief herunter, und es fror mich an den Füßen, der nassen Schuhe wegen; ich saß Stunde um Stunde und achtete es nicht. Brausender als je waren in mir die Ströme des Namenlos entfesselt, und zum erstenmal geschah es, daß ich ihnen in weiter, verschwindender Ferne, aber doch deutlich und feststehend ein Ziel gesetzt sah.

Als der trübe Morgen durch das Fensterlein kam, regte sich Gottfried und erwachte. »Bist du schon da!« sagte er voller Innigkeit, als er mich gewahrte; er ergriff meine beiden Hände und zog sie zu sich her. »Du, du Liebe.«

Und dann geschah etwas Seltsames: plötzlich standen seine Augen voll Tränen, er schlang seine Arme um meinen Hals und riß mich mit verzweifelter Wildheit zu sich herab, daß ich fast schrie vor Schmerz. Dabei zitterte er am ganzen Leib, stöhnte, schluchzte, und ich fühlte sein Herz durch die Decke des Bettes hindurch stürmisch schlagen.

Tief erschrocken hielt ich diesem Ausbruch stand und wußte mir nicht zu helfen. »Gottfried, Schatz, was machst du für Geschichten! Fehlt dir etwas, sag?«

»Nein«, schluchzte er; »aber – es ist – so – so viel – – ich ertrage es fast nimmer – – –«

Da nahm ich seinen Kopf an meine Brust und strich mit meiner Hand sanft und zärtlich drüber, und indem ich immer so fortfuhr und ganz leise war, wurde er ruhiger. Nach einer Weile lag er still und blaß und erschöpft da und lächelte mich an.

»Verzeih, Agnes! Es ist so mit mir durchgegangen.«

Dann lachte er voller Spott: »Das ist ein schöner Bräutigam, gelt! Kannst du denn mich noch lieb haben, wenn ich – *so* bin?«

»Ja«, sagte ich ganz ernst und sah ihn an, »gerade weil du so bist, deshalb habe ich dich lieb.«

Ich wandte mich ab, und es ging mir durch den Sinn, wie wunderbar es sei, daß nun dieser reine, glühende und schäumend junge Mensch mich liebe und zu mir gehöre, und als ich dies so recht erfaßte, geriet ich in eine so ungeheuerliche Seligkeit, daß es mir beinahe gegangen wäre, wie vorhin Gottfried.

– Wir faßten den Plan, daß Gottfried wieder zurück reise und den ganzen Tag noch mit mir zusammen sei, doch ohne daß die Großmutter es wisse; und wir freuten uns darüber wie die Diebe.

Die engen Häuser der Gassen drängten sich grau und steil vor unserem Fenster, wir beschlossen, noch ehe das Bäslein erwache, das Weite zu suchen. Ohne Scheu vor einander kleideten wir uns zusammen an; dieweil ich nachher die Betten und unsere Sachen in Ordnung brachte, war von Gottfried nichts mehr zu hören; als ich ihn suchte, fand ich ihn in der Küche, vor dem Herde sitzend und verzweifelt bemüht, mit dem Blasebalg der Base ein Feuer instand zu bringen.

»Ach, Agnes, ich wollte dir einen heißen Kaffee bringen; du mußt doch etwas Warmes haben, wenn du die Nacht nicht geschlafen hast. Aber es wird einfach nichts!« klagte er.

Mein Liebster mit dem Blasebalg aber wärmte mich mehr als des Bäsleins Rübenkaffee; lachend schrieben wir ihr noch ein Brieflein zum Hinterlaß und gingen eilig, um mit dem Frühzug noch fort zu kommen.

Vom Mittag an bis in den späten Abend trieben wir uns dann auf den Feldern fern vom Zinken herum; wir legten uns in eine Ackerfurche und sahen in den Himmel, der weit und helle über dem flachen Land aufstieg, und der herbstliche Sturm ging in mächtigen Stößen über uns weg. Wohl waren wir hungrig und voll Müdigkeit, spürten die Kühle des Sturms und die Härte der Erde und genossen doch die schwelgerische Lust, hier in der einsamen Weite Körper an Körper beieinander zu liegen, die Hände ineinander zu haben und uns Liebes zu sagen, ungemindert und kosteten sie aus bis zum letzten Augenblick.

Spät am Abend gingen wir zum Zinken hinüber; ich ließ Gottfried nicht fort, ohne daß ich nicht versucht hätte, ihm irgendwie etwas zum Essen zu verschaffen. Als wir ans Haus kamen, war alles schon stille, nur in der Küche brannte noch ein Licht, und wir sahen zum Fenster hinein. Frau Finkenlohr stand vor einer irdenen Schüssel und ließ einen Hefenteig an; und indes wir nun wie arme Sünder so in der einsamen Nacht draußen standen und die rundliche und zufriedene Alte in ihrer warmen Küche hantieren sahen, wie sie, eine weiße Schürze vorgebunden und die Milchpfanne samt einem großen Schmalzhafen zur Seite, ihren Teig klopfte, der ihr in mehligen Bärten von den Fingern hing, kam mich mit einemmal ein wunderliches Gefühl an. Ich bedachte mit Zaghaftigkeit und Kleinmut, wie unsere Liebe, die mir eben noch mächtig genug erschienen war, um alle Himmel zu stürmen, vor dieser soliden, tüchtigen und nahrhaften Welt der Großmütter und der Schmalzhäfen bestehen könne; und ich muß gestehen, daß mir jämmerlich dabei zumute war. Ich zog meinen Liebsten dicht zu mir her und sprach leise und eindringlich auf ihn ein.

»Gottfried, du mußt mir versprechen, daß du keinem Menschen etwas davon sagst, daß wir einander lieb haben; am wenigsten jemand vom Zinken und deiner Großmutter.«

»Wenn du es so willst, – ich kann schon schweigen.«

»Du mußt dir Mühe geben, daß du es nicht merken läßt, nicht wahr?«

»Ja.«

»Du mußt es mir schwören, Gottfried!«

»Ich schwöre es dir.« Und wir besiegelten es mit einem Kusse. Dann nahmen wir leisen und zärtlichen Abschied; Gottfried verschwand um die Hausecke, um unter meinem Kammerfenster zu warten; ich aber ging mit Geräusche zur Haustür hinein und in die Küche, wo es eine laute und herzliche Begrüßung gab. Die alte Frau wusch sich die Hände, hieß mich in ihre Wohnstube gehen und trug mir dort einen gehörigen Imbiß auf; sodann setzte sie sich zu mir, ich mußte essen, auspacken, vorrechnen, erzählen und Grüße ausrichten, und es wurde mir immer wärmer und bedrängter, wenn ich an den armen Jungen draußen dachte. Als ich auf der alten Kastenuhr sah, daß eine halbe Stunde um war, hielt ich es nimmer länger aus; ich wußte mir nicht anders zu helfen, als daß ich plötzlich eine große Müdigkeit heuchelte und ein schmähliches Gegähne auffahren ließ, mit den Augendeckeln klapperte und hie und da mit dem Kopf nickte wie die alten Weiber in der Kirche, worauf Frau Finkenlohr denn auch richtig hereinfiel und mich schleunigst auf meine Kammer schickte. Brot, Butter und

Rauchfleisch gab sie mir mit hinauf, damit ich neben dem Auskleiden vollends essen könne.

Strahlend vor Freude kam ich mit meinen Schätzen in die Kammer und zündete zitternd mein Licht an, was von unten mit einem leisen Pfiff quittiert wurde. Glücklich schnitt ich die Brote, strich und belegte sie und wickelte sie mit ein paar Äpfeln, die ich noch oben hatte, sauber in einen »Oberländer Boten«. Dann löschte ich das Licht und ließ mein Paket an einer Schnur zum Fenster hinab, wo Der unten es in Empfang nahm. Wenn er nun musikalisch gewesen wäre, hätte er vielleicht irgend etwas leise gepfiffen oder gesungen; so aber – und es war der Sicherheit halber fast besser für uns, begann er, indem er vom Hause weglief, mit seinem weißen Sacktuch stumm und wütend und herzbewegend zu mir herauf zu wedeln, rund herum, schräg und auf und nieder. Der Hofhund schlug an, war aber alsobald wieder still, da er ihn kannte, und durch die dunkle und von einem leisen Sturm bewegte Nacht sah ich ferner und ferner das gespenstische Liebessignal zu mir heraufleuchten.

* *
*

Gottfried schrieb mir oft; mir wurde Kammer und Haus zu enge, wenn ich seine Briefe las. Ich lief voll strömenden Jubels in Schnee und Sturm und Regen hinaus und schrie es leise in die tosenden Wetter und zu den einsamen, stöhnenden und windverwühlten Bäumen im Wald hinauf, wie lieb ich diesen Menschen hätte! Und ich barg den Brief an meinem Herzen, bis der nächste kam.

Auf Weihnachten wollte er kommen. Ich freute mich drauf wie ein Kind, tat alle Arbeit verkehrt und lief zitternd immer wieder auf die Landstraße hinaus, zu sehen, ob der alte Postwagen noch nicht käme. Und einmal kam durch den Schnee ein einsamer Mensch angestapft; ich lief auf ihn zu, und er war es, wir schrien auf und lagen einander in den Armen.

Es war in diesen Weihnachtstagen bitter, bitter kalt; wohl brannten in Küche und Fremdenstuben und Frau Finkenlohrs großem Wohngelaß mächtige Feuer, doch saßen wir beide in einer abgelegenen Kammer, wo der Sturm eisig durch Tür- und Fensterfugen fuhr. Wir bauten uns klappernd vor Frost in ein Nest von alten Strohsäcken, Pferdedecken, Bettstücken und wollenen Tüchern ein, hatten Handschuhe an und

Pelzstiefel, und Gottfried brachte strahlend eines Abends noch einen wattierten Schlafrock des seligen Großvaters Finkenlohr für mich.

In jenen Stunden lasen wir zusammen Gottfrieds Lieblingsdichter, Hölderlin; – seine Gedichte, den Hyperion und aus dem Empedokles, und es geschah, daß Gottfried mit einemmal aufsprang und sich zornig aus dem warmen Wall losschüttelte, die Handschuhe voller Verachtung an die Wand warf und laut mit ausbrechender Begeisterung des herrlichen Dichters Worte mir vortrug.

Jeder Tag dieser Weihnachtsferien war, wiewohl es ein böses, trübes, stürmisches Wetter war, voll innerlichen Glanzes und voller Schönheit, so daß wir am Ende ohne Traurigkeit, fast gesättigt von Glück, voneinander schieden.

* *
*

Nun muß ich aber, ehe ich weiter gehe, noch etwas von jenem Winter schreiben, – und von einer Liebe sagen, die mir damals aufging und gleich der zu Gottfried helle und leuchtend in mein Leben schien.

Bei jenem einen Verslein, das mir damals, an jenem Morgen eingefallen war, war es nicht geblieben; je und je, in einer Sturmnacht oder wenn ein Brief von Gottfried gekommen war und ich bewegt in die einsamen, verschneiten Felder hinaus lief, kam es, daß es mich plötzlich gleich einer feinen, aufreizenden Lust ergriff, stehen zu bleiben, Worte, Gedanken, Reime in mir auf und nieder steigen zu lassen und eigentlich ohne mein Zutun dann auf einmal einen Vers fertig zu haben.

Es ging mir dabei ein wunderliches Geriesel durch den Leib und war eine halb reizende, halb wonnige Spannung in mir; ich brauchte fast gar nichts zu tun oder zu denken dabei, nur jenem stille zu halten und mich von ihm überlaufen zu lassen; nachher, wenn es vorbei war und ich klar und ohne Mühe den Vers in mir wußte, war ich manchmal wirklich körperlich müde und leicht erschöpft.

Mit den so entstandenen Gedichtlein wußte ich nicht viel anzufangen; sie glichen jenem ersten, waren simpel und wenig gehaltvoll; manchmal schickte ich sie Gottfried, doch war es mir peinlich, daß er so viel Wesens draus machte, und später schloß ich sie alle in eine alte Zigarrenkiste.

Das Dichten selber aber wurde mir allmählich zum gesteigerten Genusse und zur leisen Leidenschaft. Ich sehnte mich darnach, daß jene fremde Macht wieder über mich käme und mich wegführte, obgleich ich nichts dazu tat, solches etwa künstlich wecken und herbeiführen zu wollen. Spürte ich aber, daß es über mich kommen werde, war ich entzückt, ging, wenn ich unter andern war, schnell abseits und kostete die rieselnde Lust voll geheimem Glücke aus, bis sie mich wieder verließ, und das Leben dünkte mich durch diesen neuen Reiz beträchtlich höher und wertvoller.

Dazu kam noch, daß Gottfried mir seine Bücher dagelassen hatte, mir auch immer wieder solche schickte und zu Weihnachten ein ganzes Kistlein davon schenkte. Seither hatte das Leben kaum Beglückenderes für mich gehabt, als aus vollen Kräften arbeiten zu dürfen, dazu unter vergnügten Leuten zu sein und drunterhin einen Tanz und eine fröhliche Nacht zu haben, und an höheren Bedürfnissen waren in mir nicht mehr gewesen als in jedem gesunden Menschen überhaupt, – der Wunsch schließlich, eine Freundin oder einen Schatz zu haben. Und nur in seltenen Stunden war in mir der Gedanke an ein Reich des Geistes gewesen, mit Traurigkeit, freilich, und einem stumpfen Verlangen, aber ohne Feuer und Leidenschaft und Dazutun; so, wie man etwa von Palmen und weißen Elefanten und blauen Meeren träumt und dazu sagt, man möchte auch einmal gern eine Weile in Indien gewesen sein.

Nun aber lief ich in jene andere Welt hinüber mit vollen Segeln. Gottfried hatte mich hineingeführt und sie mir aufgetan, wie es kein anderer hätte können; durch ihn, durch die Zeit der stürmenden Liebe zu ihm, die ich erlebt hatte, und nicht zuletzt durch mein eigenes, wunderliches Versemachen war mir mit einemmal ein Sinn aufgegangen für das Reich des Geistes und der Kunst, vor allem für die wundersame Welt der Dichtung. Ach nein, nicht einer, alle Sinne, alle Fähigkeiten in mir, die staunen, bewundern und lieben konnten, zitterten nun wie taumelnde Nachtschmetterlinge diesem allmächtigen Lichtkreis entgegen, konnten jauchzen und rasen vor Entzücken drüber, daß es solche Gedanken gäbe, und solche betörende Musik der Worte, daß man sie damit umkleide.

Ja, ich glaube, es wäre mir oft genug über einem gliederschönen, reintönenden Verse, über einer Reihe süß und kraftvoll hingegossener Worte der eigentliche Sinn und Gedanke verloren gegangen, wenn mir nicht Gottfried in seinen Briefen sachte die rechten Wege gewiesen hätte. Aber ich finde heut noch ein Gedicht, dessen Sinn mir und anderen nicht recht behagt, wenn es nur Vers und Musik und fließend ist und den geringsten Wert hat, eben wundersam schön.

Doch war damals dieser übermäßige lyrische Rausch bald verflogen; ich ging nun die stilleren und tieferen Pfade der Erzählung, bewunderte und liebte auch da; aber es wehte durch die meisten modernen Bücher ein sonderbarer Geist, – Weltschmerzlichkeit, üppig wuchernde Mystik und oft auch allerlei Unsauberes, darein ich mich mit meinen gesunden, unverbogenen Sinnen noch nicht recht finden konnte. Mein Herz hing am Werther, am Wilhelm Meister; es hing an Gottfried Keller und an denen, die in seinen Fußstapfen gingen; wohl lag auch über diesen Büchern eine leise Schwermut und ein grübelnder Ernst, die meiner Jugend und Fröhlichkeit widersprachen; doch war es mir, als ob die Helden dieser Geschichten alle an einer wunderlichen, interessanten, geistigen Krankheit litten, an einer solchen, um deretwillen man sich nicht zu schämen braucht, sondern heimlich bewundert wird.

Und es ergriff mich eine heftige Lust, immer mehr von jenem schönen, geheimnisvollen Leiden zu lesen und zu hören, und schließlich eine Sehnsucht, es selbst zu haben und seinen Reiz und seine Qual und Süße am eigenen Gemüt zu empfinden. Ich wußte, daß auch Gottfried diese Krankheit habe; ja, vielleicht hatte er sie mehr als irgend ein anderer, und gegenüber der unsäglichen Reizbarkeit seiner Seele, gegenüber seinem Auskosten aller Stimmungen und Launen und seinem überfeinen Empfinden kam ich mir selber in meiner unverweichlichten Kraft und Kindhaftigkeit stumpf und plump vor; – mein Wunsch, Gottfried seelisch nahe zu kommen und ihm nachempfinden zu können, vermischte sich nun mit dem, selber dieses verfeinerten, traumhaft schönen Lebens teilhaftig zu werden; ich fing an, den Regungen meiner Seele nachzugehen, spürte, daß in meinem Geschick und Wesen rätselhaft viel war, das mit dem der Dichter zusammen klang, es freute mich, und ich war damals wahrhaftig nahe daran, jenes müßige, in Schönheit träumende Leben der Romane für unendlich wertvoller zu halten als meine unmodern gesunde Jugend, meine Lust an körperlicher Arbeit und alles, was noch echt und brauchbar an mir war.

Nun fing ich auch an, meine eigenen Verse für mehr zu halten als früher; der Quell, daraus sie flossen, war reich und springend. Es ging ein großes Blühen und Plänemachen in mir an; ich wollte später einen Roman schreiben und ein Drama und noch viele, viele Gedichte. Am meisten Lust hatte ich vorerst zu einer kleinen, feinen, gut geformten

Novelle; ich dachte daran als an etwas, das mir lieb und kostbar war wie ein Mensch, und ich fing auch an, sie zu schreiben.

Von alledem sagte ich niemand etwas; ich stand in der Küche und im Feld, tat am Leben der andern so vergnügt als es gehen wollte, mit und freute mich nur immerwährend des geheimen Lichts, das ich in mir trug und des unsichtbaren Reiches, zu dem ich nun gehörte.

– Da schrieb mir meine Mutter einen Brief, darin sie mich mit lieben Worten bat, den Gottlosen Zinken zu verlassen und zu sehen, ob ich nicht in jener Stadt, wo meine Schwester verheiratet war, eine Stellung bekäme. Es scheine ihr, als sei bei der Margret nicht alles, wie es sein solle, und als ob es gut wäre, wenn sie einen Menschen in der Nähe hätte, der manchmal nach ihr sähe.

Nun muß ich aber ehrlich sagen, daß, als ich in dem Brief der Mutter den Namen jener Stadt las, mein Herz nicht vor Sorge, was mit der Margret los sein könne, plötzlich zu klopfen anfing, sondern weil dort Gottfried wohnte und weil der Gedanke, *ihm* dann nahe zu sein, mich jäh mit stürmischer Freude erfüllte.

Ich trug den Brief zur Großmutter Finkenlohr; wir bedachten uns ein paar Tage; und als wir eine geeignete Stellung für mich in jener Stadt erfuhren, war mein Schicksal beschlossen.

Ach, es war nicht leicht, von dem guten, warmen, fröhlichen Zinken fortzugehen und in einer fremden Stadt ohne den Schutz der lieben, mütterlichen Frau Finkenlohr zu leben, die letzten Tage vergingen herb und voll Wehmut. Zum Abschied tat man mir noch alles Gute; Frau Finkenlohr begleitete mich selber zur Bahn, schob mir noch eine Schachtel voll Zimmetsterne in den Wagen und küßte mich warm auf beide Backen. Der Zug fuhr an, lange sah ich noch in der Ferne ihren Kapotthut mit den roten Röslein fröhlich wippen, und es war mir trübselig zu Mut, solange ich durchs Wagenfenster mein geliebtes Hochland sah. Doch wurde mir besser, als ich durchs Unterland fuhr und Flüsse erblickte und helle Dörfer in der Obstblüte, und als am Abend die Türme der Stadt in einem roten Sonnenschein vor mir lagen, schlug mein Herz vergnügt und verlangend der Zukunft entgegen.

Fünftes Buch

Ich war im Hause eines reichen Professors untergekommen und übernahm allda die Küche und die Führung und Leitung des Haushalts. Außer mir waren noch eine alte, abgedankte Haushälterin da, die früher das Regiment geführt hatte und der nun die persönliche Bedienung der Herrschaften oblag – und noch eine kleine Bauernmagd für die groben Geschäfte. Kinder waren keine im Haus, dafür aber Gäste, Gesellschaften und ein bewegtes Leben. Was mir mein Amt lieb machte, war, daß mich die Professorsleute schätzten und in Ehren hielten, mich frei und selbständig schaffen ließen und dann noch das, daß mir die Küche übertragen war. Schon auf dem Gottlosen Zinken hatte ich das Kochen mit Leidenschaft betrieben, nun, da ich's ohne Aufsicht durfte und merkte, daß man viel Wert drauf legte, tat ich's erst recht gern. Ich kann mir nun nicht helfen – es ist schon so, und ich kann's auch in keinerlei idealem oder geistigen Zusammenhang erklären, warum ich diese so äußerst materielle und vulgäre Neigung mit solcher Liebe hegte, ich habe wenig anderweitige Talente, kann weder Klavier spielen, noch malen oder gut singen; ich bin aber stolz darauf, gut kochen zu können, und wenn es mir gelingt, etwa ein Spanferkel rösch und knusperig zu braten, eine feine Sauce fertig zu bringen oder ein Sülzlein schön und ohne Tadel zu bereiten, so bin ich mit Hochgefühl und tiefer Befriedigung erfüllt und wer mich deshalb verachtet, soll es tun; anders macht mich keiner.

Auch traf es sich, daß des Professors Haus ganz nahe dem meines Schwagers stand, ein schmaler Hof lag dazwischen und die Gärtlein hinter dem Haus stießen zusammen. Die Gasse, darin die beiden Häuser waren, zog sich dicht am Schloßberg hin; von der Wohnung meiner Verwandten ging ein hölzerner Steg zum Berg hinüber, wo sie unterhalb der Schloßmauer ein sonniges Stücklein Land besaßen.

Zu Anfang litt ich an einem mächtigen Heimweh nach dem Gottlosen Zinken; es war mir ein kleines Zimmer zugewiesen, das gegen den Berg zu ging und in dem es ewig dunkel und kühl war. Ach, da war kein weiter, heller, hochgewölbter Himmel, kein freies, stilles, schönes Land, es gab keine tosenden Stürme, die in herber Herrlichkeit die Nächte durchfuhren, es gab keinen nahen Wald mit stöhnenden und windverwühlten Bäumen! Man mußte sich hübsch bescheiden lernen; hier war alles voller Berge, Gassen und Gelärm und bedrückte mich elend.

Allmählich aber gewöhnte ich mich dran; eine Menge neuer, farbiger Eindrücke stürmten auf mich ein, das vordem so leuchtende Bild des Gottlosen Zinkens verblaßte sacht in mir.

Da lebte vor allem im Hause selber ein Mensch von höchst wunderlichem Gebaren, das war die alte Haushälterin Genovev; da sie von Alters wegen fast keinen Dienst mehr tun konnte und das Zusehen hatte, wie eine Junge ihr das Regiment aus der Hand nahm, tat sie mir leid, und ich bemühte mich geflissentlich um ihre Gunst, was sie mit der Würde und Majestät einer gekränkten Kaiserin hinnahm. In seltenen guten Stunden fühlte sie sich bewogen, mir aus dem Schatze ihrer reichen Lebenserfahrung einen guten Rat zu geben; etwa, daß, wenn eine Sauce zu dunkel wäre, man Milch hineintue; werde sie aber zu hell, so nehme man Zichorie oder Kaffeesatz.

Von außen betrachtet, war sie ergötzlich anzusehen, – klein, fett, mit verschmitzten Sauäuglein, aus denen sie ganz nach Belieben dicke, runde Tränen kullern lassen konnte, soviel sie benötigte. Auf dem Haupt trug sie ein halbes Pfund Haarnadeln und ein winziges, graues Schwänzlein in wenig schöner Anordnung. Sodann hatte sie eine beträchtlich rote Nase mit sanften bläulich-violetten Schattierungen; diese aber, sowie täglich mehrmaliges, geheimnisvolles Verschwinden der Alten in der Richtung auf den Keller zu, auch manch mysteriöses Sich-zu-schaffen-machen an des Professors Likörschrank und ein affenartig schnelles Verschwinden, wenn in solchen Augenblicken jemand in die Stube trat, brachten mich auf finstere Verdächte, die sich leider immer tiefer begründeten. Ich bestrebte mich nun zwar, zu tun, als ob meine Augen nichts gesehen hätten und mein Herz von nichts wüßte; doch schwand meine tiefe Hochachtung und ich brachte es von da an nimmer fertig, sie zu behandeln, als ob sie aus Marzipan oder die Kaiserin von China sei. Sobald sie aber dies herausgefunden hatte, änderte auch sie sogleich ihr Benehmen gegen mich und bombardierte mich nun täglich mit einem Schwarm von äußerst schlauen, feinen Bosheiten.

Dessenungeachtet aber war sie ungeheuerlich fromm, Bibelsprüche und erbauliche Liederverse liefen ihr wie Wasser vom Mund; keine Predigt, keine Betstunde noch Beerdigung waren vor ihr sicher. Mit tiefer und wortereicher Verachtung sah sie auf die übrige Menschheit herab, die voller Gottlosigkeit und Unzucht dem Pfuhl der Hölle zustrebte; sie selber war eine Heilige, Märtyrerin und göttlich Begnadete; sie hatte bedeutsame Träume und Gesichte, darin der Herr selber mit ihr sprach und ihr Propheten und Apostel erschienen, ja, zeitweise war sie ganz in den Himmel entrückt, schwankte, lallte Unverständliches, schlief darnach wie ein Kartoffelsack und erzählte Tags darauf von der Herrlichkeit des himmlischen Jerusalems, die sie geschaut hatte.

Besonders des Abends, wenn zuvor Genovev und Kellerschlüssel dunkle, geheimnisvolle Viertelstunden lang »entrückt« gewesen waren, war jene göttliche Begnadigung groß. Das Hausmädchen und ich standen andächtig lauschend in der Küche bei ihr, sie aber saß mit mächtig tönendem Redeschwalle, nur von gelegentlichen grunzenden Lauten unterbrochen, auf ihrem breiten Küchenstuhl, die Äuglein glänzend und verzückt gen Himmel geschlagen, und sie drückte daraus fleißig kugelnde Tränen über die fetten Backen hinab. Sie sprach von der Verderbnis der Welt und menschlichen Natur und mehr noch von dem Golde und den Harfen und Engelscharen der Oberen Stadt, darinnen sie schon im Geiste weilte, sie gestikulierte mit unsichtbaren Evangelisten, Heiligen, Prälaten und Generalsuperintendenten, mit denen sie auf du und du stand, schneuzte mit Ekstase in ihr kariertes Sacktuch, schluchzte dazwischenhinein, daß es ihr Herzstöße gab und hob die Arme schwärmend himmelan. Bis sie dann von all diesen Erscheinungen, Gesichten und vom Lobe Gottes müd war, immer mysteriösere Laute von sich gab, gefährlich auf ihrem Stuhl zu schwanken begann und schließlich vornüber auf den Küchentisch sank und alsbald ein kräftiges Schnarchen hören ließ.

Diese Stunden aber waren so ungeheuer närrisch und erheiternd, daß ich jedesmal darnach erfrischt und aufs lebhafteste ermuntert wie nach einem köstlichen Bade die Küche verließ, und daß mich oft in der Nacht noch das Lachen schüttelte, wenn ich dran dachte. Auch brachte ich es um deswillen fertig, ihr alle Boshaftigkeit, die sie mir antat, zu verzeihen, so daß unser Verhältnis vorerst bis auf ein paar kleine, spitzige, schlau und verhüllt geführte Feldzüge täglich das denkbar beste war.

– Bei meinen Verwandten war ich am ersten Abend noch geschwind gewesen; Margret schien es körperlich nicht gut zu gehen, auch wollte es mich bedünken, als stünde es mit des Schwagers Geldwesen nicht gut; man hätte im Haushalt einteilen und sparen sollen, dazu war aber die schöne, lustige Margret nicht geschaffen, auch wenn sie sich Mühe gab, brachte sie's nicht fertig. Eine Magd konnten sie sich nicht halten; es war nur eine Frau da, die des Morgens im Haushalt etliches half. Nun wurde es Margret zuviel, der Schwager wollte gut gekocht haben und ein geselliges Leben führen, und dazu waren die vier kleinen, lebhaften Kinder da.

Doch merkte man von diesem allem, so von außen betrachtet, außer etlicher Schlamperei in den Stuben und gelegentlich einem zerrissenen Hemmedlein der Kinder kaum etwas, die Eheleute hatten einander lieb wie in den Flitterwochen, führten ein eigenartiges, höchst vergnügtes Leben, ließen fünfe gerade sein und machten sich keine Sorgen. Mein Schwager war ein großer, imponierender Mann mit einer mächtigen Leibesfülle; so wenig mir sein dicker Bauch gefiel, so schön erschien mir sein Gesicht, – von fröhlichem, gewinnendem Ausdruck, wahrhaft edel im Schnitt und voller Gescheitheit, dazu von dichten, dunkeln und gelockten Haaren umstanden. Er war ruhig und sicher im Wesen und gefiel mir recht gut.

An meinem ersten freien Sonntag, über den ich schon von der Frühe an verfügen durfte, ging ich nun hinüber, um ihn mit meinen Verwandten zu verleben; es war morgens um acht Uhr, und die Sonne schien heiter auf das Schild am Haus: Adolf Fouqué, Antiquariat und Sortiment.

Die Wohnung lag über zwei Treppen hoch; da die Glastür unverschlossen war, trat ich ein und gelangte vor das Wohnzimmer, daraus mir eine schöne, feierliche Klaviermusik entgegenkam. Mein Klopfen wurde nicht gehört, so ging ich hinein, und es bot sich mir ein vergnüglicher und seltsamer Anblick. Mein Schwager saß im Hemd am Klavier und spielte; durch die weit offene Tür sah man in ein noch von der Nacht her mit einer genialen Schlamperei beseeltes Schlafzimmer, wo Margret mit rot geschlafenen Backen und strahlenden Augen im Bette lag, ihr Jüngstes im Arm, und die hellen Zöpfe hingen wirr und halb offen übers Kissen hinunter. Die Sonne füllte blendend beide Stuben, in ihrem Schein sah man alle Möbel mit einem gemütlichen Staube bedeckt; auf dem Klavier war mit dem Finger geschrieben ein griechischer Vers in dem grauen Pelzlein zu lesen. Auch hatten die meisten Dinge hier wie in der Schlafstube die Eigenart, just an dem Orte zu liegen, wo sie nicht hingehörten, von Margrets himmelblauem Sonntagskleid an bis zu dem Sandkistlein der Katzen, deren etliche mit fröhlichem Getümmel die Stube bevölkerten und in prächtiger Ungeniertheit über Tische, Betten und Klavier spazierten.

Der Schwager fuhr rücksichtsvoll in eine Hose, als er mich erblickte, ließ sich dann aber nicht weiter in seinem Spiele stören; Margret bedeutete mir stumm, mich zu ihr auf's Bett zu setzen. »Weißt du«, sagte sie leise, als ich bei ihr war, »das ist bei uns alle Sonntage so; ich darf mir meine Lieblingsstücke bestellen, Adolf spielt alles ohne Noten. Das ist unsere Morgenandacht. Ach, hör doch, das ist Bach – ist das nicht wunderbar schön? Du mußt nun ganz still sitzen bleiben, gelt, und zuhören!«

So saß ich denn, obgleich es mein Hausfrauenherz mächtig gelüstete, die Betten zu schütteln, das Kind anzuziehen und schließlich das Nötigste abzustauben, nun höchst unvernünftigerweise stille auf meiner Schwester Bett, und allmählich drang der Zauber dieser morgendlichen Stunde auch in mein verstocktes Gemüte. Margret lag in halber Verzückung da; war der Schwager mit einem Stück zu Ende und hielt einen Augenblick inne, so sagte sie unverweilt und mit Feierlichkeit, als liege ihr das Wort seit langem freudig bereit, den Namen eines nächsten, worauf er denn auch alsbald lächelnd weiter spielte.

So ging es schön und festlich in den sonnigen Morgen hinein; als Adolf endlich aufstand und mit der Begründung, er habe Hunger wie ein Loch, den Klavierdeckel herunterklappte, war es über zehn Uhr. Margret fuhr munter in einen Schlafrock, lief barfüßig aus und ein und trug, indes Adolf seinen Kaffee kochte, auf dem ungedeckten Tisch ein auserlesen leckeres Frühstück zusammen: die Sonntagsbrezeln und ein paar alte Pumpernickel, eine Büchse mit Ölsardinen, einen Rest Käse und einen Zipfel Wurst, sowie ein Stücklein Braten; die Butter ließ sich längere Zeit nicht finden, – schon hatte man den Kater im Verdacht, da brachte sie Margret im Triumph herein: höchst seltsamerweise war die Butter an ihrem richtigen Platz gewesen, wo man aber leider alten Erfahrungen gemäß zuletzt gesucht hatte.

Und mit dem gleichen schwelgerischen Genusse wie zuvor an Mozart und Beethoven labten sich die Eheleute nun an ihrem üppigen Frühstück; aus der Schlafstube der Kinder nebenan drang nun allmählich ein ohrenbetäubender Lärm, die Katzen waren hungrig und liefen mit steil erhobenem Schwanze auf dem Tisch zwischen Käs und Fischlein einher, steckten auch ab und zu den Kopf in das Milchkännchen; es ging nun gegen elf Uhr, – und doch saßen die beiden, ohne sich im mindesten stören zu lassen oder sich etwa zu beeilen, voll unbegrenzter Behaglichkeit vor ihrem Kaffee, waren herzlich vergnügt über meinen Besuch und unterhielten mich prächtig.

Später tat dann Adolf einen seltsamen, vogelartigen Pfiff, darauf kollerten mit Jubelgeheul die drei hemmetigen Sprößlinge herein, fielen über Eltern, Katzen, Brezeln und Käse her, und die Wonne stieg zusehends. Auch entwickelte man dann eine rührige Betriebsamkeit, wusch und kämmte sich allerseits, zog schöne Kleider an und besorgte das Mittagessen. Der Schwager erwies sich als äußerst geschickt in Haushaltungssachen, tat kunstgerecht den Braten ans Feuer, badete den Säugling und versuchte die Suppe. Des Nachmittags ging man insgesamt spazieren, auf einer frühlingswarmen Wiese legte sich der dicke Schwager ins Gras, die Kinder kletterten ihm auf dem Bauch herum; er wußte eine Unmenge kleiner Kunststücke und Spässe, sodaß selbst uns Großen vor Lachen die Tränen hinunter liefen. In einem Dorfwirtshaus ließ der Schwager dann ein fürstliches Abendessen auffahren; man trank auch Wein dazu, und es war spät in der Nacht, als wir mit den todmüden Kindern wieder nach Haus kamen.

War nun auch der Eindruck, den ich an jenem Sonntag von meinem Schwager erhielt, ein vorwiegend guter und heiterer, so erwies sich leider, als ich ihn in der nächsten Zeit von nahem kennen lernte, daß Fouqué ein äußerst bequemer, egoistischer, ja, sozusagen grundfauler Mensch sei, der für alles Lust, Talent und Liebe hatte, nur keinen Funken davon für sein Geschäft. Er hatte in seiner Jugend verschiedentliches studiert, wovon aus dunklen Gründen nichts zum Abschluß gekommen war, hatte dann zum Buchhändler umgesattelt und vom väterlichen Erbe sein jetziges Geschäft gekauft. Auch sei er schon einmal kurz verheiratet gewesen; seine Frau, eine Tochter aus guter Familie, sei ihm aber nach halbjähriger Ehe wieder davon gelaufen, weil er sie nicht habe verhalten können.

Nun war er an die Margret gekommen; die Grundsätze und Anschauungen der beiden, was ein fröhliches Leben und eine geniale Wursthaftigkeit gegenüber aller Pflicht und allem Ernste anbelangte, fügten sich so prächtig zusammen wie ihre schönen, heiteren Gesichter. Wenn sie nun nicht bedauerlicherweise jedes Jahr ein Kind bekommen hätten, für das gesorgt sein wollte, wenn nicht auch von diesen beiden Glücklichen jeden Tag eine tüchtige Portion Arbeit und Dazutun gefordert worden wäre, ja, dann wäre wohl alles gut und glatt gegangen.

Der Schwager war zu einem schönen Leben, zum Freuen und Genießen geschaffen wie selten einer; ob er aus seines Ladens Bedrängnis heraus eine Weile in seinem Mauergärtlein sich frische Luft und Sonne zuführte und an seinen Rosen roch, ob er mit seinen hübschen Kindern Narreteien trieb, ob er Mozart hörte oder ein Gansleberlein aß, – immer tat er es voller Andacht, bedachtsam alles Schöne, auch das Bescheidenste, tief und dankbar in sich aufnehmend und voll köstlich bewußter, genießerischer Lust und spitzfindigem Auskosten alles Gebotenen. Er verfügte über eine Masse Talente und Fertigkeiten, die das Dasein etwa schön und vergnüglich machen konnten, er dichtete, spielte Klavier, konnte kochen und war ein ausgezeichneter Gärtner; er hatte eine seltsame, sichere Art, viel Wein zu trinken und darnach heiter und voll prächtiger Laune zu werden, ohne jemals auch nur im geringsten betrunken zu sein. Er war sehr belesen und weit gereist, dazu klug und fabelhaft witzig, konnte zwanzig Leute auf einmal unterhalten, gewinnen, hinreißen und bestrickend leichtsinnig und übermütig lachen wie ein Knabe.

Und nun war es wiederum so: wäre Herr Fouqué ein Rentner oder Baron oder schließlich auch Kanzleirat mit sieben zu verschlafenden Bürostunden täglich und gesichertem Gehalte gewesen, – so hätte können alles in Ordnung sein und er wahrscheinlich hoch angesehen und wertgeschätzt von allen Seiten. So aber war er in der Stadt in einem üblen Gerüchlein und von etlichen Stimmen als Lump und Fauler verschrieen; denn es war wohl bekannt, daß er bis zehn Uhr morgens im Bette lag und nie vor elf im Geschäft erschien, daß er oft bis weit über Mitternacht sich mit ihm ebenbürtigen Kumpanen in der Weinstube zum Blauen Kater herum trieb, daß man die hübsche Frau Fouqué stets, wenn es die Miete oder einen Wechsel zu bezahlen gab, verweint und augenscheinlich in großen Nöten sah; fernerhin, daß, wenn einer etwas bei Fouqué bestellte, es ihm stets mit liebenswürdigster Bereitwilligkeit auf den übernächsten Tag versprochen wurde, aber meist nicht vor Ablauf etlicher Wochen besorgt, – wenn es Fouqué nicht etwa ganz vergaß. Ja, man erzählte sich sogar, daß die Weihnachtsnovitäten pünktlich vom vierundzwanzigsten Dezember ab bei Fouqué zu haben waren.

Dieses alles erkannte ich nun so nach und nach und wurde mit Betrübnis inne, in welches Loch voll wunderlichen Elends die Margret da geraten war; denn wenn's die beiden auch mit Vergnügtheit und

zumeist mit Anstand trugen, so war es doch da und tat mir umso weher, je mehr sie mit Blindheit und leichtem Sinn drüber weg gingen,
kein Fingerlein regten, es besser zu machen und immer tiefer hinein
gerieten. Am meisten Sorge machte mir Margrets Gesundheit; ich
hätte sie am liebsten eine Weile heim zur Mutter geschickt und inzwischen ihrem verlotterten Haushalt ein bißlein auf die Füße geholfen;
doch ging es nicht, weil ich ja gebunden war; auch lachten mich Margret und der Schwager ob eines solchen Vorschlags schallend aus; so
weit sei's nun doch noch nicht.

Da war es nun gut, daß ich in mir einen mächtigen, unsichtbaren
Strom trug, der voller Glut und Unerschöpflichkeit darnach drängte,
gebraucht zu werden: hier konnte ich ihn springen lassen, und er
wurde allsogleich dürstend und dankbar aufgesogen. Fast jeden Abend
war ich nun drüben bei Fouqués, um Margret zu helfen; jede freie
Stunde, die ich erübrigen konnte, jeden Sonntag und tief in die Nächte
hinein schaffte ich, – die Mutter sollte mir nicht umsonst geschrieben
haben; ich räumte Margrets Stuben auf, kochte ihr Gesälz ein, flickte
des Schwagers Socken und der Buben Hosenböden, und je länger ich
drüben war, desto mehr und inniger wuchs mir die ganze fröhliche
Bande ans Herz.

– Jeden Dienstag waren die Professorsleute bei Bekannten zum
Abendessen eingeladen. Wir waren alsdann frühe mit der Hausarbeit
fertig, kochten uns noch einen Brei, und nach dem Essen sagte man
einander Gut Nacht.

Diese Abende nun hatte ich für Gottfried bestimmt; jeden Dienstag
zur verabredeten Zeit wartete er vor meinem Haus auf mich, und ich
ging mit ihm auf seine Stube.

Dann saßen wir beieinander, immer hatte er die Hefte weggeräumt
und einen Strauß auf dem Tische stehen, der Hölderlin lag dabei, und
vom Gottlosen Zinken war ein Korb voll rot und gelber Äpfel da. Ich
saß auf dem alten, geschweiften Sofa in der Ecke, und Gottfried hatte
seinen Kopf auf meinem Schoße liegen.

Ich glaube, daß kaum ein Mensch eines solch unsäglichen Glückes
teilhaftig ward, wie ich es in jenen Stunden genossen habe, mein Leben
stand in seinem höchsten Glanz, wurde erfüllt und gesättigt. Und was
etwa noch darnach kommen mochte an Not und Schmerzen, mußte
ich willig annehmen und tragen, denn was irgend an Herrlichkeit und

göttlichem Glanze einem Menschen gegeben wurde, das hatte ich nun empfangen und ausgetrunken bis zum Grunde.

* *
*

Es war Anfang Februar und bitter kalt, als Gottfried an einem Dienstag abend zur gewohnten Stunde nicht vor meinem Hause zu sehen war. Ich lief ungeduldig auf und ab und spähte nach ihm aus, wartete noch eine Weile und ging dann schließlich allein durch die schon beinahe dunkeln Gassen zu dem Haus, in dem er wohnte und die wohlbekannte Stiege hinauf.

Droben klopfte ich, und im nächsten Augenblick hing er an meinem Halse.

»O du, ich freue mich unsäglich, daß du da bist. Eben wollte ich Angst bekommen, du kämst am Ende nicht. – Weißt du, ich habe einen Husten, und es war mir schon den ganzen Nachmittag nicht so recht gut, – so ein blödsinniges Stechen den Rücken herauf und da, an der Seite. Aber nun bist du ja da! Gelt, du mußt verzeihen, daß ich dich nicht abgeholt habe –.«

Er küßte mich und nahm mir Mantel und Pelzmütze ab. Dann aber zog ich ihn auf's Sofa und nahm ihn strenge ins Gebet.

Seit wann er die Schmerzen habe? Was er dagegen tue? Warum er nicht im Bett liege und keinen Arzt habe holen lassen?

»Ich wußte ja, daß du kämst«, sagte er ruhig und sah mich mit glänzenden Augen an.

Ich wollte nun entschieden, daß er sich sofort ins Bett lege und stand auf, um wieder meinen Mantel anzuziehen und zu gehen. Doch hielt er mich mit aller Kraft fest und bat so flehentlich, ich möge doch noch eine Weile da bleiben, daß ich ihm den Willen tat.

»Ich habe den ganzen Nachmittag immer fort an dich gedacht und die Stunden gezählt, bis du da sein würdest, nun darfst du nicht so wieder gehen. Komm, du kannst mir nichts Lieberes tun, als wenn du mir etwas vorliest, und ich darf meinen Kopf in deinen Schoß legen; dann vergesse ich alles, was mir weh tut.«

Also blieb ich, legte eine Decke um ihn und setzte mich zu ihm; ich zog die Lampe zu mir her und las ihm aus Grimms Märchen vor.

Wir kamen jedoch nicht weit. Jählings wurde Gottfried von einem bösen und qualvollen Husten befallen, und währenddem ich ihn fest und tröstend in den Armen hielt, spürte ich wohl, wie heiß sein Kopf war und wie ihn die Schmerzen würgten und schüttelten, und ich hörte, wie er leise stöhnte.

»Das hat verzweifelt weh getan«, sagte er, als es vorbei war. »Wenn ich nun heute Nacht allein bin, und es kommt noch oft so?« – –

Wir sahen einander bekümmert und ratlos an.

Plötzlich richtete er sich auf und legte die Arme um meinen Hals. »Du Agnes, ich weiß etwas: Du bleibst heut Nacht bei mir. Du hast schon oft gesagt, daß man es bei euch nicht merkt, wenn du spät heimkommst. – Morgen früh gehst du beizeit, nimmst meinen Hausschlüssel mit, daß du hinaus kannst, und deine Schlüssel hast du ja bei dir; siehst du, es geht herrlich!«

Ich wehrte ernst und erschrocken ab, er brachte immer neue Einwände vor, schmeichelte und bat inständig. Dann wandte er sich auf einmal weg, sein Gesicht war dunkel überlaufen, und er sagte traurig und leise: »Ach, ich weiß schon. Ein Mädchen tut so etwas nicht gern. Nein, dann geh nur. Ich muß halt allein auskommen.«

In mir stürzten die Gedanken hin und her; ich war verlegen, traurig und verwirrt und wußte mir nicht zu helfen. Meine ganze sehnliche Liebe zog mich, da zu bleiben; schließlich tat ich alle Philisterei beiseite, mein junges und glühendes Menschentum stand gewaltig und zwingend in mir auf wie nie zuvor und ich konnte nicht anders, als mich zu ihm hinbeugen und sagen, daß ich bei ihm bleiben wolle.

Wir gingen dann noch vor seine Stube hinaus und sahen die Treppe hinunter, ob bei der Vermieterin, die einen Stock tiefer wohnte, das Licht aus sei; sie pflegte alsdann im Bette zu sein, was uns sehr lieb gewesen wäre, und richtig war alles still und dunkel drunten. Der Hausknecht vom Laden im Erdgeschoß hatte nebenan seine Kammer, er war vor einer Weile heraufgekommen, und wir hörten sein Geschnarche durch die Tür hindurch.

Als wir nun wieder in der Stube waren, und die Tür verschlossen hatten, brachte uns das Bewußtsein, daß wir nun eine ganze Nacht zusammen sein dürften, in einen tollen und freudigen Liebesrausch; wir standen minutenlang und hielten uns eng umschlungen, küßten uns und wurden erst daraus gerissen, als Gottfried von einem neuen Hustenanfall gepackt wurde.

Dann kam die Nacht; und von den Nächten meiner Jugend, da ich geliebt, gelitten, gefeiert hatte und selig war, ist mir jene vor allen schön und rein und leuchtend im Gedächtnis.

Ich verstand weiß Gott nichts von Krankenpflege; ich tat eben so, wie es mir Liebe und Einfalt eingaben. Wie ein Kind brachte ich Gottfried zu Bett, deckte ihn zu und legte ihm einen kalten Umschlag auf die Stirn. Still, wunschlos und in seliger Zufriedenheit lag er da, ließ alles mit sich geschehen und sah mir immerfort lächelnd nach, wie ich in der Stube ab und zu ging, das Feuer frisch schürte, ein Papier vor die Lampe hängte, damit ihm die Helle nimmer weh tue und ihm zu trinken brachte. Wir hatten ja nichts da als Wasser und ein paar Stücklein Zucker; schließlich fiel mir sein Äpfelkorb ein, und es kam mir darin eine schöne und saftige Winterbirne in die Hände. Ich schälte sie und schnitt sie in kleine Stückchen; damit fütterte ich ihn wie einen kleinen, kranken Vogel, und es war mir wonnig bewußt, wie köstlich es sei, so zu tun. Wenn ihn ein Husten ankam, war ich bei ihm, richtete ihn ein wenig auf und hielt ihn fest und zärtlich an meiner Brust, bis es vorbei war; alsdann deckte ich ihn wieder sorgfältig zu. Dazwischen saß ich still an seinem Bett und hielt seine Hand in der meinen. Auch kam mir der Gedanke, es möchte ihm vielleicht Erleichterung bringen, wenn er ein warmes Tuch auf der Brust hätte; ich holte aus seiner Schublade ein Hemd, machte es am Ofen heiß und legte es ihm zusammegefaltet um, was ihm wirklich ein wenig wohltat.

Und es war sonderbar, solches machte uns glücklicher und erfüllte uns mit größerer Seligkeit als alle Küsse und Umarmungen der guten Zeit.

Später meinte Gottfried, es werde ihm besser, und ich müsse nun schlafen. So richtete ich mir auf dem Sofa ein Lager her, löschte das Licht und legte mich nieder.

Schlafen konnte ich nicht; doch verfiel ich mit offenen Augen in eine absonderliche und beglückte Träumerei, darein mir als einzig Wirkliches und Irdisches Gottfrieds schnelles Atmen drang. Vor dem Fenster hing der nächtige Himmel rein und voll glänzender Sterne, ich dachte weder, daß Gottfrieds Krankheit gefährlich sein könne noch daran, daß es etwa nicht ehrbar und anständig für mich wäre, hier in der Nacht bei meinem Schatz in der Stube zu liegen, – alle meine Gedanken und Träume konnten in unbeschwerter Wonne nur das fassen, wie wunderbar diese Nacht sei.

Hörte ich von Gottfrieds Bett her das geringste Geräusch oder erkannte ich auch nur an seinem Atmen, daß er wach sei und ihn etwas plage, so war ich im nächsten Augenblick bei ihm drüben und tat, was gerade nötig war, gab ihm zu trinken, wechselte seinen Umschlag oder hielt ihn, wenn ihn ein Husten überkam.

Er streichelte dankbar meine Hand. »Wie machst du's denn, daß du es immer so genau weißt, wann ich dich nötig habe? Wenn ich nur denke, ich möchte etwas von dir haben, dann stehst du schon neben mir!«

Einmal sagte er mit leisem Lachen: »Du, wenn die Pfarrer und Schulmeister richtig wüßten, wie das ist, dann würden sie schleunigst dafür sorgen, daß alle Primaner und Konfirmanden eine Liebschaft anfingen. Die einen von den Herren drohen mit der Hölle, wenn man etwas Böses tue, und die andern mit dem Gefängnis; sei man aber brav, so werde man ein ehrbarer Mann und komme in den Himmel. Glaubst du, so etwas könne mich abschrecken oder anfeuern? An eine Hölle glaube ich nicht, und bloß so für mich selber oder weil ich einmal Geheimrat werden möchte, lohnt sich die Streberei wirklich nicht.

Und siehst du, seit ich dich kenne, ist es einfach selbstverständlich, daß ich nichts Gemeines tue und ein anständiger und tüchtiger Kerl werde. Und es ist immerfort ein Wille und Trieb in mir, etwas Großes und Ungeheuerliches zu leisten und heldenhafte Sachen zu vollbringen. Wenn ich jetzt etwa ganz arge Schmerzen aushalten müßte oder sterben würde, so wäre das nur etwas Kleines von dem, was ich um dich tun möchte. Weißt du, ich bin mit diesen Gedanken schon auf ganz blödsinniges Zeug gekommen; ich habe mir die Nase zugehalten und dabei auf die Uhr gesehen, wie lange ich's aushalten könne, ohne zu atmen, und wenn es recht lang war, war ich glücklich. Oder ich bin die Burgfelsen hinaufgestiegen und habe einen fürchterlichen Schwindel überwunden. Und es wäre doch wahrhaftig keine Heldentat gewesen, wenn ich heruntergefallen wäre! – Aber es war alles aus einem Willen zu etwas Großem und Gutem heraus und weil ich dich lieb habe. Es ist schade, daß das die Herren nicht so wissen oder vielleicht vergessen haben.«

– Später nahm er meine Hand und legte sie auf seine Brust. »Da, spür einmal, wie schnell mein Herz schlägt!« Und indem ich fühlte, wie heftig und unruhig das arme Ding sich gebärdete, fuhr er leise fort: »So hat es schon oft geschlagen, wenn ich an dich gedacht habe. Ich habe dich so lieb, wie es kein Mensch sagen und ausdrücken kann. Seit du hier bist und ich deine Nähe immerfort spüre und deine und meine Liebe, bin ich oft wie betrunken vor Seligkeit. Ich kann es manchmal kaum mehr ertragen. Wenn du abends bei mir warst und ich dich heimbegleitet habe, muß ich immer noch stundenlang in der Nacht herumlaufen und auf einen Berg hinauf, daß ich es ein bißchen verschaffe. Ich beiße mir oft in die Hände, oder ich renne mit dem Kopf gegen eine Mauer, und wenn es stark weh tut, dann wird mir's leichter.«

Um halb fünf Uhr rüstete ich mich zum Gehen; Gottfried war sehr müde und meinte, er wolle nachher zu schlafen versuchen, doch war sein Leintuch verstrampft und die Kissen so verwühlt, daß er mir leid tat.

»Nein, du, so geht das wirklich nicht. Weißt du was, – ich wickle dich warm ein und trage dich aufs Sofa hinüber, daß ich dein Bett ordentlich schütteln kann.«

»Ich bin dir doch viel zu schwer«, meinte er ungläubig; doch wickelte ich ihn in seine wollene Decke und nahm den mageren Jungen auf die Arme.

»Siehst du, daß ich es kann«, sagte ich vergnügt, und beim Hinübertragen sahen wir einander selig in die Augen.

Als er dann wohl gebettet und versorgt war und ich schon in Mantel und Mütze vor ihm stand, sah er mich groß und ernst an und meinte dann nachdenklich: »Weißt du, das Allerfeinste müßte sein, wenn man dein Kind wäre!« Und seufzte ein wenig dazu.

Wir verabredeten, daß er zum Arzt schicken solle und daß ich am Abend wieder kommen wolle; dann nahmen wir heißen, zärtlichen Abschied, und ich ging leise und eilig fort.

Auf dem ganzen Heimweg begegnete ich keinem Menschen; die Häuser ragten hoch und stumm, und mein Schritt hallte durch die Gassen; es war so kühl und feierlich und stille, als ging ich in einem Dom oder schweigend morgendlichen Walde, und darüber stand der Himmel mit den schon leise verblassenden Sternen dunkel und voll tiefer Klarheit. Ein Sturm von Jubel und glühender Lust war über mich hereingebrochen. Alle Zukunft und alles, was vordem war, war nicht; mein Leben bestand in dieser einzigen, göttlichen Stunde voll ungeheuerlicher Wonne. In den mächtigen Bränden des Liebhabens und Geliebtwerdens, die ich in mir trug, war diese unerschöpfliche Seligkeit geboren; doch dachte ich weder an Gottfried noch an meine Liebe und nicht an Quell und Ursache dieses Geschehens; Welt und Menschen waren versunken, kaum war mir noch meine eigene Körperhaftigkeit bewußt, so jauchzend war ich dem Unirdischen und Herrlichen zugetan, das mich erfaßt hatte. Mein Weg führte über eine kleine Brücke, zu deren Seiten schmale, steinerne Brüstungen hinliefen, und darunter strömte ein tiefes Wasser schwarz und gurgelnd. Jählings überkam es mich, daß ich auf diese Brüstung steigen und mit ausgebreiteten Armen schwingend und leise schwankend über die dunkle Tiefe zum andern Ende gehen mußte. Wäre ich gestürzt, so wäre es in süßer, schäumender Entrücktheit geschehen und ohne Angst und Reue gewesen. Tod und Leben waren eins geworden und einander gleich in berauschender Schönheit. Immerfort lagen mir Verse und Gesänge auf den Lippen, vergingen, und es kamen neue und schönere, und es war eine brausende Musik in mir, daß ich hätte laut singen mögen oder darnach tanzen.

Als ich vor meinem Hause ankam, war mein Gesicht naß von Tränen. Der stürmende Jubel meines Innern ließ langsam nach; doch war mir das Herz noch den ganzen Tag schmerzend schwer vor Glück.

* *
*

Als ich am Abend zu Gottfried wollte, waren Bett und Stube leer; seine Hausfrau sagte mir, ein Arzt sei dagewesen, und vor einer Stunde habe man ihn ins Krankenhaus getan.

In einer wunderlichen und verwirrten Bestürzung ging ich eilig die Treppe hinunter und den Weg zum Krankenhaus, und richtig klar und angstvoll wurde mir erst, als ich in einer hell erleuchteten Vorhalle stand und mit dem kleinen, strammen Portier verhandelte.

»Die Besuchszeit ist vormittags von elf bis zwölf Uhr und nachmittags von zwei bis vier Uhr, Fräulein.«

»Ja, freilich; aber mein - Verwandter ist erst heute abend hierher gebracht worden, und ich muß ihn ganz notwendig noch geschwind sprechen, verstehen Sie doch!«

»Ganz unmöglich, Fräulein; durchaus gegen die Hausordnung!«

»Oder wenigstens fragen, wie es ihm geht!«

»Ich muß jetzt das Tor schließen, Fräulein; Sie können morgen anfragen - - -«

In meiner Verzweiflung zog ich den Geldbeutel heraus und gab dem Mann, was darin war; ich glaube, es war ein halber Monatslohn; darauf setzte er sich in Trab, und ich lief ihm nach über einen Hof und Gänge und Treppen, bis ich in einem kleinen, leeren Zimmer vor einer Schwester stand. Es gehe dem Herrn Finkenlohr nicht gut; Lungen- und Rippfellentzündung und noch etwas am Herzen; darauf sagte sie noch etwas Frommes, dann ging ich wieder.

Ziemlich blöde trieb ich mich alsdann in den Straßen herum, bis ich, dem Umsinken nahe vor Müdigkeit, Kälte und einem würgenden Bangen vor Gottfrieds Haus stand. Es stieg so etwas wie Freude in mir auf, als mir einfiel, daß ich den Hausschlüssel noch in der Tasche hatte. Leise wie eine Katze stieg ich zu Gottfrieds Stube hinauf, sie war offen, und ich schloß schnelle die Tür hinter mir zu. Ich zog Mantel und Schuhe aus und ging zum Bett hinüber, es war noch so unaufge- räumt und verwühlt, wie sie ihn draus weggebracht haben mochten. In meiner verzweifelten Müdigkeit legte ich mich drauf hin, und plötzlich spürte ich deutlich zwischen den Kissen und Decken noch eine leise Wärme, die von Gottfried herrühren mußte.

Ich kann nicht sagen, wie wunderlich und tröstend und lieb mir diese Wärme war und wie unendlich wohl sie mir tat. Ich deckte mich zu, wickelte mich fest darein und schlief schnelle ein.

Früh am Morgen war ich wieder im Krankenhaus; mein Portier schien eben aufgestanden zu sein und war außerordentlich höflich. Er bedauerte, daß man so früh noch nicht fragen könne; doch werde er mich über das Schlimmste beruhigen können, die Nachtwache habe eben das Totenbüchlein herunter gebracht; er wolle nachsehen. Er ließ sich den Namen des Patienten nennen und schlug sein Heftlein auf.

»O, bedauerlich, bedauerlich – – hier, wollen Sie vielleicht selbst se- hen, Fräulein?«

Da stand es:

Gottfried Finkenlohr, 19 Jahre alt, ex. am 8. II., 3 h 25 a/m. Dann kamen in einer Klammer noch zwei schwere lateinische Wörter, die ich nicht behalten konnte. Ich fragte noch, ob es sicher wahr sei, wenn es in diesem Büchlein stehe, was der Mann mir beinahe übel nahm und mit Eifer bejahte; dann meinte auch dieser etwas Frommes, ich hielt mich ein wenig an seinem Tisch, sagte danke schön und ging schnell hinaus.

Von den nächsten Tagen weiß ich nichts mehr, als daß ich gegen alle Leute böse und bissig war, mein Beihilfmädchen bei jeder Gelegenheit zornig anschrie und eine von Fouqués Katzen, die mir etwas stehlen wollte, beinahe tot prügelte. Bis ich am Abend des zweiten Tages, als es läutete, die Glastür öffnete, – und die alte Frau Finkenlohr draußen stand.

»Grüß dich Gott, Agnes; Ich bin wegen Gottfried hierher gekommen; – weißt du es schon – – –?«

»Ja«, sagte ich und starrte finster auf den Boden.

»Vielleicht hast du ein bißchen Zeit für mich? Wenn es nur ein kleines Weilchen wäre«, sagte sie freundlich.

Ich ging ihr stumm voraus in mein Zimmerlein und stellte mich gleichgültig ans Fenster.

»Ich darf mich doch setzen? Ich bin ein wenig müde von der Reise; aber ich will dich nicht lang aufhalten.«

Höhnisch sah ich ihr zu, wie sie ihren Schirm in eine Ecke stellte und sich einen Stuhl holte, und ich rührte kein Glied.

Wir blieben eine Zeitlang still, und ich überlegte schon, wie ich sie wieder hinaus werfen könnte, da fing sie von Gottfried an. »Der liebe Bub! Man kann es schier nicht begreifen –«

Nun hielt ich es nicht mehr aus.

»Damit Sie es nur wissen, Frau Finkenlohr, wir haben eine Liebschaft zusammen gehabt; es hat schon auf dem Zinken angefangen. Schimpfen Sie nur; Sie können ja jetzt doch nichts mehr machen!« Und es kam so gereizt und ruppig heraus wie nur möglich.

Die alte Frau blieb gänzlich unbewegt und verriet mit keiner Miene, ob sie das überrasche oder ob sie davon gewußt habe.

»Ich bin recht froh, daß ich gleich zu dir herauf gekommen bin«, sagte sie. »Mir scheint, daß wir einander nötig haben. Willst du dich nicht zu mir hersetzen? Komm, du hast mir ja noch nicht einmal einen Patsch gegeben.«

Dabei lag ihr Blick hell und so recht liebreich und fest auf mir, daß ich ihm nicht mehr ausweichen konnte, und während ich nun die alte Frau so anschaute, fiel es mir erst auf, daß ich sie zum allererstenmal in einem schwarzen Kleide sah und daß auch das Röslein auf ihrem Hut fehlte. Alles Farbige und Vergnügliche schien von ihr abgewischt, und sie sah recht alt und müde und bekümmert aus. Und als ich mich darauf besann, wie auch sie ihn so lieb gehabt hatte und wie es auch ihr jetzt weh tun mochte, daß er gestorben war, fing ich an, mich mächtig zu schämen.

Dann lag ich vor ihr und hatte meinen Kopf in ihren Schoß vergraben und schluchzte.

Später brachte ich sie zu Fouqués hinüber, in deren Gaststube sie nächtigen konnte, und ich war diesen und den nächsten Abend mit ihr zusammen. Wir sprachen viel, viel von Gottfried und gaben uns gegenseitig Mühe, einander zu trösten und Liebes zu tun und damit war schon ein Teil des ärgsten Schmerzes von mir genommen.

– Zur Beerdigung war ich nicht gegangen, doch habe ich Gottfried am Morgen im Leichenhaus noch einmal gesehen. Er war aber gelb und entstellt und unkenntlich, und es tut mir deshalb leid; ich muß mich bemühen, jenen letzten, bösen Anblick zu vergessen und sein reines, helles Gesicht so in der Erinnerung zu behalten, wie es in guten Zeiten war. Es ist auch keine Photographie von ihm da; es bleibt mir nichts anderes, als treu und unablässig an ihn zu denken, und ich weiß, so lang ich das tue, bleibt mir sein geliebtes Bild so rein und unverwischbar im Herzen, wie es war als er noch lebte.

Sechstes Buch

In der Zeit, die nach Gottfrieds Tod kam, wurde es so recht offenbar, was ich trotz aller Schwärmerei und höheren Bedürfnissen, trotz meinem Dichten und eines gelegentlichen Schwunges im Grunde für ein ungenialer, gut bürgerlicher und lächerlich irdischer Mensch sei. Man hätte doch meinen sollen, daß nun, nachdem mein Leben in allen seinen Grundfesten erschüttert worden war, ich wurzellos und schwermütig darinnen stehe, es verabscheue, hasse und möglichst schnell auch daraus zu kommen wünsche; doch war dem keineswegs so. Als ein ordentlicher Mensch suchte ich mich so im allgemeinen mit dem Vergangenen abzufinden, streckte strebsam meine Fühler aus, auf was ich nun meine Zukunft aufbauen könne und fand auch alsbald ein Fach, in das ich mich einzureihen habe; nämlich das der nützlichen alten Jungfern.

Ich muß gestehen, daß ich dabei nicht unbeeinflußt war. Unserem Haus gegenüber wohnten im Oberstock zwei bejahrte, ledige Schwestern namens Heitenreiter. Sie hatten in häuslichen Berufen ihr Leben hingebracht und man erzählte sich, daß die beiden außerordentlich treu und tüchtig seien. Nun genossen sie in den zwei Stüblein ihr Erspartes und einen friedlichen Lebensabend. Ich sah sie oft, wie sie ihre Blumenstöcke begossen, ihr Staubtuch zum Fenster hinaus schüttelten oder auf ihrem winzigen Balkönchen saßen und Kinderkittel strickten; und ihr geruhiges und heiteres Hantieren erfüllte mich mit einer kleinen wohligen Sehnsucht. Auf der Straße sah man die beiden alten Fräulein stets zusammen, und ihnen zu begegnen und einen Blick in die guten, runzligen Gesichter tun zu dürfen, war mir jedesmal ein Genuß. Es lag so eine feine, seltene Friedlichkeit darüber und trotz aller Güte und Bescheidenheit etwas leise Überlegenes und fast Hoheitsvolles, das mir einen wirklichen Respekt abnötigte.

Ja, es lohnte sich schon, einmal Fräulein Heitenreiter zu werden und mit siebzig solche friedlichen und abgeklärten Runzeln zu haben. Fest schaffen wollte ich schon, und das so gewissermaßen als halbe Heilige zu tun und die Leute nicht merken zu lassen, daß man sonst noch etwas wisse oder etwa Goethe gelesen habe, dabei samt seinem abgehauenen Lebensglück vergnügt zu sein, das hatte seinen eigenen Reiz. Vielleicht machte dies den sonderbaren und heimlichen Adel der Heitenreitergesichter aus, daß sie so wacker allein und ohne Mann ihr rechtschaffenes

Leben hinter sich gebracht hatten und dabei ohne jenes wunderliche Geschmäcklein, ohne Mops und ohne Bitterkeit gelandet waren. Es war freilich schwer, auf Liebesfreuden und Kinderhaben verzichten zu müssen, und es lag mir vorerst sehr wenig, solches nicht mehr als das Natürliche und Gute und Erstrebenswerte für mich anzusehen; ich mußte nun eben versuchen, den andern Köstlichkeiten des Lebens nachzusteigen und wenig mehr in die Tiefe zu gehen. Die Hauptsachen, um eine alte Jungfer zu werden, hatte ich ja; das Gedächtnis einer schönen und unglücklich ausgegangenen Liebschaft und ein Kommödlein mit Fächern und heimlich verwahrten Dingen darin. Das und mein geistiges Erbe aus jener Zeit müßten ausreichen, mir das habhafte Glück der andern zu vergüten, und es kam mir so vor, als sei meine Liebe schön genug dazu gewesen und unglücklich genug ausgegangen.

In diesen Zukunftstraum nun spann ich mich immer mehr ein und dachte schon im Voraus mit gerührter Freude, welch echte und gute Tante die Fouquéskinder an mir bekämen.

Andere, denen so etwas wie mir geschehen war, gingen ja wohl in ein Kloster oder wurden Barmherzige Schwestern, und auch ich hatte mich kurze Zeit mit solchen Plänen getragen. Das sich selber vergessen und für andere schaffen gefiel mir ja recht gut daran; doch hatte ich das Leben zu inbrünstig lieb, als daß ich es hätte auf diese Art in Sack und Asche tun mögen. Nein, es reiften vielmehr gerade in dieser Zeit die abenteuerlichsten Pläne in mir, etwa in die Kolonien zu gehen und Farmersmagd zu werden oder nach Amerika und meine Urschel zu suchen. Und als ich dieser Sehnsucht nach fremden Ländern, nach neuen Eindrücken und Erlebnissen und südlicher Schönheit ein wenig auf den Grund ging, entdeckte ich bald, daß sie zwar schon seit Urschels Zeiten in mir angeregt war und seither leise in mir fortbestanden, ihren richtigen Ursprung aber doch erst in der jüngsten Vergangenheit hatte und in engem Zusammenhang stand mit einer Sache, die mich gegenwärtig stark erfüllte und, wie ich hoffte, meinem Leben eine gute und nicht unwichtige Wendung geben sollte.

So viel ich sonst bei Fouqués drüben war, so unmöglich schien es mir, an den Dienstagsabenden unter Menschen zu gehen. Zu Anfang nach Gottfrieds Tode saß ich still und traurig in meinem kleinen Zimmer, las seine Briefe und weinte viel. Als nun eine Zeit vorüber war, fiel mir jene Erzählung in die Hände, die ich damals auf dem Zinken angefangen hatte, und ich bekam Lust, sie weiter zu schreiben;

auch befand ich die Dienstagabende für würdig, damit ausgefüllt zu werden. Und indem ich nun zu schreiben anfing, wurde ich gewahr, daß die fremde, wonnig rieselnde Gewalt, die mich seit meiner Abreise vom Gottlosen Zinken fast unberührt gelassen hatte, wieder über mir war, und ich war erstaunt, wieviel stärker, buntglühender und schöner sie als damals war. Ich wußte nicht, machte dies das mächtige Erlebnis dieses Jahres und die vielen neuen Eindrücke, oder war ich überhaupt reifer und geistig kräftiger geworden; jedenfalls spürte ich es mit Freuden und Dankbarkeit und war fest entschlossen, es diesesmal auszunützen. Man muß mir glauben, daß ich dabei sicherlich nicht daran dachte, einmal berühmt und ein großer Dichter zu werden und mich im Geiste schon gefeiert und umschmeichelt sah; ich hatte keineswegs viel Glauben an mich und meine Verse, und es hätte mir genügt, einmal ein Buch, das ich geschrieben hätte, gedruckt zu sehen und mir dadurch bei meinen Geschwistern und dem Schwager ein bißchen Achtung zu verschaffen. Eher noch hoffte ich, daß die Schreiberei mir ein wenig Geld einbrächte; doch war ich auch darin bescheiden genug und hatte überdies keine Ahnung, was so ein Honorar etwa betragen möge; wenn ich für meine Novelle zwei Mark und fünfzig Pfennige bekommen hätte, wäre ich wahrscheinlich recht zufrieden gewesen. Am meisten freute mich das Dichten sozusagen für mich selber; es half mir auf eine feine und fast edle Art über die Trauer hinweg und das Tägliche und etwa Drückende und Kleinliche heiter und still beglückt zu tragen; auch erfüllte es mich mit einer tätigen Freude und wieder wie damals mit Genuß und leiser Leidenschaft.

Übrigens paßte es zu dem Pläneschmieden dieser Zeit ausgezeichnet. Mußte ich mit meinen Zukunftsplänen doch noch einigermaßen auf festem Boden bleiben, so konnte ich mich hier ungehindert in schwindelnd phantastische Höhen versteigen. Auch fand ich, daß es sich in meinen Lebensplan trefflich füge; wenn man wie ich allein durchs Leben gehen wollte, hatte so etwas nicht unerhebliche Bedeutung, und es vertrug sich mit dem Reisen und fremde Länder sehen so prächtig wie später mit dem Altjungferntum im Dachstock.

Die Novelle war beinahe fertig, und an den schönen stillen Sommermorgen, wenn ich in der Küche stand und Gemüse putzte oder Beeren zum Einkochen richtete, dachte ich mir einen feinen, langen Roman aus.

– Leider hatte ich zum Schreiben noch weniger Zeit als damals auf dem Zinken; bei Fouqués war es nötiger als je, daß eine gute Seele sich um den Haushalt annahm. Zu eben jener Zeit kam ich einmal vom Markt heim und sah einen der Fouquésbuben vor seines Vaters Ladentür herum spazieren, nur mit einem Höschen bekleidet, das an einem Paar trübseliger und verschlissener Hosenträgerlein hing.

»Ja, Heiner, wo hast du denn dein Hemd?« fragte ich ihn.

»Ha, es ist doch in der Wäsche!« sagte er und sah mich erstaunt an, ob ich das nicht begreifen könne; mir aber fiel es bedrückend auf die Seele.

Margret war nun glücklich mit dem fünften Kind in gesegneten Umständen. Ihr Mann bedauerte es, da es mit ihrer Gesundheit nicht gut stand; sie aber freute sich, als ob's das erste wär'. »Es ist bloß halb gelebt, wenn man keine kleinen Kinder hat«, sagte sie oft.

Zu ihrem angeborenen Hang zum Müßigsein und einer genialen Faulenzerei kam nun die körperliche Entkräftung, und wenn sie Schmerzen oder Beschwerden hatte, eine grenzenlose Gleichgültigkeit gegenüber ihren Haushaltungsgeschäften. Sie konnte stundenlang im Garten sitzen und mit ihrem jüngsten Kinde spielen indes im Haushalt alles drunter und drüber ging, und das Sonderbare daran war nur, daß sie dies keineswegs bedrückte, sondern daß sie vergnügt dabei war und sich ihrer Muße und der guten Stunde freute. Ich kam einmal dazu, wie sie mit einer Lauffrau Putzerei hielt, wobei sie, die Laute im Arm, auf der obersten Leiterstufe saß: »Schäpperle, ach liebe Schäpperle, putzen Sie mir doch den Boden vollends naus! Wissen Sie, Sie könnens viel schöner! Gelt, Frau Schäpperle? Kommen Sie, ich will Ihnen auch was Schönes dazu vorspielen:

Hinter meiner Schwiegermutter ihrem großen Himmelbett
Steht ein großer Sack voll Sechser, wenn i nur die Sechser hätt'!«

Sie konnte in solchen Augenblicken bestrickend liebenswürdig sein und einfach unwiderstehlich, man mußte ihr den Willen tun.

Eines Morgens stand sie vor meiner Glastür und trug dem Hausmädchen auf, sie wolle mich einen Augenblick sprechen. Als ich kam, guckte sie mich lieb und spitzbübisch an und bettelte mit den Augen wie ein Kind. Ob ich ihr nicht aushelfen könne; sie hätten eine Rechnung zu zahlen und im Augenblick nicht so viel beieinander.

Peinlich erschrocken nahm ich sie schnell in mein Zimmer, und als sie so im hellen Morgenlicht vor mir stand, nahm ich mit Entsetzen wahr, daß sie noch nicht gekämmt und ihr hübscher weißer Halskragen sehr schmutzig sei. Es fiel mir noch so mancherlei auf; ach, ich schämte mich so, daß ich gar nicht mehr hinsehen mochte. Schweigend gab ich ihr alles Geld, das ich da hatte und versprach ihr, am Mittag noch mehr von der Sparkasse zu holen, worauf sie mir jubelnd um den Hals fiel und mich warm und dankbar küßte.

»Ich wußte ja, daß du mir aushelfen würdest! Du bist halt eine Gute. Man kommt nicht umsonst zu dir. Aber gelt, es macht dir auch Freude, wenn du uns was tun kannst? Du, komm heut Abend bald herüber; ich will einen Heringssalat machen, weil du ihn so gern magst! Adieu, Adieu!«

Dann war sie hinaus und die Treppe hinunter; mir aber war es gar nicht nach Heringssalat zumute.

Ich spürte in dieser Zeit wohl, daß es mit meiner Auslandsreise noch eine gute Zeit anstehe und daß ich Fouqués noch gewaltig unter die Arme greifen müsse, ehe ich an mich selber denken dürfe.

– Neben all diesem gab es noch Stunden voll verzweifeltem Heimweh nach Gottfried, wo ich alle meine Pläne und alle Dichterei mit Freuden gegeben hätte, um noch einmal eine Stunde mit ihm zusammen zu sein, wo ich weinte und wütete und nicht begreifen konnte und es in mir jämmerlich elend war. Dann fielen die Luftschlösser und guten, strebsamen Gedanken zu erbärmlichen Trümmerhaufen zusammen, und ich begriff mit grauenhafter Erkenntnis, wie unsäglich viel ich verloren habe und wie es nie, nie mehr zu ersetzen wäre.

Und lange Zeit träumte ich jede Nacht denselben Traum. Ich saß auf dem geschweiften Kanapee in Gottfrieds Stube, er hatte seinen Kopf in meinem Schoß liegen, sagte Liebesworte und sah mit strahlenden Augen zu mir auf. Der Hölderlin lag auf dem Tisch, auch war der Apfelkorb da und ein Krug mit Blumen.

Und jedesmal sagte ich traurig: »Ach, das ist alles bloß im Traum so, und nachher, wenn ich aufwache, bist du gestorben und ich bin allein. Ich weiß es gut, es ist immer so.«

»Nein, nein«, sagte er und schlang seine Arme um meinen Hals, »diesmal ist es gewiß kein Traum, du darfst mirs glauben; ich bleibe immer, immer bei dir!«

»Das sagst du immer. Und dann wache ich auf, und es ist gelogen.«

»Aber so glaube es mir doch diesesmal noch –, hörst du, Agnes, liebe, liebe Agnes! Spüre doch, wie ich lebendig bin.« Und er küßte und liebkoste mich und tat so innig und voller Liebe, und wenn es am schönsten war, erwachte ich und lag in einer dunklen Nacht und in naß geweinten Kissen.

* * *

Obschon ich vermeinte, eine leidlich angenehme und anständige Person zu sein, gab es doch einen Menschen, der mich haßte wie die Sünde und ewige Verdammnis und mir diesen Haß täglich und stündlich in wohl gemessenen und gewürzten Portionen zu Gemüte führte.

Dieser Mensch war Genovev. – Sie mußte durch irgend wen von meiner Liebesgeschichte und ihrem bösen Ausgang erfahren haben; war es durch Margrets Monatsfrau, hatte die Alte gehorcht oder heh-lings meine Schubladen ausspioniert, ich wußte es nicht; daß es sich aber so verhielt und sie genau unterrichtet war, erfuhr ich nun mit je-dem Tage um so deutlicher.

In langen, vor Entrüstung bebenden Reden erging sie sich nun mit vor geheimer Schadenfreude triumphierenden Seitenblicken auf mich, wie gewisse Leute schon in der frühen Jugend so voller Sündigkeit, Unzucht und verabscheuungswürdiger Liederlichkeit wären, daß sogar Gott der Herr, der doch gewiß langmütig, gnädig und voller Geduld sei, nicht mehr länger habe zusehen können und seinen Zorn habe auf den einen der Sünder herabfahren lassen und ihn zermalmet. Und wie der andere Sünder, statt Buße zu tun, in sich zu gehen und sich zu bekehren, nichtsdestoweniger sein Gemüt verhärte und verstocke, daß es einen Stein erbarme. Schließlich, als sie sich beinahe einmal ver-schnappte, woher sie es wisse, behauptete sie noch, Gott der Herr selber habe ihrs geoffenbart, daß in ihrer Nähe eine weibliche Kreatur sei, die des Nachts zu fremden Männern ginge und dergleichen abscheuliche und lästerliche Dinge triebe, davor sie, Genovev, der Herr behüten möge, solches auch nur auszusprechen, und sie beschwor händeringend und tränendrückend die kleine Hausmagd, sich vor gewissen bösen Frauenspersonen in acht zu nehmen, die oft in des Menschen nächster Nähe und schlimmer als der Satan selber seien.

Im Anfang war ich noch zu traurig, um auf das bigotte Geplärre richtig hinzuhören, und es konnte mich kaum zu einem müden Lachen bringen. Später begriff ich es erst richtig, und es brachte mich in eine herzliche Heiterkeit, wenn ich mir unter den fürchterlichen »fremden Männern« meinen lieben, zarten, kindlichen Jungen vorstellte. Die Sache fing erst an, mich zu ärgern, als die Alte nach einem Vierteljahr immer noch nicht versiegt war; und als sie ihren Haß mittelst allerhand spitzigen und boshaften Tätlichkeiten auf das unumgängliche Beieinandersein und Miteinanderarbeiten des täglichen Lebens übertrug, ging es mir gegen die Gemütlichkeit.

An einem Sonntag abend hatten Fouqués Gäste, wobei es meistens recht heiter und übermütig zuzugehen pflegte; ich war etwas trüber Laune und konnte keine Lust aufbringen, hinüber zu gehen. Als nun Genovev wieder mit ihrer Buße und Bekehrung anfing und ich sie besänftigen wollte, machte ich ihr die Freude und versprach, heute abend einmal mit in ihre Betstunde zu gehen. Wir liefen also miteinander den ziemlich weiten Weg dorthin durch den regnerischen Abend, und während Genovev mit der Beständigkeit eines Wasserfalls an mich hin und an mir vorbei schwätzte, hatte ich Muße zu bedenken, wie es eigentlich in Wirklichkeit mit meiner Frömmigkeit stehe.

Ich war zwar öfters, besonders vom Zinken aus, zum Gottesdienst in der Kirche gewesen, doch hatte ich nie einen sonderlichen Gewinn daraus davongetragen. Ich erinnerte mich, daß ich in meiner Kindheit sehr fromm gewesen sei, oft und bei dem geringsten Anlaß gebetet habe und bei jeder kindlichen Unart mich sehr vor Gott gefürchtet hatte. Wie mir dieses dann eigentlich verloren gegangen war, kann ich mich nicht mehr entsinnen, doch fiel mir darüber ein viel späteres Erlebnis ein. Frau Gunhild hatte einen Kanarienvogel, dessen Käfig alle Samstage zu putzen mir anvertraut war. Nun war ich einmal so unachtsam, dieses Geschäft auf der offenen Veranda zu besorgen, der Kerl entschlüpfte, tat die Flügelein auseinander und flog in einem hohen, schwingenden Bogen davon. Ich wußte, wie sehr Frau Gunhild an dem Tierlein hing und wie aussichtslos es war, ihm nachzugehen oder sonst etwas zu unternehmen, und ich empfand namenlose Reue und Betrübnis. Plötzlich kam ich darauf, zu beten und formte in meinem Innern eine Bitte an Gott, die heiß und dringlich hätte werden sollen. Aber ob ich mir auch die größte Mühe gab, mein Herz tat nicht mit, und es blieb kalt und unbewegt in mir; die Worte kamen mir so sonderbar verloren und fremd vor und schienen mir so sinnlos, daß ich bald wieder aufhörte. Nachher war mir, als sei mein Kinderglaube so unwiederbringlich davon geflogen wie der kleine, schöne, helle Vogel, der am Ende irgendwo ersoff.

Unterdessen waren wir in dem Betsaal angekommen. Es waren viele, fast lauter ältere Leute da und eine üble Luft darin. Erst war noch von der Tür her ein großer Spektakel mit den Regenschirmen; dann fing jemand an, Harmonium zu spielen, und man sang ein Lied mit vielen Versen. Hierauf bestieg ein Bruder das Känzelein, betete, las aus der Bibel und redete darüber. Er sagte ziemlich wohlgesetzt und mit priesterlichen Gebärden etwa das, daß Mühe und Arbeit mit nichten am Schlusse dieses Lebens ein Ende hätten, sondern daß im Gegenteil droben im Himmel das Schaffen und Sichregen und Wirken noch viel gewaltiger los ginge, und ein jeder im Weinberg des Herrn und Reiche Gottes Tag und Nacht und ohne Ende arbeiten müsse zu des Höchsten Lob und dergleichen mehr. Und die müden und verhärmten Gesichter der Frauen wurden noch viel müder und verhärteter und trüber dabei und senkten sich traurig vornüber. Manche Köpfe fingen an zu nicken, und ich ärgerte mich heillos über den Kerl. Nach ihm kam einer und erzählte seine Bekehrung, die mir überaus verlogen vorkam. Und indem ich schon mit Langeweile und Ungeduld auf den Schluß wartete, stieg noch einer auf das kleine Pult, und plötzlich schämte ich mich, der Ärger und die Langeweile waren weg, und ich spürte, daß es um des Gesichtes dieses einen willen wert gewesen sei, hierher zu kommen.

Der Mann mochte etwa vierzig Jahre alt sein oder älter und war von nicht sehr großer, untersetzter Figur. Sein Gesicht war ein wenig bleich und so, wie man die Heilandsgesichter gemalt sieht, ernst, gut und sanft und mit einem kräftigen, dunklen Bart. Die Augen waren groß und braun und dabei so himmelgut und gesättigt von einem inneren Glanze, wie ich's vermeinte, noch nie gesehen zu haben. Mit Scham und doch mit Freude sah ich zu dem Manne auf, und es wurde mir unter seinem Blick seltsam wohl und ruhig. Über was er sprach und ob er gut sprach, kann ich nicht mehr sagen. Als ich mich zusammenriß und darauf aufpassen wollte, ging er eben wieder herunter.

Dann sagte einer: »Wir wollen noch einen Seufzer beten!« worüber ich lachen mußte, man sang ein Lied und dann war es aus.

Ganz unter dem Banne der guten braunen Augen ging ich an Genovevs Seite heim; ich beschrieb ihr den Mann und befragte sie, konnte aber nur erfahren, daß er Roth heiße, Kanzleigehilfe sei und am Entengraben wohne. In meiner Bewegung und Begeisterung versprach ich

Genovev, das nächstemal wieder mitzugehen, was sie überaus gnädig aufnahm.

Als ich nun wieder und auch noch ein drittesmal in die Betstunde ging, war der Mann wohl da, und ich konnte zwischen vielen Leuten hindurch seinen dunkelhaarigen Kopf mit dem bäuerlichen Nacken sehen; jedoch sprach er nicht und ging am Schlusse schnell aus dem Saal.

Betrübt machte ich mich an jenem dritten Abend auf den Heimweg. Genovev war diesesmal nicht mit, und da es so schön und sommerlich und dämmerig war, machte ich noch einen Umweg durch ein paar stille, entlegene Gassen. Nach einer Weile hörte ich Schritte hinter mir und dann neben mir hergehen, und als ich den Kopf ein wenig zur Seite wandte, erkannte ich meinen Braunäugigen; er hatte wohl noch irgend etwas besorgt oder mußte aufgehalten worden sein. Er grüßte mich, wie es unter Stundenleuten so der Brauch war und mochte wohl bei meinem Gegengruß die herzliche Freude gesehen haben, denn er verlangsamte seinen Schritt, ging neben mir her und fing ein freundliches, allgemeines Gespräch mit mir an. Als wir eine Weile so gegangen waren, sagte ich ihm, daß ich die letzten Male vergeblich drauf gewartet habe, ihn sprechen zu hören und wann er es denn wieder tue.

»Ich werde überhaupt nimmer sprechen«, sagte er, und als ich ihn erstaunt um den Grund fragte, sah er mich einen Augenblick prüfend und mit einem ganz leisen Lächeln an.

»Wenn Sie Interesse dran haben, dürfen Sie es schon wissen. Bloß, – ich kann mich nicht aufhalten; meine Frau ist im Wochenbett, – es ist unser drittes Kind, – und sie wartet auf mich. Aber vielleicht haben Sie Zeit, mich ein Stück zu begleiten?«

Ich sagte gerne und dankbar zu und lief an seiner Seite weiter durch den warmen, stillen Abend. Er schwieg eine Weile, dann fing er an.

»Ich muß mich eigentlich schämen, daß ich zweiundvierzig Jahre alt geworden bin und viele, viele Male in der Stunde gesprochen habe, ehe ich zu dieser anderen Erkenntnis gekommen bin. Nun wissen Sie, ich bin vor ein paar Monaten krank gewesen und mußte viel liegen, da hatte ich Zeit, um über all das so recht nachzudenken. Und seither ist es allmählich anders mit mir geworden.

Sehen Sie, wenn einer in der Stunde spricht oder Stadtmissionar wird oder zur Heilsarmee geht oder auch nur einen Beitrag gibt zu einem Kirchenbau, so tut er es doch im Grunde deshalb, weil er die

Menschen ein wenig besser machen möchte und sie mehr zum Guten bringen, auch, weil er innerlich das Bedürfnis dazu hat und es ihn froh macht, für das Reich Gottes etwas tun zu dürfen. Und wenn man das nun ehrlich und genau bedenkt, sieht man, daß es fast ein Hohn ist, wie wenig dabei heraus kommt und wie wenig man in Wirklichkeit mit diesem nützt und an den Menschen fertig bringt. Ach, so furchtbar wenig; und als ich so darüber nachgedacht habe, hat es mich namenlos traurig gemacht.

Nun habe ich das alles auf die Seite getan. Ich will zu keinem Menschen mehr sagen, er soll gut sein und in die Kirche gehen und ein Christ werden; ich will von jetzt an über das alles schweigen und alle Kräfte und alle inneren Triebe nur noch dazu anwenden, selber ein rechtes Leben zu führen, gut zu werden, und so wenig als möglich dazu und davon sagen. – Sie meinen, ich sei doch schon seither ein guter Mensch gewesen? Ach, nur so im Sinn der Leute und im ganz, ganz Groben. Wenn man das richtig machen will, dann hat man ganz unendlich viel zu tun und fleißig zu sein und an sich zu arbeiten, die dreißig oder vierzig Jahre, die ich, wenn's gut geht, noch zu leben habe, werden mir kaum dazu reichen. Sie dürfen ja nicht meinen, daß das immer so leicht sei, so auf die rechte Art sein Leben zu führen; es wird einem manchmal so schwer, daß man an sich verzweifeln möchte; freilich macht es einen dann nachher froh und glücklich, – o, man kann nicht sagen, wie. Und das dürfen Sie auch gewiß nicht denken, daß ich etwa meine, ich könne auf diese Art gerecht und sündenfrei werden; ach nein, man braucht Christi Gnade immer noch haufenweis' dazu. Ich spüre es jeden Tag, daß ich kein Heiliger werde; bloß so gut und tüchtig, wie es ein Mensch auf dieser Erde erreichen kann, möchte ich werden.«

Herr Roth war eine Weile still und schien sich zu besinnen. Dann fuhr er langsam fort:

»Sie und die meisten anderen Menschen werden das sonderbar finden, – ich glaube aber ganz fest daran, daß keine Mission und Betstunde die Welt besser macht, sondern das stille und gute Leben der Einzelnen. Und ich weiß es ganz gewiß, daß ich als armer und einfacher Mann, auch wenn ich die Gabe habe, zu reden, nichts tun kann was besser und wertvoller wäre, als mit einem festen Willen und mit Gottes Hilfe zu versuchen, ein rechter und guter Mensch zu werden.

Und sehen Sie, es führt am Ende doch noch eine Brücke zu den anderen Menschen. Wenn meine Frau jeden Tag sieht, wie ich lebe und wie es mich froh macht, so gefällt es ihr vielleicht, und sie versucht es auch. Wenn wir nun unsere Kinder so in unserem Sinne erziehen, und sie ererben und sehen von uns nichts als Gutes und Lauteres, so werden vielleicht auch sie fest darin, und wenn am Ende meines Lebens dann doch durch mich auch nur zwei oder drei gute und frohe Menschen in der Welt wären, so wäre ich unsäglich glücklich.«

Unterdessen waren wir vor Herrn Roths Haus angekommen; es war ein kleiner Garten davor, und als ich die prachtvoll blühenden Rosen bewunderte, meinte er: »Ich möchte Ihnen gern ein paar davon schneiden; wenn Sie derweil meiner Frau Grüß Gott sagen wollen, so wird es uns freuen.«

Er ging mit mir hinein, die Kinder sprangen uns entgegen, und in einem weißen Bett lag eine saubere und vergnügte Frau und hatte ein winzig Kleines an der Brust. Ich gab ihr die Hand und bestaunte das Kindlein; wir sprachen ein wenig miteinander und merkten sogleich, daß wir einander verstanden und schon gleich ein bißchen lieb gewannen. Als dann Herr Roth mit den Rosen kam, luden sie mich ein, bald einmal wieder zu kommen, und ich versprach es Ihnen und wunderte und freute mich.

Dann ging ich durch den immer leise hellen Sommerabend heim; die warme Luft war je und je voll einem starken und süßen Geruch aus den Gärten, und indem ich über den seltsamen Menschen nachdachte, meinte ich, dies alles schon einmal gehört zu haben, bloß viel kürzer und noch schöner, dann fiel es mir ein und daß es mit Gottfried zusammen in den schönsten Stunden meines Lebens gewesen war, und zu Hause schlug ich es auf und las es:

»Reines Herzen zu sein,
Das ist das Höchste,
Was Weise ersannen,
Weisere taten.«

Das Erlebnis jenes Abends war mir ein mächtiger Antrieb und zündender Funke in die Pläne hinein, die ich mir für mein Leben ausgedacht hatte; es freute mich, daß ich immer noch etwas dazu erfuhr und kennen lernte, wie ich dieses reich und fein und wertvoll machen könne. Ich probierte es auch zwei Tage lang, so ganz gut und richtig zu leben, wie Herr Roth es mir geschildert hatte; aber im Gedränge und in den Sorgen des dritten Tages ließ ich es wieder fahren. Doch hatte ich immerhin etwas von dem süßen und frohen Frieden geschmeckt und legte mir Herrn Roths Lebensplan und Weisheit gleichsam zurück, bis ruhigere Tage kämen, als einen Schatz, den mir niemand stehlen und den ich jederzeit nach Bedarf benützen könne.

In die Betstunde ging ich nimmer, wohl aber des öfteren zu meinen neuen Freunden am Entengraben. Ich spürte, daß es nichts Verläßlicheres gab, als diese beiden Menschen; ich kann nicht sagen, daß wir sehr interessante Gespräche mit einander geführt hätten oder daß ich mir viel geistige Anregung dort geholt hätte, aber wenn ich nach einem bewegten und sorgenvollen Tag eine Viertelstunde unter dem Blick der milden braunen Augen saß, fiel eins ums andere von dem was mich plagte weg, und es wurde mir sonderbar leicht und wohl. Herr Roth war ein stiller, ernster Mensch, er sprach nicht viel und war eher zum grübeln und sinnieren geneigt; dagegen war seine Frau von einer überaus warmen und gütigen Fröhlichkeit und wenn auch bei weitem nicht so klug wie ihr Mann, viel mehr geeignet zum Helfen und zum Trösten und einem etwas Liebes tun. Trotz aller Frömmigkeit verfiel sie gelegentlich in eine kleine Neckerei mit ihrem steifen und schwerfälligen Mann, die überaus ergötzlich anzuhören war. Er hing mit fast zu großer Liebe an ihr, einmal klagte er mir, er könne den von ihm angestrebten Grad von Reinheit und Frömmigkeit nie erreichen, da er seine Frau mit solcher Glut und Leidenschaft liebe, wie es Gott unmöglich gefallen könne.

An einem Abend kam ich zu ihnen, als sie eben am Essen saßen; die Frau hieß mich mit fröhlicher Herzlichkeit willkommen, holte einen Stuhl und belud mir einen Teller mit Gemüse und Kartoffeln. Ich tat mit, und während dem Essen versprach sie sich ein übers anderemal, indem sie mich duzte und sich zwar gleich darauf verbesserte, mich aber so lieb und neckisch dabei ansah, daß man ihre Absicht merken konnte, und am Ende gestand sie's freimütig, sie und ihr Mann hätten mich gern und würden sich freuen, wenn ich gute Freundschaft mit ihnen halte und zu ihnen beiden von jetzt an Du sagen wolle.

Ich war froh darüber, so eine gute und friedliche Heimat gefunden zu haben, und war den lieben Leuten von Herzen zugetan. So klar und einfach ihr Wesen war, blieb es mir doch noch lange merkwürdig, und zum Hochachten und Bewundern ist es mir noch heute. Sie stammten beide von Bauersleuten, doch besaß Herr Roth einige Bildung und hatte als junger Mensch viel gelesen und gehört. Er saß auch jetzt noch gerne des Abends über einem Buch, doch war es mir befremdlich, wie gänzlich unwichtig und unnötig ihm alles dieses zum Leben schien und wie undenkbar es ihm war, daß solches einen wahrhaft glücklich machen und erfüllen könne; gleichwie er alles Schöne auf der Erde gelten ließ und, wo es ihm beschert war, mit dankbarer Freude hinnahm und doch in jeder Stunde bereit war, es mit fast derselben Freude wieder zu verlieren und hinzugeben.

Wenn ich mit diesen Leuten von meinem Leben sprach, erschien es mir, als ob viel Gutes und Schönes darin gewesen sei. Ich sagte ihnen viel von meiner Mutter, nach der sie immer wieder fragten, und auch von Elsbeth und der schönen Gunhild und Frau Finkenlohr; sie verstanden mich und hörten es gern, wenn ich erzählte. Und es war sonderbar, mit diesen beiden, die doch für eng und strenge rechtlich galten, konnte ich von meiner Liebschaft und sogar von jener wunderbaren Nacht sprechen, und sie verurteilten mich nicht, sondern gaben mir die Hand und waren lieb und zart mit mir. Vielleicht spürten sie die echte Liebe, die dahinter stand.

* *
*

Ich muß nun leider berichten, wie ich in der frömmsten Zeit meines Lebens und da ich den besten Umgang, das beste Beispiel und die besten Vorsätze hatte und eben im Begriff stand, mich zu einer halben Heiligen emporzuschwingen, einen ganz greulichen Fall und Absturz tat, und wie der etwaige Stolz auf meine Tugend mit einer recht beschämenden Geschichte gestraft wurde.

Mein edler Mitmensch Genovev machte mir zu jener Zeit das Leben ordentlich sauer. Es war nicht bloß, daß sie wütender und verachtungsvoller als je über mich predigte und über jeden Spüllumpen und jede Kutterschaufel, die ich in der Hand gehabt hatte, das Kreuz schlug, ehe sie sie berührte; das hätte ich noch ertragen. Aber die Alte spürte, daß es mir doch allmählich auf die Nerven ging und mich ärgerte und sah ihren Plan, mich hinauszuekeln und eine andere neben sich zu bekommen, die ihr weniger auf die Finger guckte, verlockend nahe. Auch baute sie im Grunde so sehr auf meine Naivität und Unwissenheit, die wohl niemals etwas von ihren heimlichen Gängen erfahren habe, daß sie nun die meiste Vorsicht und Diplomatie fahren ließ und mir offensichtlich und so übel als möglich meinen Tag und meine Arbeit versalzte.

Ich hatte die Novelle fertig, sauber abgeschrieben und an eine Zeitschrift geschickt, und neben dem seltsam leeren und öden Gefühl an den Dienstagen plagte mich nun noch das beständige und unruhevolle Fieber der Erwartung, das sich trotz aller Beherrschung nicht umgehen ließ; denn schließlich war ich eben doch ein junges Mädchen und dieses Ereignis zu wichtig in meinem Leben.

Dazu jährte es sich in diesen Tagen, daß ich meinen fünftägigen Sommerurlaub gehabt hatte und auf den Zinken gereist war, wo auch Gottfried seine Ferien wieder verbrachte. Die selige Zeit leuchtete mir nun heiß und ungewollt im Gedächtnis auf, ich mußte mehr als je an Gottfried denken, und es war mir schmerzlich und ungut zumute.

Nun hatten die Professorsleute zu einem Abendessen eine feine und größere Gesellschaft eingeladen, und schon tagelang vorher war deshalb ein mächtiger Umtrieb und Spektakel. Jedes wollte sich von seiner besten Seite zeigen; die Professorin legte mir mit Ernst und größtem, anerkennendem Vertrauen das gute Gelingen des Mahles ans Herz, ich tat so etwas gerne, freute mich auf eine stramme Kocherei und hoffte, die trüben und törichten Gedanken darüber eine Weile los zu werden.

Den Glanzpunkt des Essens sollte eine französische Geflügelpastete geben, ich hatte sie den Tag zuvor gebacken, damit man sie dann vor dem Anrichten nur noch zu wärmen und zu füllen brauche. Sie war prachtvoll geworden, ach, ich sehe sie im Geiste heut noch vor mir. Der Abend kam also, da Genovev zum Herumreichen zu unappetitlich war, besorgten es ich und das Hausmädchen. Mit Vergnügen und Eifer gingen wir daran; zuvor hatte ich noch meine Pastete in den Wärmofen gestellt und es Genovev aufs eindringlichste angekündigt, mir darauf aufzupassen, und als die Suppe vorbei und der Fisch aufgetragen war, ließ ich das Hausmädchen allein bei den Gästen und ging eilig in die Küche, meine Pastete fertig zu machen. Ich zog sie stolz aus dem Ofen und stellte sie auf den Tisch. Da merkte ich es erst.

Sie war schwarz verbrannt, beinahe wie ein Mohr, und aus einer Ecke tönte Genovevs leises Gewieher wie Hohngelächter von sieben Teufeln.

Ich schabte und putzte ja nun, so gut es gehen wollte und trug es mit Würde und Ergebenheit, wie nachher der Hausherr, als er mich mit der verhunzten Pracht zur Tür hereinkommen sah, ohne Ahnung der Moritat zu seinem Gegenüber sagte: »Passen Sie auf, Doktor, nun kommt das Glanzstück dieses Abends; Pasteten sind nämlich die Spezialität unserer jungen Stütze; Sie essen's nirgends besser – – –«« In meinem Innern aber wußte ich, daß ich heute noch Genovev unter meinen Fäusten haben und ihr den Buckel verhauen mußte, oder es war mir keine Minute mehr wohl und erträglich in meiner Haut. Das mit der Pastete hatte dem Faß den Boden ausgeschlagen.

Der Abend verlief vollends schön und ohne weiteren Zwischenfall. Gleich einem gewiegten Übeltäter und Totschläger ließ ich mein Opfer mit keinem Blicke ahnen, was ich Finsteres im Sinne hatte, war wohl gleichgültig gegen Genovev, doch im übrigen durchaus nicht anders als sonst. Gegen halb elf Uhr gingen die Gäste, wir räumten noch schnell die Tafel ab, dann sagte ich laut Gutenacht und ging hörbar in mein Zimmer.

Eine Weile später schlich ich mich lautlos in den Hof hinunter; es war sehr dunkel und stille. Einmal glaubte ich zwar, von Fouqués Gärtlein, das dicht daneben war, ein Geräusch zu vernehmen, doch war es alsbald wieder ruhig. Richtig tappte nach einer Viertelstunde fast so leise wie ich Genovev die Treppe herunter; die Kellertür knarrte ein wenig, dann stellte ich mich davor und lauerte. Ach, es klappte großartig! Sie kam, ich packte sie am Kragen, drohte bei dem geringsten Laut, den sie von sich gebe, daß ich morgen alles Gesoffene und Gestohlene haarklein dem Professor erzähle und schleppte sie in den Hof, wo ich es ihr so gründlich besorgte, daß es mich trotz allem heute noch freut.

Lautlos wankte sie davon, ich hörte noch, wie sie sich droben in ihrer Stube einschloß, dann setzte ich mich müd und zitternd vor Aufregung auf den Kellersims im Hof. Ach, es war mir kein bißchen sieghaft oder triumphierend zumut; meine abgründige Wut war jäh verraucht, es blieb nur eine Schlaffheit und weinerliche Abgespanntheit und alles Bedrückende und Traurige von vorher fiel doppelt schwer über mich herein. Wenn ich an meine Freunde Roth dachte und an das gute und rechte Leben, das ich führen wollte, wurde ich noch in der Dunkelheit rot vor Scham; – und mit meiner Schreiberei war es auch nichts, sonst hätte ich doch schon irgend eine Antwort bekommen müssen. Es war mir zum Heulen elend und jämmerlich zumut.

»Das hast du fein gemacht, Ageli!« sagte plötzlich eine Stimme nahe mir, laut und lachend.

Ich sprang auf, wahnsinnig erschrocken, und starrte in die Dunkelheit. »Um Gotteswillen, wer ist da – –?«

»Dein Schwager, liebes Kind«, sprach die Stimme mit spottend sanftem Ton, und ich erkannte nun wahrhaftig im Dunkeln Fouqués dicke Gestalt am Zaun lehnend. »Komm an mein Herz, Kind, und laß dir gratulieren. Sieh, es sind hier liebenswürdigerweise zwei Zaunlatten weg; komm noch eine Weile herüber, es würde mich außerordentlich freuen.«

»Wenn du es niemand sagst – –«, sprach ich, immer noch zitternd vor Schreck.

»Ganz, wie du es wünschest«, sagte er liebenswürdig; erhob jedoch zu meinem namenlosen Entsetzen gleich darauf seine Stimme zu einer Stärke, daß es in der stillen Nacht gewaltig laut und hallend tat: »Ich werde es niemand, niemand, niemand sagen, daß ich hocherfreuter Zeuge dessen war, wie in stiller Stunde –«

Unterdessen war ich aber schon bei ihm drüben, fauchte ihn an wie ein wilder Kater und schüttelte ihn weinend und bebend.

»Adolf – wenn du nicht augenblicklich still bist –«

»Verhaust du mir auch den Ranzen?« fragte er lachend; doch war er gleich darauf ruhig, nahm meinen Arm und führte mich zu einem versteckten Gartenbänklein, wo er mit väterlicher Güte sein großes Sacktuch herauszog und mir die Tränen damit wegputzte, bis ich lachen mußte. Darauf ging er ins Haus und kam nach einer geraumen Weile mit einem Krüglein Wein und zwei Gläsern wieder. Er schenkte ein und hielt mir das Glas an die Lippen.

Wir tranken also, es wurde mir ein bißchen besser zumut, und da es mir war, als sei ich Adolf eine Erklärung schuldig, erzählte ich ihm die ganze tragische Geschichte der letzten Wochen und wie mich die Bosheit und Gemeinheit dieses Frauenzimmers geplagt und bombardiert und gezwiebelt habe, und am Schlusse sprach ich traurig von dem trüben Ereignis mit der Pastete. Adolf saß unbeweglich und hörte mir zu; nur hin und wieder vernahm man sein leises, erfreutes und prachtvolles Lachen durch die Stille.

»Du hast gut lachen«, sagte ich am Ende bitter. »Du bist über alle solche Sachen erhaben, und es kann dich nichts aus deiner Ruhe bringen. Ich glaube, dich hätte nicht einmal die schwarze Pastete angefochten!«

»Nein, wahrhaftig nicht!« lachte er. Ich starrte trübe vor mich hin. »Weiß Gott, wie du's machst!«

»O, ich tue bloß das Gegenteil von dem, wie du's machst«, sagte er ruhig. »Du hast doch jetzt selber gemerkt, daß es nicht ganz schlau war, wie du's angegriffen hast. Du hättest der Alten keinen größeren Gefallen tun können, als auf ihre Bosheit einzuschnappen. Die nimmt gern ihren Buckel voll Hiebe in den Kauf, wenn sie weiß, wie unmäßig sie dich geärgert hat. Siehst du, man muß die Leute ansehen, wie wenn sie alle einen Tropfen an der Nase hätten oder ein Loch im Ärmel – und auch so mit ihnen umgehen. Im Anfang ist das eine Kunst, später geht's von selber. Um ganz unabhängig und frei und glücklich zu sein, gehört freilich noch ein dickes Fell dazu, – und dann noch – weißt du, noch ein paar innerliche Sachen, die du wahrscheinlich doch noch nicht verständest, auch wenn ich dir's jetzt erklären würde. Ich sag es dir später einmal, wenn du mehr von Philosophie verstehst. Du bist jetzt auch noch ein wenig zu jung dazu.«

Ich sann dieser sonderbaren Lehre betroffen nach und fragte zweifelnd, ob er wirklich meine, daß ein Mensch nur mit diesem und so ohne weitere Anstrengung richtig glücklich werden könne.

»Unbedingt ja«, antwortete er felsenfest und ruhig. Ich sagte ihm nun, daß ich immer gemeint habe, man könne sein Glück und seine innere Fröhlichkeit nur durch einen rechtschaffenen und tätigen Lebenswandel erwerben und setzte ihm Herrn Roths Lebensanschauung auseinander, die ja nun auch die meine war.

»Ei, so plage dich doch!« rief er. »Wir wollen sehen, wer in seinem Leben, und, worauf ihr es doch am meisten abgesehen habt, am Ende dieses Lebens, glücklicher ist, du oder ich!«

Wir gerieten in ein heftiges Wortgefecht; Adolf redete mich schließlich in Grund und Boden hinein. Ich saß still und wußte nichts mehr drauf zu erwidern.

»Das kann alles wahr sein«, sagte ich nach einer langen Weile, »und es kann für alle andern Menschen passen und recht sein. Aber daß *mein* Glück irgendwo anders liegt, das glaube ich eben doch. Wenn ich wüßte, daß du es ernst nehmen und mich nicht auslachen würdest, könnte ich es dir vielleicht sagen.«

»Ich lache dich sicher nicht aus«, antwortete er freundlich und ohne Spott. »Im Gegenteil; ich freue mich recht, wenn du es mir sagen willst.«

Da fing ich an, daß schon lange, ehe mir Herrn Roths Weisheit aufgegangen sei und lange, ehe ich überhaupt mit Bewußtsein und Verstand über solche Sachen nachgedacht habe, etwas in mir gewesen sei, das viel echter und glühender und gewaltiger sei und viel mehr zu mir selber gehört habe und aus mir selber gekommen sei als alles das andere. Ich erzählte ihm von dem Grab des Namenlos und der großen, roten, nackten Zehe, auch von dem Morgen bei der Buche und von der Zeit, nachdem der spitzfindige Herr Bürger vom Zinken abgereist war. Und später von der Nacht in des Bäsleins Babetts Gastkammer, von der Zeit mit Gottfried und von allen diesen Stunden, da ich die göttlichen Ströme in mir gespürt habe. Und als ich zu Ende war, wurde ich sehr verlegen und wußte nicht, wie er es aufgenommen habe.

»Ich danke dir, Ageli«, sagte er herzlich. »Es ist sehr fein und etwas ganz Besonderes, und ich glaube schon, daß man damit glücklich werden kann. Ich bin nun gespannt, wie es dir im Leben geht. Bloß sieh, du sprichst davon, daß es dich dränge, alle Menschen zu lieben und ihnen zu dienen. Weißt du, da ist eben das gewöhnliche brave Geschmäcklein dran, und du wirst es auch so im üblichen – hm – christlichen Sinn meinen?«

»Nein«, sagte ich zögernd, »– ich glaube, ich – ich meine – das – menschlich!«

Da fing er nun doch an, laut und aus Herzensgrund in die schweigende Nacht hinaus zu lachen; ich hielt ihm erschrocken und beschämt den Mund zu, aber es lachte dennoch übermütig und knabenhaft darunter hervor. »So, so, du meinst das Lieben menschlich! – – ach, Mädel, du bist köstlich! – –«

*   *
*

Ein paar Wochen darnach kam an einem Morgen Margrets Ältester zu mir herauf, aufgeregt und verstört: Die Mutter liege auf dem Boden und jammere und könne nicht mehr aufstehen; der Vater sei nicht da, ob ich nicht geschwind herüberkommen könne.

Eilig ging ich mit dem Buben hinüber; wirklich lag Margret umgesunken da, unfähig, sich zu erheben, und wimmerte und wand sich in Schmerzen. Ich brachte sie ins Bett, Adolf kam und holte einen Arzt und eine Pflegerin, und man sprach von einer Überführung ins Krankenhaus, falls Frau Fouqué zu Hause nicht die nötige Pflege habe. Margret wehrte sich flehentlich dagegen.

»Meine Schwägerin ist sehr gewissenhaft«, sagte Adolf zu dem Arzt und sah mich an. »Wenn du hier bleiben könntest –!« Ich nickte ihm eilig und selbstverständlich zu, und alles war in Ordnung. Man ließ Margret da, auch die Pflegerin blieb vorerst, und zur Besorgung des Haushalts erbot sich eines der Fräulein Heitenreiter gerne auszuhelfen, bis ich frei wäre. In einer Stunde war alles beschlossen. Das Zusammensein mit Genovev und dadurch meine ganze Arbeit war seit jenem dunklen Abend herzlich unerquicklich und hätte doch kaum so weiter gehen können. Also kündigte ich und war schon nach vierzehn Tagen mit meinen Sachen in Fouqués Gastzimmer untergebracht.

Es bleibt bei diesem nur noch zu sagen übrig, daß Genovev ihre guten Tage nicht mehr lange genießen konnte; sie wurde nach einem halben Jahre in eine Anstalt überführt, da sie am *delirium tremens* erkrankt war.

Bei Margret ging es etwas besser, sie hatte keine Schmerzen mehr, und die Pflegerin war entbehrlich, als ich hinkam. Nur war sie sehr geschwächt und durfte das Bett nicht verlassen; wir beschlossen nun, daß ich auf eine lange Zeit ganz dableiben solle, zum mindesten bis das Kind da sei und über das Gröbste hinaus, bis dem Haushalt wieder auf die Füße geholfen und Margret wieder ganz, ganz gesund sei. Über diese Aussicht geriet nun die ganze Familie Fouqué in eine solch freudige Begeisterung, daß ich halb tot geküßt und gedrückt wurde und alle Ursache hatte, gerührt und beglückt zu sein.

Margret wurde zum erstenmal in ihrer Ehe gepflegt, versorgt, verwöhnt, sie lag strahlend und selig da und fühlte sich beständig als Fürstin oder Prinzessin, wie sie jeden Morgen so sauber gekämmt und gewaschen in ihrem reinen weißen Bett lag und in ihrer aufgeräumten Stube herumsah. Hatte sie sich jemals Sorgen oder trübe Gedanken gemacht, so fiel das nun völlig von ihr ab; fragte ich sie etwas über irgend eine Geldangelegenheit, so hielt sie sich die Ohren zu, zog unwillige Stirnrunzeln und drehte sich auf die andere Seite. Sie überließ das alles mir; mochte ich sehen, wie ich damit zurecht kam; – wenn ich nur sie in Ruhe ließ. Nun, da sie keine Schmerzen mehr hatte, lag sie stets vergnügt und ledig aller irdischen Beschwertheit da und lebte gleich einem Kind ihre schönen, müßigen Sommertage hin.

»Ich bin so arg glücklich«, sagte sie oft. »Es ist mir in meinem Leben noch nie so gut gegangen wie jetzt. Gelt, Adolf, es ist die schönste Zeit von unserer ganzen Ehe? Und das ist alles, weil das Ageli da ist! – Ach Kinder, ihr müßt es schrecklich lieb haben. Es ist eine arg Gute!«

Fouqué schwärmte kaum minder für mich; doch war ich klug und ehrlich genug, wohl zu wissen, daß dieses nicht den etwaigen Reizen meiner Persönlichkeit, meinen geistigen Interessen oder meiner Aufopferungsfähigkeit zugrunde lag, sondern lediglich deshalb war, weil ich gut kochen konnte. Er hatte beständig ungeheuerliche Lobsprüche dafür auf Lager, und wir konnten uns an den Abenden, wenn ich bei einer Näherei saß, stundenlang über italienische und französische Kochrezepte unterhalten. An die Philosophie kamen wir vorerst nicht viel.

Trotz allem, was ich schon von Margrets Haushalt kannte und wußte, hätte ich mir die Karre nicht so jämmerlich verfahren vorgestellt. Es war wirklich stark, und ich schämte mich unendlich vor der ordentlichen und appetitlichen Fräulein Heitenreiter, daß sie diese Wirtschaft gesehen hatte! Später gewöhnte ich es mir ab, mich zu schämen.

Alles was man in die Hand nehmen wollte, war kaputt oder nicht sauber oder überhaupt verschlampt. Die ganz notwendigen Gebrauchsgegenstände, wie Margrets Haarbürste, die Schere und das Küchenmesser fand ich an Schnüren gebunden, die an der Wand festgenagelt waren, damit sie wenigstens nicht abhanden kämen. Dafür entdeckte ich an den absonderlichsten Orten ganze Kolonien von Stecknadeln, Kaffeelöffeln, einzelnen Strümpfen und Kinderhandschuhen und abgegangenen Hosenknöpfen. Es fehlte so am nötigsten, daß ich heimlich auf die Sparkasse ging und etwas von meinem Geld holte und Kinderleintücher und ein wenig Anderes drum kaufte. Fouqués merkten so etwas nicht. Es tat not, daß ich um fünf Uhr morgens aufstand, um für Margret und das Jüngste zu waschen, und ich mußte bis tief in die Nacht hinein über dem Nähen und Flicken sitzen. Und dennoch war es mir, als rutsche das was ich arbeite, allsogleich wieder in ein Loch und verschwinde ungesehen; und alles was ich tue, sei umsonst; ich war verzweifelt, daß trotz meiner Aufbietung aller Kräfte kein Schwung in diesen jämmerlichen und verlotterten Haushalt zu bringen war. Man mußte noch ganz froh und zufrieden sein, wenn wieder ein Tag herumging, ohne daß man aus seiner Haut fuhr, und wenn am Abend alle satt und noch am Leben waren.

Die Buben waren prächtige und aufrichtige Kerle, bloß von solch unbändiger Wildheit und einem solchen Leichtsinn, daß mir Margret in ihrer Kindheit noch als Lamm dagegen erschien; ach, sie mochten von der Fouquéschen Seite noch so das Richtige dazu bekommen haben. Mit bleichem Grauen sah ich ihre fürchterlichen Expeditionen über den Laufsteg hinüber und am Schloßberg, ich hätte, weiß Gott, von keinem geglaubt, daß er das vierzehnte Lebensjahr erreiche und noch den Kopf und alle Glieder habe. Es passierten jeden Tag ungezählte Malheure; der eine warf den Milchtopf um, der zweite tappte in die Scherben und blutete; ich schickte den dritten zur Milchfrau, da man doch wieder Milch haben mußte, und dieweil ich dem einen seine Hiebe gab und dem andern den Fuß verband, kam er wieder und hatte das Geld verloren, weil er auf der Straße irgend etwas nachgesprungen war; nur in der Küche stand inzwischen tröstlich ein Trupp fleißiger Katzen und leckte die Milch auf. Täglich gab es Beulen, Risse, Schnitte und Löcher in den Köpfen, dazwischenhinein wurde gelegentlich auch ein Arm oder Bein gebrochen, wobei man dann leider zum Doktor schicken mußte; bei allem übrigen derartigen lachte mich Margret schallend aus, wenn ich es tragisch nahm oder Anstalt machte, die Buben zu verbinden und in der Stube zu behalten. Kam einer heulend und blessiert angelaufen, so nahm sie ihn geschwind zu sich ins Bett, erfand irgend eine fabelhafte Geschichte, kitzelte ihn ein bißchen und lachte mit ihm, dann schickte sie ihn wieder weg. Löcher in den Hosen nahm sie viel schwerer, da diese nicht von selber zuheilten. Auch Adolf, wenn er beim Mittagessen seine Buben sah, lachte in einem solchen Fall gemütlich und sagte höchstens: »So, Kerl, warst du wieder auf der Mensur?«

Bei dieser Gelegenheit erinnerte ich mich auch, daß ich eines Morgens ins Schlafzimmer kam, wo das dreijährige Mädelchen noch im Bett lag, und wo ich mit Entsetzen wahrnahm, daß die Kleine auf ihrem weißen Deckbettlein mit einem ansehnlichen Klumpen prächtig nassen Gartenlehms spielte, den sie sich in einem unbewachten Augenblick geschwind barfüßig geholt hatte. Ehe ich noch ein Wort sagen konnte, fing Margret herzlich an zu lachen und meinte bittend: »Gelt, du schimpfst jetzt nicht und läßt ihr's noch eine Weile; sie spielt gerade so fein und das Bett ist sowieso schon dreckig!«

Schlimmer als das bedrückten mich die Geldnöte der Familie. War es bei uns zu Haus auch sehr arm zugegangen, so war doch nie eine wirkliche Not und immer noch irgendwo ein Sparpfennig gewesen. Bei Fouqués aß man Forellen oder Geflügel, wenn es gute Zeiten waren, ging das Geld aus, holte man in der Ladenkasse, und war auch da nichts, so hatte man eben Tee und Brot zu Mittag. Jedesmal, wenn die Miete oder eine Rechnung zu zahlen war und kein Geld dafür da, überlegte ich mir's, ob ich nicht mein Erspartes holen solle und dran geben; und jedesmal schlug ich mir's wieder aus dem Kopf. Lieber wollte ich den Dingen ein wenig auf den Grund gehen.

Im Laden unten war als Gehilfe – Lehrling gab es keinen – ein Junggeselle namens Breisel. Ob er ein tüchtiger Buchhändler sei, konnte ich nicht beurteilen; doch besaß er eine äußerst treue Seele und mein Schwager hatte ihn mit dem Geschäft übernommen. So großartig, so vornehm und verwöhnt nun Fouqué auftrat, so dünn und bescheiden war Breisel. Ich kam bald dahinter, daß er kein ordentliches Gehalt bezog, sondern gleich uns aus der Ladenkasse nahm, was er brauchte, wobei der arme Tropf recht schlimm wegkam, da er mehr als gewissenhaft war und genügsam wie eine Kirchenmaus. Er hätte bis nachts zwölf Uhr gearbeitet, wenn ihn nicht Adolf zur Zeit heimgeschickt hätte; – er hätte es schließlich auch ganz ohne Gehalt getan, so mit Leib und Seele war er im Bann der schönen Fouqués.

Mit diesem Breisel nun suchte ich mich hinter dem Rücken meines Schwagers anzubiedern; ich wußte, daß er eine Schwäche habe, nämlich für Zwetschgenmarmelade. So kochte ich ihm einen Topf voll ein und brachte sie an einem Abend, als Adolf verreist war, hinunter. Wenn Breisel ein Hundeschwänzchen gehabt hätte, so hätte er nun gewedelt; er war unendlich gerührt. Ich blieb aber sehr ernst, sagte, wie ich wohl wisse, daß ihn mein Schwager nicht recht bezahle und man ein wenig für ihn sorgen müsse. Von so vieler Liebe hingerissen, setzte sich Breisel auf den Ladentisch, baumelte aufgeregt mit seinen dünnen Beinen und schüttete mir sein Herz aus. Und was ich längst geahnt hatte, wurde mir nun düster bestätigt, daß nämlich das Geschäft trotz des aufgebrauchten Kapitals und trotz der Schulden hätte ordentlich gehen können und das Einkommen ausreichen müssen, wenn Fouqué kein solch unheimlich fauler Tropf und Schlamper gewesen wäre.

»Ich muß fast den ganzen Tag im Laden sein und bedienen«, sagte Breisel klagend; »wenn nun eine Sendung kommt, so bleibt sie eben unausgepackt, bis ich dran komme, – und wenn es noch so pressiert; Herr Fouqué tut es nicht und sonst ist niemand da. Es gäbe so viele Bestellungen zu erledigen, ach, es wird mir schwindelig, wenn ich dran denke; – wissen Sie, besonders jetzt auf Weihnachten hin. Aber ich habe keine Zeit dazu und Herr Fouqué schiebt es von Tag zu Tag hinaus. Man sollte Auswahlsendungen zusammenstellen, und man sollte Remittenden packen, die Auslagen neu machen und Rechnungen herausschreiben; und mit dem Bücherführen sind wir schon seit Jahren im Rückstand; ich weiß mir nicht mehr zu helfen wegen der Steuer. Und die neuen Börsenblätter hat Herr Fouqué in der Tasche, ach, und wenn ich sie brauche und haben möchte, dann findet er sie meistens nimmer. Aber das Allerärgste ist mir, daß er mich mit Ladenschluß fortschickt, und alles, was zu tun wäre, bleibt liegen! Ich sag' es immer: allzugut ist liederlich, jawohl: liederlich – – –!«

Am hellen Tage aber oder in Adolfs Gegenwart hätte der sanfte Herr Breisel etwas Derartiges nicht gesagt.

Ich ließ es mir durch den Kopf gehen; die geheime Mitverschworenheit und alle guten Eigenschaften Breisels hatte ich mir gesichert, da ich von nun an stets darauf bedacht war, daß in dem kleinen Ladenstüblein neben Breisels Hut ein Gesälzhafen stehe, der gleich dem Ölkrüglein jener Frau von Sarepta nimmer leer wurde. Ich ließ mir zeigen, wie man Bestellungen machte und einfache Geschäftsbriefe schrieb, wie man Bücherballen packte und ein Schaufenster richtete, und am Ende weihte mich Breisel sogar in seine Strazzen ein. Fouqué kam mit dem gewohnten Scharfsinn sofort dahinter; als er mich ertappte, sah er mich eine Weile mit seinem seltsam spöttischen und überlegenen Blicke an, und ich wurde rot darunter, als müßte ich mich schämen und nicht er sich. »Ach, richtig – du brauchst ja so etwas, um glücklich zu sein, nicht wahr? Dann tu es nur; ich verderbe dir die Freude nicht. Bloß den Breisel darfst du mir nicht über die Zeit anspannen, sonst geht er ein.«

Und Adolf ließ mich ruhig gewähren.

– – Eines war mir damals voller Unbegreiflichkeit und beinahe Heiligkeit: Margrets Ehe. Ging auch keines der beiden darin irgendwie über seine Grenzen hinaus, so, daß es sich etwa dem andern zu lieb überwunden hätte, etwas strebsamer und tüchtiger zu werden, so lag doch die Liebe, die sie zu einander hatten, verklärend und wie ein beständiger Adel über dem trägen und so wenig tiefen Leben der beiden.

Es war die Liebe eines Brautstandes oder einer ganz jungen, ungetrübten Ehe, – voller Zärtlichkeit, Leidenschaft und Überschwang und einer bei den beiden doch sonst so seltenen glühenden Beständigkeit. So im Lauf der Krankheit nahm mir Adolf fast die ganze Pflege Margrets ab; es war ganz wenig, was ich noch an ihr tun durfte. Er brachte ihr zu essen, wusch und bettete und besorgte sie und das alles leicht und gewandt und mit unglaublich geschickten Händen. Ich weiß noch, wie mir Margret eines Morgens, als ich sie betten wollte, erklärte: »Ich danke schön, Ageli; ich möchte lieber warten bis Adolf kommt. Du mußt mir verzeihen, aber er macht das so viel zarter und feiner als du!«

Er überhäufte sie mit Geschenken, Blumen und Leckerbissen und dachte sich die feinsinnigsten Sachen aus, mit denen er sie erfreuen und zum Lachen bringen konnte. War er um sie, zeigte er stets seine hellste und gewinnendste Fröhlichkeit, und wenn sie bei Nacht wach lag und nicht einschlafen konnte, stand er auf und spielte auf dem Klavier ihre Lieblingsstücke.

Und für Margret wiederum gab es nichts Schöneres, als, wenn er nicht da war, immerwährend von ihm zu sprechen und zu schwärmen. Überaus gern erzählte sie von der Zeit, da sie ihn kennen gelernt hatte und von ihrem Brautstand; wenn ihr etwas besonders Feines daraus einfiel, so konnte sie mich von der Arbeit wegrufen, um es mir zu sagen, so wichtig war es ihr. Einmal hatte ich mich wegen irgend einer Schlamperei gewaltig über Adolf geärgert; obwohl ich es vor Margret möglichst zu verbergen suchte, so merkte sie es doch und rief mich zu sich her. »Du machst es noch nicht ganz recht mit ihm, Ageli«, sagte sie mit ganz ungewohntem Ernst und sah mich fast vorwurfsvoll an. »Ich weiß wohl, daß er Fehler genug hat, aber du mußt immer daran denken, daß er ein Genie ist und so ungewöhnlich und bedeutend, daß solche Sachen doch ganz verschwinden. Ein wahrhaft großer Mensch hat sich noch nie mit Streberei vertragen, und es ist ein Verbrechen, wenn man ihn mit dem gewohnten und kleinlichen Maßstab mißt. Du mußt doch merken, daß man ihm seine kleinen Sünden hingehen lassen muß, wenn man solche einem Maier oder Huber auch nicht verzeihen würde.« Und sie wurde ganz erregt dabei. –

»Seine erste Frau muß ein Frosch gewesen sein«, sagte sie oft. »Denk dir bloß, wie man von Adolf weglaufen kann!«

An einem Abend, als er im Konzert war, sprachen wir auch wieder von ihm. »Weißt du, daß er ein Dichter ist?« fragte Margret.

»Meinst du seine Knittelverse?«

»Nein«, sagte sie geheimnisvoll. »Wenn du mich nicht verrätst, will ich dir etwas zeigen. In seinem Bücherschrank steht ganz rechts, ich glaube in der zweiten Reihe, ein Band lyrischer Gedichte von einem ganz unbekannten Modernen.« Und als ich das Büchlein geholt hatte, fuhr sie fort: »Sieh, es steht auf jeder Seite bloß ein ganz kleines, dünnes Verslein von dem Menschen, da hat es Adolf gejuckt, auf den unmenschlich vielen leeren Platz etwas hinzuschreiben, weißt du, nur des Spasses und der schlechten modernen Verse wegen!«

Wir schlugen das Buch auf, und siehe, um den süßen Lyriker herum standen Adolfs Kratzefüße in holder Eintracht. Ich habe mich seit jenem Abend noch manchmal an dem wunderlichen Büchlein ergötzt und will hier ein paar von den Gedichten niederschreiben.

Wenn die Becher klingen,
Denk an kein Zerspringen!
Wenn der Früchte goldene Sonnen
Ihre Fülle senken,
Lasset uns an kein Zerronnen –
Heute nicht an Morgen denken!
Laßt uns singen,
Daß die Lieder, die die Götter schenken,
Hell erklingen!

*   *
*

»Leben« heißt die tolle Dirne,
Die Dein Arm in Lust umfange.
Rosen decken ihre Stirne,
Geht ihr Mund in keckem Sange.

Trink den Wein aus ihrem Glase.
Schmeckt er nicht, so nimm den Scherben,
Wirf ihr eine blutige Nase.
Buhl mit ihrer Schwester »Sterben«.

Verspielt war Lieb und Lust und Glück
Und nichts mehr übrig blieben.
Da hab ich einen Augenblick
Dem Teufel mich verschrieben.

Da floß der Wein, da sprang mein Blut
Rot in die graue Stunde.
Und winkend brach mir Flammenglut
Vom kühl verbotnen Munde.

Mit leeren Händen griff ich drein
Und haschte nach den Funken,
Und hab vom Mund und roten Wein
Das ganze Feuer trunken!

* *
 *

Schatz, mein Schatz, Du machst mir bittern Schmerz!
  Ich hab Dich wollen küssen,
  Ward nausgeschmissen,
  Das bricht mein Herz.

Schatz, mein Schatz, mir war's so kalt im Haus!
  In Deinen schönen Armen
  Wollt' ich erwarmen,
  Jetzt ist es aus.

Schatz, mein Schatz, nun bist Du gar verlobt!
  Nach Deinen weißen Brüsten
  Tät mich gelüsten,
  Nun han ich ausgetobt!

* *
 *

Mit Faulheit bin ich hochbegabt
Und Lust am Rauch der Pfeife.

Daß einer sich am Schanzen labt, –
Wer weiß, wann ich's begreife.

Mein Sinn, der wilde Meereswind,
Will keine Mühlen treiben,
Zerschellt an Klippen, toll und blind
Und heult um kleine Scheiben.

Wer betet oder spinnt und klagt,
Der habe meinen Segen.
Ich weiß allein, was mir behagt,
Und will des Lebens pflegen.

* *
*

– Im November kam das Kind. Es war ein großer prächtiger Knabe,
und Margret behauptete, es sei keins von ihren andern so schön gewesen. Sie konnte das schlafende Büblein stundenlang in ihrem Bette
haben und es mit Glück und Rührung betrachten, auch fiel es mir auf,
wieviel ängstlicher und sorgsamer als mit den Großen sie mit ihm war.
»Es ist ein ganz Besonderes!« sagte sie oft, »ich seh es schon jetzt. Ich
möchte gern, daß du ihm Patin wirst, Ageli, weil du so eine Liebe bist.
Und du mußt mir versprechen, daß du für ihn sorgst, wenn wir es
einmal nicht können sollten. Er soll es gut haben, Ageli, gelt, du ver-
bürgst es mir?«

Ich versprach es; als das Peterlein getauft wurde, stand ich Gevatter,
und im Innern machte ich Pläne mit ihm, als ob's mein Eigener wäre.

Etwa drei Wochen nach der Geburt des Kleinen sagte der Arzt zu
Adolf und mir, daß Margret nicht mehr lange zu leben habe. Ich war
gänzlich unvorbereitet, da sie ohne Schmerzen und immerwährend
glücklich und vergnügt gewesen war, nun überfiel es mich mit
Schrecken und Grauen; ich konnte es nicht fassen, war namenlos betrübt, daß das schöne und fröhliche Wesen nicht mehr sein solle und
brach in ein fassungsloses Schluchzen aus. Adolf nahm es ruhig und
schweigend auf.

– Wenn ich nun gedacht hätte, daß es bei Fouqués von jetzt ab anders werden würde, etwa stiller und ernster, so hatte ich mich gründlich
getäuscht. Der Winter kam, und die Kinder waren meist auf das Haus

und die Stuben angewiesen; nun trugen sie ihre Spiele, ihre Händel, ihren Unband und ihr Gelächter an Margrets Bett. Das Kleine lag in seinem Körblein daneben, krähte und strampelte, daß es eine Lust war, und alle Augenblicke stand Adolf da mit Blumen und Spässen, bereit zu Liebesdiensten und heiterer Gesellschaft. Margret wurde zwar matter, und an ihrem Körper sah man die Zerstörung wohl, aber es war keine Stunde, in der sie einen trüben Gedanken gehabt hätte und nicht befriedigt und strahlend glücklich gewesen wäre.

An einem Märztag, als die Kinder schon wieder draußen waren und Adolf auf einen halben Tag nach auswärts gereist, rief mich Margret zu sich. »Es ist mir ein bißchen bang«, sagte sie zu mir, »und ich kann es fast nimmer erwarten, bis Adolf da ist. Kann man nichts tun, daß er früher heimkommt?«

Ich besann mich, doch war alles ziemlich aussichtslos; man mußte eben warten. Margret gefiel mir nicht –. Ich holte Adolfs Gedichte, legte ihr den Kleinen aufs Bett und setzte mich zu ihr. Endlich kam Adolf; Margrets Gesicht glänzte und lachte, und sie lag selig still in seinen Armen.

Dann tat sie noch einen fast verlegenen, spitzbübischen und bittenden Blick zu mir herüber und sagte ganz leise: »Gelt, Ageli, du bist so gut und läßt uns jetzt allein –!«

Betrübt und beinahe ärgerlich ging ich hinaus und an meine Arbeit. Als nach einer Stunde die Kinder heimkamen, trat Adolf aus dem Schlafzimmer und sagte, daß Margret gestorben sei.

– Als ich ihm am Abend dieses Tages Gute Nacht gesagt hatte und eben in mein Zimmer wollte, hielt er mich noch ein wenig am Ärmel fest und sah mir ernst und eigentümlich in die Augen: »Es ist schade, daß du nicht dabei warst, als sie starb. Ich sage dir nur, du kannst froh sein, wenn es mit samt deiner Anstrengung und Plackerei an deinem Ende so schön und glücklich hergeht. Gute Nacht, Ageli; es ist nichts mit eurer Weisheit.«

Als am Morgen die Leichenfrau kam, setzte ihr Adolf ein gutes Vesper vor, fragte sie nach der Schuldigkeit und bezahlte sie. Dann, als sie an ihre Arbeit gehen wollte, bot er ihr ihre Jacke und ihren Hut und nötigte sie freundlichst zur Tür hinaus. »Wir danken Ihnen recht schön, Frau Müller; das andere besorgen wir gerne selber!«

Nun wusch er Margret mit seinen schönen, weißen Händen, bekleidete sie und legte sie in den Sarg und machte das alles ruhig und unendlich zart und fein. Ich sah nur zu und stand still dabei, kaum daß ich ein paar Handlangerdienste tun durfte.

Auch als nun die Trauerbesuche kamen, benahm er sich ernst und würdig und war ohne Spott und ohne seine boshaften Blicke. Nur als am zweiten Tag der Stadtpfarrer ihn aufsuchte, um ihm Beileid zu sagen und etliches wegen der Leichenrede zu fragen, geschah ihm etwas recht Mißliches. Ich war eben ausgegangen und Adolf mit seinem kleinen Mädelchen allein in der Wohnung. Das Kind war in dem fremden und ungewohnten Getriebe ängstlich und weinerlich geworden; Adolf setzte sich daher mit ihm auf einen Stuhl in den Gang und versuchte in seiner herkömmlichen Weise, es zu trösten. Die beiden gerieten dabei an jenes schöne und ergötzliche Spiel, wobei man sich erst an der Nase zieht und dazu die Zunge herausstreckt, sich sodann erst am rechten, hernach am linken Ohrläppchen packt und die Zunge jeweils in der angedeuteten Richtung bewegt, endlich aber sich aufs Kinn stupst und die Zunge dabei hineinschnappen läßt und dieses alles so närrisch und gewandt als möglich wiederholt. Und sie betrieben dieses Spiel mit Eifer und herzlicher Vergnügtheit eben in dem Augenblick, als der geistliche Herr die Treppe heraufkam und durch die offene Glastür das seltsame Gebaren der trauernden Hinterbliebenen sehen konnte. Er sah es aber nicht lange mit an, sondern ging meuchlings, ohne Gruß und in tiefer Entrüstung die Treppe wieder hinunter, und die Leichenrede am andern Tag fiel auch darnach aus.

Auch meine Mutter war zu Margrets Begräbnis hergekommen; wir hatten uns seit damals nimmer gesehen, und sie erkannte mich kaum mehr, so groß und stark war ich inzwischen geworden. Es war mir ein eigenes Gefühl, als sie mich küßte und mir in die Augen sah; ich wußte nicht, sollte ich mich schämen oder stolz sein. Die alte, herzliche Liebe war aber schnell wieder da, und wir waren in jenen Tagen viel beieinander. Die Mutter hatte sich nicht verändert; sie sah schön und vornehm aus in ihrem vollen weißen Haar und dem feinen Kleid, das ihr der Greiner geschenkt hatte, und sie saß wie eine fremde, alte Königin unter uns.

– Als die Trauergäste fort waren und eben die letzten von ihnen um die Straßenecke bogen, stand Adolf unter dem Fenster und schaute ihnen nach; er räusperte sich von Herzen und spuckte hinter ihnen her in den schönen weißen Märzenschnee hinunter. Dann schnaufte er tief auf und drehte sich um. Als ich später am Wohnzimmer vorbei kam, hatte er die Tür und alle Fenster sperrangelweit aufgerissen, so daß der kalte Wind mächtig durchfuhr. In der Stube aber lief Adolf mit einer kräftigen Zigarre auf und ab, die dicken Wolken in alle Winkel blasend, als ob er ein übles Gestänklein ausräuchern wolle; und als er mich, die ich erschrocken über ein solch befremdendes Getue in der offenen Tür stehen geblieben war, gewahrte, nickte er mir freundlich zu: »So, nun könntest du die Stube wieder warm heizen; man kann's jetzt wieder aushalten hier drin!« Und er machte seine Fenster zu.

Letztes Buch

Es verstand sich von selber, daß ich vorerst dablieb, bis die Verhältnisse etwas geordneter waren und das Kind größer. Und merkwürdig schnell brachte ich nun das fertig, was zu Margrets Lebzeiten nicht gelungen war: den verlotterten Haushalt einigermaßen herauf zu bringen. Ich machte freilich die wilden und jeder Pünktlichkeit abholden Buben nicht von heut auf morgen anders, und täglich kam mir Adolf mit einer Schlamperei oder seine Katzen mit irgendwelcher Tragödie zwischen meine edlen Bestrebungen. Aber mit einemmal blieben die Stuben sauber und aufgeräumt, es hatte keiner mehr ein zerrissenes Hemd an, die Mahlzeiten standen pünktlich auf dem Tische, und Adolf ging wenig mehr ins Wirtshaus, da ich ihm auf den Abend etwas Gutes kochte, vorher die Kinder ins Bett tat und einen hübschen Tisch dazu deckte. Das Geld reichte besser, wenn man es einteilte, – nach und nach wurde auch der Weißzeugkasten durchgeflickt, und der jahrelang aufgespeicherte Staub kam hinter den Möbeln hervor. Und wenn man genau hinsah, so schien es fast, als sei in diesem Haushalt einzig Margret das hemmende Element gewesen. Nun, da sie nicht mehr da war, war auch mit einem Schlage jenes unheimliche Loch verschwunden, für das ich seither gearbeitet hatte; und unter meiner unentwegten Arbeit ging es glatt und gedeihlich vorwärts.

Am Anfang war es freilich keinem wohl dabei. Adolf suchte betrübt nach einem Staub, in den er seine Verse schreiben konnte, den Buben war es unbehaglich in ihren neuen Hosen; auch war es nicht gemütlich, immer zur pünktlich festgesetzten Essenszeit von seinem Spiel oder Geschäft weglaufen zu müssen, und vor lauter Ordnung fand erst keiner seine Sachen mehr. Dazu fehlte einem der vergnügte Spektakel, der stets um Margret herum gewesen war, das leere Bett bedrückte einen ordentlich, und es dauerte eine gute Zeit, bis man sich an alles das gewöhnt hatte und bis die alte Fröhlichkeit in neuere und festere Bahnen gelenkt war.

An den Abenden bekam ich nun auch eher die Hände frei für Breisels Nöte. Ich erinnere mich, daß wir in jenem Jahr zum erstenmal mit den Büchern in Ordnung waren, daß wir Ladenputzerei hielten und daß unsere Rücksendungen noch beinahe recht zur Ostermesse nach Leipzig kamen.

In jener Zeit mußte ich oft und ungewollt über meinen Schwager nachdenken. Wir lebten ja nun so nahe zusammen, daß ich ihn gründlich kennen lernen konnte. Es erfüllte mich mit grenzenloser Verachtung, daß er zumeist, wenn ich spät abends todmüde vom Geschäft heraufkam, in behaglicher Faulenzerei am Klavier saß; und doch, – *wie* er es tat und wie er mich dabei lächelnd und leisen Spottes voll anschaute, so mußte es mir doch wieder gefallen. Ich wußte, wie unendlich gewinnend und anziehend er sein konnte und daß er etwas an sich hatte, das einem jungen Mädchen gefährlich war. Doch hatte ich einen mächtigen und doppelten Talisman dagegen: ich durfte nur einen Augenblick an meinen toten Gottfried denken und sein leuchtendes Bild in meinem Innern erstehen lassen oder ich brauchte bloß ein wenig Goethe oder Hölderlin zu lesen, so schwand gleich alles Schwüle und Dunkle. Ich stand wieder in dem reinen und glühend hellen Lichte jener Liebestage, davor Fouqué samt seinem Breisel und dem verfahrenen Haushalt nichtig und jämmerlich wurden und es nimmer wert waren, daß ich ihnen außer der Kraft meiner Hände noch etwas anderes schenkte. Und dann kam noch ein Ereignis dazu, das mich vollends aus dem Fouqué'schen Banne riß und hoch darüber emporhob.

Eines Morgens, nachdem ich längst alle Hoffnung aufgegeben hatte, bekam ich Nachricht von meinem eingesandten Manuskript. Ich hätte es falsch adressiert, – nun sei es nach vielen Irrfahrten aber doch in die rechten Hände gekommen; man habe es angenommen, wolle es bald abdrucken und biete mir fünfzig Mark dafür an. Dann standen noch einige Fragen in dem Brief, – ob ich schon mehr habe erscheinen lassen, was ich noch vorrätig habe und dergleichen mehr. Ich freute mich unsäglich darüber, schrieb hin und schickte ein paar Gedichte mit. Darauf kam von dem wohlwollenden Redakteur eine Einladung, ob ich ihn nicht an einem Abend einmal besuchen möge; er hätte mich gern kennen gelernt.

Die Stadt lag mit dem Zug zu fahren eine Stunde von der unsern weg; ich erfand nun Adolf gegenüber eine Ausrede, fuhr hin und wurde von dem Redakteur und seiner lebhaften Frau freundlich empfangen. Dann wurde ich zum Nachtessen eingeladen, es war noch ein Herr da, der etwas von der Schriftstellerei verstand, ich mußte erzählen, sprach auch von meinem Roman, den ich schreiben wolle, und es war mir zumut wie im Traum und Märchen. Dabei erfuhr ich auch zum erstenmal, daß man mit dem Bücherschreiben wirkliches Geld verdienen konnte; Gottfried hatte das nicht so recht gewußt, und Adolf hatte ich in meiner Angst, er möchte etwas von meiner Schriftstellerei erfahren und mich deshalb auslachen, nie darüber zu fragen gewagt. Nun war ich ungemein erstaunt und erfreut darüber.

In der schönen Sommernacht fuhr ich heim. Das Herz war mir voller Hoffnungen und seligklopfender Erwartung. Die ganze leuchtende Ferne meiner Träume war vor mir aufgetan; die fremden Länder und Meere und Herrlichkeiten meiner Sehnsucht wollten Wirklichkeit werden und waren mir zum erstenmal verlockend nahe. Ach, nun sollte alles Zufällige, Kleinliche und Hemmende wegfallen, mein Leben sollte mir gehören und ganz in dem beständigen, unangreifbaren Reich des Geistes sein. Ich konnte mir zwar noch nicht recht vorstellen, wie das werden würde; wenn ich einen Plan fassen wollte oder mir etwas Näheres ausdenken, so floß alles in einen feinen schimmernden Duft und Nebel zusammen. Doch war es köstlich und kam den Wonnen einer allerersten Jugend gleich, so halb blind und träumend diesem Schönen und Wunderbaren, das auf mich wartete, entgegen zu fahren und die reine und kindliche Seligkeit des Ahnens und unbewußten Vorausfreuens zu genießen. Deutlich spürte ich nur das Eine: das, was mir all dieses erschließen sollte, jene fremde, schöpferische Lust, war gewaltig und drängend über mir, jeden Augenblick bereit, mich wegzu-führen und hinzureißen und mich mit ihrer göttlichen Fülle zu über-schütten.

Seit Gottfrieds letzten Tagen war ich nimmer so selig gewesen wie bei dieser nächtlichen Fahrt durch das warme Land; ja, es war mir, als sei mir eine neue Liebschaft aufgegangen und liege mir süß und betö-rend im Blute.

In den nächsten Tagen schaffte ich wie ein Gaul aus lauter bedrän-gender Freude heraus, und mit den Buben war ich so lustig und übermütig, daß der sanfte Breisel baß verwundert durch sein Fensterlein in den Hof hinaus äugte. Aber mein Herz und meine Gedanken waren weit ab davon; sie dichteten und fuhren auf blauen Meeren und sahen in Fouqués Sortiment ein Buch liegen, das die Agnes Flaig geschrieben hatte. Etliche Male nahm ich einen Anlauf, Adolf davon zu sagen, ihn zu veranlassen, daß er sich eine Haushälterin suche und mir meine Freiheit gebe. Ich hatte im Sinne, mich einige Zeit in irgend einer schönen Stille von meinem Ersparten zu nähren, bis ich meinen Roman geschrieben hatte. Das Honorar wollte ich für das Peterlein zurücklegen, damit es vorläufig etwas für die Not habe; dann aber wollte ich in die Welt hinaus, und die Herrlichkeit konnte losgehen. So oft ich aber anhub, Adolf meinen Entschluß zu sagen, blieb es mir vor Zaghaftigkeit im Halse stecken und ich brachte es nicht heraus.

Nun hatte ich mir's aber für einen Sonntagabend ordentlich vorgenommen, und nach Frauenart suchte ich Adolf in möglichst gute Laune zu bringen, damit er's gnädig aufnehme. Ich sorgte also, daß Blumen da waren und ein Wein, den er gern hatte, und richtete ein gutes Abendessen. Am Nachmittag gingen wir mit den Kindern und dem Kleinsten im Wägelein zu Margrets Grab hinaus und brachten ihr einen frischen Kranz; hernach aber machten wir einen weiten Spaziergang über die sommerlichen Berge. Adolf war in prächtigster Laune; es hätte meiner schlauen Fürsorge für den Abend gar nicht bedurft. Er neckte mich beständig und stiftete die Buben zu allerhand Unfug an, der mich zur Entrüstung und zum Schrecken bringen sollte, worüber mich dann alle unbändig auslachten. An einem kleinen See im Wald ruhten wir aus, die Kinder spielten um uns herum und aßen ihr Vesperbrot, indes Adolf und ich im Grase lagen und genießerisch über das stille, glänzende Wasser hinsahen.

»Es ist doch elend fein hier«, sagte Adolf. »Was meinst du, – wir wollen jedes ein Gedicht darüber machen und es dann einander vorlesen, welches schöner ist –?«

Ich ging darauf ein, setzte mich ein wenig abseits und begann mit fürchterlicher Sorgfalt und Bemühung den stillen See anzudichten, denn ich wollte mich nicht vor Adolf schämen müssen. Dann schrieb ich's auf und ging zu ihm hinüber. »Bist du fertig, Adolf?«

Er nickte. »Aber lies du dein's erst.«

Es waren ein paar ganz leidlich nette Verse geworden. Als ich fertig war, sah ich Adolf mit Spannung an. »So, nun kommst du!«

»Ach, weißt du, ich habe gar kein Gedicht gemacht; ich wollte nur herauskriegen, wie du dichten kannst!« Und er fing gewaltig an zu lachen; die Buben kamen angesprungen und lachten der Spur nach mit, und ich ärgerte mich wirklich ein wenig darüber, daß ich mich so hatte hereinlegen lassen. Doch zeigte ich's nicht und freute mich im stillen meines Trumpfes, den ich für diesen Abend im Sack hatte.

Dann, als wir wieder zu Hause waren und ich die Kinder ins Bett getan hatte, kleidete ich mich um und deckte den Tisch zum Abendessen recht fein und hübsch, wie Adolf es gern hatte. Auch zwickte ich mich noch einmal tüchtig ins Ohrläppchen, ehe ich ihn rief, – um mir Mut zu machen. Als er in's Zimmer kam, blieb er überrascht vor mir stehen.

»Ei, Mädel, was bist du hübsch!«

Er stand ganz stille vor mir, ließ seine Augen lächelnd und voll großem Wohlgefallen auf mir ruhen, und am Schlusse nahm er meinen Kopf zwischen seine Hände und küßte mich auf den Mund.

Dann setzten wir uns zum Essen; es war mir zwar unter dem Kusse etwas warm geworden, doch tat ich so unbefangen als möglich und gab mir Mühe, recht vergnügt zu sein. In dem Winter, ehe Gottfried starb, hatte ich mir einen feinen lichtfarbenen Stoff gekauft und ein Kleidlein daraus genäht; das trug ich nun, und es war das erstemal, daß mich Adolf darin sah. Ich habe das reiche, braune Haar unserer Mutter geerbt und bin gerade und wohl gewachsen; auch war mir das Kleid gelungen und hübsch und festlich geworden; so mag es wohl sein, daß ich an jenem Abend gut ausgesehen habe. – Auf dem Tisch stand ein großer, farbiger Strauß von allen Blumen des Gartens, die Fenster waren weit offen, ließen Wärme und Sommergeruch herein, und als das Licht brannte, hielt die schwärmerische Schar der Nachtfalter ihren Einzug und begann um Lampe und Tischtuch einen leisen schwirrenden Tanz zu halten. Das Essen war gut und schmeckte uns herrlich; zum Schlusse gab es ein süßes Speislein und einen hellen, herb und köstlich duftenden Wein. Adolf strahlte in seiner heitersten Stimmung, war voller Witz und Übermut und riß mich bald in seine Ausgelassenheit mit hinein. Mir erschien diese köstliche Nacht so recht als ein Vorschmack des neuen Lebens, in das ich nun hinüber gehen wollte, und daß schon in der nächsten Stunde der entscheidende Schritt dazu getan werden sollte, erfüllte mich mit einem geheimen, glücklichen Rausch.

Nach dem Essen setzte sich Adolf ans Klavier und spielte Mozart, von dem er wußte, daß es mein Liebling unter den Musikern war. Ich trug den Tisch ab, setzte mich dann an's Fenster in Margrets Korbstuhl und dachte, in dieser gehobenen Stimmung müsse ich nun meine Angelegenheit fein heraus bringen. Adolf hörte mit seiner Musik auf, kam zu mir herüber und setzte sich auf den Nähtisch vor mich hin. Nun wollte ich es ihm sagen. – Es kam jedoch anders.

Adolf beugte sich zu mir herunter und suchte meinen Blick; dann sah er mir ernst und seltsam in die Augen und fing an, mit einer leisen und weichen Stimme auf mich einzusprechen.

»Ich möchte dir etwas sagen, Ageli, aber du mußt mir dein ganzes schönes, feines Verständnis entgegenbringen, sonst weiß ich nicht, wie ich's machen soll. Wenn ich mir noch so große Mühe gebe, es zart und anständig zu sagen, so kommt es doch plump und ruppig heraus und tut dir vielleicht weh. Nicht wahr, du hilfst mir ein bißchen?«

Ich blieb still und hielt den Atem an; da sprach er langsam weiter.

»Ich möchte dich fragen, ob du mich nicht ein bißchen lieb hast und ob du vielleicht meine Frau werden möchtest. Und sieh, jetzt meinst du gewiß, ich tue das nur deshalb, weil du den Haushalt so gut verstehst und die Kinder und mich so fein versorgst, und damit ich keine Haushälterin brauche und weil es für mich das bequemste so ist. Aber das darfst du ganz gewiß nicht meinen. Du bist so ein feiner, lieber Kerl; sieh, wenn du das alles gar nicht an dir hättest, so stünde ich jetzt dennoch vor dir und würde dir dasselbe sagen, du mußt es mir glauben. Denn ich habe dich sehr lieb, und ich meine, wir könnten glücklich miteinander werden. Besinn' dich einmal darüber.«

Als ich aus meiner dumpfen Bestürzung einigermaßen aufgewacht war, wartete ich immer noch darauf, daß er irgend etwas von Margret sage. Gott im Himmel, war er denn wahnsinnig, daß er jetzt, kaum ein Vierteljahr nach ihrem Tode, *so* vor einer anderen stand! Er mußte sich doch entschuldigen, er mußte es mir begreiflich machen, warum er so etwas Gemeines tat, er mußte noch irgend etwas sagen, daß es das Abscheuliche und Unbegreifliche ein wenig wegnahm. Ich wartete zitternd.

Es blieb aber alles still, er beugte sich nur noch ein wenig mehr zu mir herunter.

Da packte mich ein unsinniger Zorn und Ekel; ich schrie auf und stieß ihn weg und lief schluchzend aus dem Zimmer.

In meiner Stube schloß ich mich ein. »Gottfried« – – sagte ich in das Dunkel hinein, »– lieber, lieber Gottfried«. Und vor dem reinen Glanze, der in diesem Namen war, erfaßte mich eine mächtige Scham für mich und für Adolf, und dieser erschien mir in diesem Augenblicke so widerwärtig und so unsäglich gemein, daß es mich schüttelte vor Abscheu und Empörung. Ich warf mich auf mein Bett und lag da mit wildem heftigem Schluchzen. Hell und hohnvoll kam mir mein auswendig gelerntes Sprüchlein, das ich noch vor einer Viertelstunde hatte zu Adolf sagen wollen, ins Gedächtnis, vor meinem Innern erstand die schöne, schimmernde Welt, die ich sehen und besingen, lieben und haben wollte, und der selig wunderliche Drang meines Dichtens trieb mit warmen Wellen in meinem Blut. Und nun sollte ich den dicken Fouqué heiraten, und alles sollte aus sein!

– Seine erste Frau war ihm weggelaufen, die zweite war ihm gestorben und wäre es vielleicht nicht, wenn sie es besser bei ihm gehabt hätte. Was sollte es mir viel anders gehen! Und wenn man ein Vierteljahr tot war, war man vergessen, und er ging zu einer anderen.

* *
*

Flammend und empört stand alles in mir auf. – Nein, nein, nein –! Ich wollte es nicht, und es konnte mich niemand dazu zwingen. Ich putzte mir mit Heftigkeit die Tränen ab, und mein fester Entschluß war bald gefaßt. Eine Stunde noch blieb ich stille liegen, dann horchte ich zu meiner Tür hinaus, ob Adolf wohl noch auf sei. Das Licht brannte nimmer, und ich konnte nichts von ihm hören. So ging ich leise daran, mein schönes Kleid auszuziehen und mit allem andern in meinen Koffer zu packen. Ich verschloß und adressierte ihn, schrieb noch einen Brief an Breisel, daß er ihn mir besorgen und auch meine Bücher gleich mitschicken solle, und nach ein paar Stunden war ich fertig. Leise ging ich durch den dunklen Gang zur Glastür; aus dem Schlafzimmer der Kinder drang ein kurzer, weinerlicher Ton; es war das Peterlein, und an meinem Herzen tat es mir einen Augenblick stark und lähmend weh. Doch lief ich schnell vorbei und die Treppe hinunter und biß die Zähne zusammen, daß ich es überwand.

Es wurde in diesen Hochsommernächten niemals völlig dunkel draußen; als ich auf die Straße kam, war nur eine tiefe Dämmerung, und irgendwo wollte es schon hell werden. Und wieder wie in jener Nacht, da ich die alte Genovev verhauen hatte, war plötzlich und geisterhaft Adolfs Stimme über mir:

»Einen Augenblick, Ageli! Du hast deine Hausschuhe vergessen!« – Und aus der Höhe flog es rechts und links zu meinen Füßen auf das Pflaster und schlug höhnisch klatschend auf.

Grimmig starrte ich nach oben; Adolf lehnte geruhig aus dem Fenster. »Ich möchte bloß wissen, wann du eigentlich schläfst«, rief ich bitter und wütend hinauf.

»Nie!« sagte er unerschütterlich. »Auf Wiedersehen, Ageli!«

»Da kannst du lang warten«, dachte ich empört, ließ die Pantoffel liegen und verschwand so schnell als möglich um die nächste Straßenecke.

An einem Hotel läutete ich an der Nachtglocke; ich bekam ein Zimmer, und es war auch ein schönes Bett darin; bloß schlafen konnte ich in jener Nacht nimmer.

– Nach zwei Tagen schon war ich als Kurgast in einem Forsthaus untergekommen, ein paar Stunden weit vom Gottlosen Zinken weg. Ich atmete wieder die geliebte Luft meines Hochlandes, ich spürte die südliche Glut seiner Sonne, und in den Nächten lauschte ich mit zitternder Sehnsucht dem ersten Sturm entgegen. Lag es mir auch zu Anfang von des kleinen Peter Schreilein her noch manchesmal wie ein böser und quälender Druck auf der Brust und meinte ich oft, durch die Zweige der Tannen das gute Gesicht meines Freundes Breisel betrübt und vorwurfsvoll auf mich gerichtet zu sehen, so verschwand dieses doch mit jedem neuen der göttlichen Tage mehr, und bald war ich sorglos wie ein junger Vogel meiner süßen, ungekannten Freiheit hingegeben.

Ich hatte eine Stube voll alter brauner Möbel, und zu den Fenstern hinaus sah man einen kleinen, bäurischen Garten in der Sommerblüte, ein Stück ständig blauen Himmels und unermeßlich viel Wald, davon ab und zu ein leiser Wind in meine Stube kam und mit den weißen Vorhängen ein zärtlich anmutiges Spiel trieb. Es war mir unsagbar verwunderlich, wenn ich so still dasaß und mich den ganzen Tag um nichts bekümmern durfte als um mich selber und lauter schöne Sachen. Die Mahlzeiten wurden mir auf meine Stube gebracht; jeden Abend gab es dasselbe: Kartoffeln und Rauchfleisch zusammen in eine Pfanne geschnitten, was dann mit Butter und Zwiebeln gebraten wurde. Dieses Gericht unterhielt mich so neben dem Schreiben her des Abends wohl eine Stunde lang in angenehmer Weise, indem erst in der Küche unten ein Geklapper mit Tellern und Pfannen und ein mächtiges Gebrutzel losging, sodann in lieblichen Wogen das entstandene Gerüchlein zu meinem Fenster hereinkam, bis endlich die Försterin die Treppe heraufschlurfte und mir die Herrlichkeit samt einem Glase kühler Milch auf's Tischtuch stellte. Jeden Morgen ging ich an den einsamen Bach hinunter, um zu baden; auf dem Heimweg nahm ich mir mit der Försterin Erlaubnis einen Strauß aus dem Garten mit. Meine Hände wurden jeden Tag feiner und weißer, und es war mir am Anfang ein seltsam wonniges Gefühl, beständig ohne Schürze und in guten, sommerlichen Kleidern zu sein.

Jede Stunde kam und ging in seliger Bläue und war voll zarter innerlicher Heiterkeit –; halb bewußt und genießerisch, halb mit einer träumerischen Trunkenheit, die mich durch die jähe und mächtige Wandlung meines Lebens erfaßt hatte, nahm ich die Schönheit in mich auf. Es war mir so wohl, daß ich hätte den ganzen Tag singen und jubeln und tanzen mögen.

Und gleich dem jauchzenden Ungestüm meines eigenen und sinnlichen Menschentums war wie ein Sturm die fremde Macht über mir und sang und glühte und quoll in unerschöpflicher Fülle. Zum erstenmal nun durfte ich ihr untertan sein ohne Hindernisse und Hemmungen; ich tat es mit tiefer Beglücktheit und brauchte und benutzte sie so verschwenderisch, wie sie sich mir gab. Ich dichtete und schrieb, und ich arbeitete mit solcher Wut und Maßlosigkeit, wie ich es in der herbsten Erntezeit auf dem Zinken nicht getan hatte. Jede Minute tat mir leid, die von dieser Köstlichkeit abging; nur, wenn der Schlaf mich wirklich unüberwindlich bezwang, legte ich mich nieder, und oft geschah es, daß ich nachts jählings erwachte, und daß es mich aus dem Bette trieb vor Erregung und glühend rieselnder Lust. Dann zündete ich mein Licht an, setzte mich an den Tisch und schrieb im Nachthemd weiter.

Mitunter geschah es am Tage, daß mich ein körperliches Erschöpftsein zwang, minutenlang die Feder aus der Hand zu legen und mich müde ein wenig an meinen Stuhl zu lehnen. Und es schien mir, als ob diese stillen Pausen, in denen nur das Bienengesumm über dem blühenden Garten vernehmbar war, das schönste von diesem allem seien. Wie das Fluten von schweren, langsamen Wogen ging es mir dann durch den Leib, und in der wonnigen Entspannung der Kräfte sah ich über mein Buch hinweg und schöner noch als das Gegenwärtige mir die bunten und schimmernden Bilder meiner Sehnsucht nahe zuleuchten, und ich vermeinte zu spüren, wie die Welt mit allen Herrlichkeiten sich mir entgegenneigte.

Es mochte etwa vierzehn Tage so gegangen sein, da merkte ich, wie die seltsame Gewalt in mir langsam nachließ. Es kam gar nicht plötzlich, es fing leise und allmählich an und war jeden Tag ein wenig mehr so. Auch verwunderte es mich zu Anfang gar nicht. So wütend hätte das ja nicht weiter gehen können, und ich spürte auch, daß ich schlaff und überanstrengt sei.

Also machte ich an einem Nachmittag einen weiten Spaziergang, schlief darnach gründlich und ausgiebig wohl zwölf Stunden aneinander, nahm mein Morgenbad im Bache und setzte mich frischen Muts wieder hinter meine Schreiberei. Siehe, es ging wirklich besser. Nur am andern Tage mußte ich mich wieder absonderlich lang besinnen, bis mir etwas einfiel, und am dritten tat es not, daß ich aufs neue spazieren ging und schlief. Als es dann so kam, daß ich zwei Tage faulenzen und marschieren mußte, um am dritten etwas schreiben zu können, berechnete ich, daß mir das zu teuer käme und sann auf ein anderes Mittel. Es war mir von der Landwirtschaft her erinnerlich, daß man einen Boden düngen müsse, wenn er mager war und dennoch tragen sollte. Meine Bücher hatte ich ja da, und ich sagte mir vor, daß auch ein ganz großer Geist nicht immer aus der Phantasie schöpfen könne, sondern hie und da eine Anregung dazu haben müsse. Nun machte ich mir ein paar gute Tage, las den Grünen Heinrich noch einmal und Werthers Leiden, fand auch heraus, daß mich merkwürdigerweise Jean Pauls ergötzliche und vielgeschwänzte Mode am meisten anrege, und derart angetrieben lief meine Schreiberei, wenn auch mühselig, wieder ein paar Tage weiter. Dann half auch das nimmer; ich war stecken geblieben, saß müßig, kaute an der Feder und lauerte tagelang vergebens, daß mir etwas einfalle. Mit recht betrüblichen und unangenehmen Gefühlen mußte ich mir sagen, daß es mit meiner Inspiration aus sei, doch ließ ich darum den Kopf noch nicht ganz hängen. Das Gerüste meines Romans wußte ich genau in mir, es handelte sich also noch ums Niederschreiben und Ausmalen, und ich meinte, man könnte das auch ohne Inspiration, wenn man sich nur die nötige Mühe dazu gebe. So saß ich nun mit zähem Eifer auf meinem Stuhle fest, und wendete alles auf, was ich an Fleiß und Ausdauer und Schweiß besaß, damit es weiter ginge.

Und nun kam eine Zeit, wie es so kurios und jämmerlich und beschämend in meinem Leben keine mehr gab.

Jeder noch so bläßliche Funken an Geist oder irgend einer höheren Gewalt hatte mich verlassen; ich saß lange Stunden unbeweglich stille und starrte auf mein Papier; ich hätte mich ja sehr gern manchmal ein wenig gekratzt, wenn mir eine Mücke über den Scheitel lief, und es wäre mir eine holde Abwechslung gewesen, ein bißchen was auf mein Löschblatt zu malen; aber ich fürchtete zu sehr, daß dann der Gedanke, der etwa grad in diesem Augenblick aufsteigen wollte, dadurch behindert werden könnte; und ich beherrschte mich mit eiserner Energie. In meinem Hirn war eine dumpfe und finstere Spannung; es schien mir zumute zu sein wie einer alten Kanone, die geladen war und aus irgend einem Grunde nicht losging. Ich blätterte in meinem Manuskript vorwärts, um mich durch den vielen, leeren Platz, der noch dahinten war, anspornen und anfeuern zu lassen; jedoch blieb in mir alles gleich zähe, dunkel und vernagelt, und die Seiten starrten mich betrübt und blöde an. Ich blätterte auch rückwärts und fand alles, was da stand, ganz gut und vortrefflich, ja, wirklich, es war nichts zu tadeln dran und alles ausgezeichnet – wenn es nur so weiter gegangen wäre. Auch blätterte ich in meinen schönen Büchern, die ich zur Anregung rings um mich aufgebaut hatte, und fand es hier noch viel besser und vortrefflicher; bloß nützte es mir nichts, und ich steckte das Lesen bald ganz auf, weil es mich nur noch mehr irremachte; wenn mir ein halbwegs brauchbarer Satz einfiel, wußte ich zuletzt nimmer, war er von mir oder von Goethe.

Mit einer eselhaften Geduld probierte ich alles mögliche aus, was etwa gut und zweckdienlich sein könnte. Ich saß der Reihe nach auf allen Stühlen meines Zimmers herum, hatte bald die Beine langausgestreckt, bald das eine über das andere geschlagen, bald in Wut und Verzweiflung beide an den Bauch heraufgezogen. Das einemal saß ich auf dem Sofa und hatte sogar noch ein Kissen untergeschoben, damit es nur ja nicht an der Bequemlichkeit fehle, dann fand ich, daß dieses verkehrt sei und setzte mich auf den eckigsten und härtesten Stuhl, damit ich den Ernst der Stunde spüre. Ich lag im Bett und besann mich an die rissige Stubendecke hinauf, ich machte Dauerläufe in der Stube hin und her, die Hände auf dem Rücken und den Blick gesenkt; – es war alles vergebens, es blieb dunkel und unfruchtbar in mir. Mit Grauen entdeckte ich, daß ich keinen Kinderaufsatz mehr hätte schreiben können, so völlig ausgesogen war mein Gehirn; wenn mir vorher einer diesen Zustand geschildert hätte, – ich hätte nicht geglaubt, daß es so etwas gebe. Ich mußte oft nach Worten suchen und mich lange und mühevoll auf Sachen besinnen, die ein Schwachkopf gewußt hätte; ich hatte gehört, daß schon mancher Dichter verrückt geworden sei, und manchmal glaubte ich im Ernste, daß es mit mir auch so werde und daß dies der Anfang davon sei.

Und immer noch gab ich mir Mühe und meinte, es müsse wieder anders werden. Einmal an einem kühlen Tage hatte ich ein warmes rotwollenes Kleid angezogen, und siehe, am Abend hatte ich eine halbe Seite aufs Papier gebracht, die man stehen lassen konnte. Ich dachte nun, es liege vielleicht am Kleid, behielt das rote auch in den nächsten Wochen noch an und briet und schwitzte mich mit rührender Geduld durch die heißen Tage hindurch. Wert hatte es leider auch keinen. Desgleichen probierte ich es mit dem Fasten, nach dem bedeutsamen Worte: ein voller Bauch studiert nicht gern; doch war es nichts damit; eher spürte ich nach dem Genuß von Rettichen eine leise Andeutung von Besserung in meinem Hirn. Ich aß also Rettige, bis ich Leibschmerzen bekam. Am schlimmsten ging es mir mit dem Alkohol; in einer Nacht fiel mir plötzlich ein, daß schon hie und da ein Dichter nur mit Saufen habe schreiben können. Ich log also dem Förster vor, ich hätte Bauchweh und bekam dafür ein Glas bitteren Wacholderschnaps, den ich mit fürchterlicher Anstrengung hinunter brachte; dann bekam ich einen Rausch und darauf einen Katzenjammer, mußte einen Tag im Bett liegen, winselte und vermeinte, der Bittere wolle mir in den Himmel verhelfen. – Nein, es war wirklich nicht schön.

Zuweilen gelang es mir mit alle diesem, als Frucht eines Tages ein paar Sätze fertig zu bringen, in einem ausgesucht prachtvollen Stil, in noch prachtvollerer Schrift und im übrigen so, daß ich am andern Morgen wütend alles wieder ausstrich.

Dazu hatte mich schon nach ein paar Wochen ein Übel befallen, das schlimmer als dies alles war; eine Sehnsucht nach körperlicher Arbeit. Ach, ich kannte dieses drängende und schwüle Fieber von einer früheren Zeit her; nur war es diesmal viel stärker, und es trat auf wie eine richtige Krankheit mit Kopfweh und Schlaflosigkeit und bösen, nervösen Zuständen. Oft, wenn ich am Tage stille dasaß und in meine hoffnungslose Borniertheit versunken war, erschien mir wie in einer Vision das Peterlein, ich stellte mir die Seligkeit vor, es zu baden, in die Windeln zu packen und ihm seinen Schoppen zu geben. Mit allen schönen und herrlichen Farben malte ich mir aus, wie man einen Kuchen buk oder eine Wäsche wusch, bis mich irgend ein Geräusch aus meiner Versunkenheit weckte und ich mit einem Seufzer emporfuhr. Ich dachte dann bitter, wie ich *dazu* noch so viel Phantasie habe. Einmal ging es mit mir durch; ich half den Förstersleuten beim Öhmdabladen; es war eine Stunde Paradies in all diesem Elend; ich sah aber ein, daß ich mir eine solche Pflichtvergessenheit nicht zum zweitenmal erlauben dürfe.

Und jeden Tag war stets derselbe leuchtend blaue Himmel; unabänderlich schien die Sonne über dem kleinen Garten, nur daß darin die Blumen seltener wurden und die Äpfel röter. Das Essen war so gut wie im Anfang, es schmeckte mir sogar, und mit seltsam bitterem Hohne merkte ich, daß ich bei diesem Leben in die Dicke geriet und mir die Kleider enge wurden.

Einmal machte ich einen weiten Gang, planlos in die Wälder hinein, nur, damit ich in der Nacht ein bißchen schlafen könne. Auf einer Anhöhe hielt ich stille und sah mich um. Fern im Abendschein sah ich ein Gehöft liegen, ich schrie auf und hatte den Gottlosen Zinken erkannt. Dann lag ich am Boden, stampfte und weinte und schluchzte in einer ungeheuerlichen Scham.

– Ich weiß nicht, was schließlich noch aus diesem Jammer hätte werden können; mit einiger Vernunft wäre ich abgereist, hätte irgendwo eine Stellung angenommen und ruhig abgewartet, bis sich der Brunnen meiner fremd herrieselnden Lust aufs neue wieder gefüllt habe; so aber war ich verbockt und darein verbohrt, daß es in diesem Sommer noch und aus eigener Mühe und Anstrengung geschehen müsse. So saß ich Tag für Tag in stierer Verzweiflung, mein Geld ging zur Neige, und mit bösem Grauen dachte ich an die kalten Tage.

Da kam ein Brief von meinem jüngsten Bruder, der noch zu Hause war, – von Breisel nach hier umgeschrieben –: die Mutter habe den Fuß gebrochen, müsse im Bett liegen, und von den Schwestern könne keine abkommen, um sie zu pflegen. So ging der Hilferuf weiter an mich.

Ich packte schon meine Sachen zusammen, noch ehe ich den Brief zu Ende gelesen hatte. Ach, ich hätte nie gedacht, daß ich in meinem Leben noch einmal so roh werden würde, – ich lachte und weinte und jubelte vor Freude darüber, daß meine Mutter den Fuß gebrochen habe.

* *
*

Nun war ich daheim; die Mutter lag freundlich und geduldig in ihrem Bett, ich pflegte sie, besorgte den Haushalt und die Geißen, und lag des Nachts in der alten, wohlbekannten Stube mit dem Firmament. Es war ruhig im Haus, nun, wo sogar der Mutter Strickmaschine nicht mehr klapperte. Regine war jetzt als Lehrerin irgendwo angestellt, und die kleine Eva lernte Krankenpflege in einer großen, fernen Stadt. Nur der stille Hannes war noch da und ging in der Stadt in die Schule; er wollte Lehrer werden, und die beiden großen Geschwister hatten ihm das Geld dazu versprochen.

Wie ein wüster Traum lag die böse letzte Zeit hinter mir; die bitterlichen, beschämenden Einzelheiten waren mir kaum mehr erinnerlich, nur als ein wochenlanger und greulich dicker Stumpfsinn blieb mir das Ganze im Gedächtnis; und schon jetzt gab es Stunden, wo ich es so weit überwunden und hinter mich gebracht hatte, daß ich von Herzen drüber lachen konnte. Ich war mir selber fremd, so plötzlich von allen Stürmen weg im Frieden als Kind bei der Mutter zu sein und lief wie verwandelt durch das stille Haus und auf den alten Stiegen. Es war mir urseltsam zumut, nicht schwer und nicht ganz leicht; sonderlich in der Nacht fuhr ich oft erschrocken aus dem Schlafe, vermeinend, das Peterlein habe geweint, – oder sah ich Adolfs schönes, lachendes Gesicht in beängstigender und verwirrender Nähe über mir und hatte Mühe, mich von dem Spuk wieder frei zu machen.

An einem Abend, als der Bub zu Bett gegangen war, hatte ich der Mutter alles erzählt, von Gottfried an bis zu Fouqués Heiratsantrag und zu dem schnöden Ende meines Sommeraufenthalts; sie hörte stille zu, am Ende nahm sie meine Hand und streichelte sie ein bißchen: »Du Armes, was hast du alles erleben müssen. Aber nun bleibst du bei mir, bis du wieder mit dir zurecht gekommen bist.«

Ich verstand nicht so recht, wie sie das meine; sie sagte sonst nichts darüber, nur ihren Blick spürte ich oft lieb und nachdenklich auf mir ruhen. Ich freute mich immer auf die Abende, wo wir still und vertraut beieinander waren und ich ihrem tiefen, wundersamen Wesen nahe sein durfte. Wenn die Arbeit im Haus herum getan und der Hannes in seinem Stübchen war, trug ich die Lampe auf das Tischlein neben sie und setzte mich mit meinem Strickzeug dazu auf ihren Bettrand hin.

Und da geschah es nun, daß, wenn wir so in der tiefen Stille beieinander saßen, die Mutter anhub zu erzählen. Etwa von jenen Zeiten, da sie noch Dienstmagd gewesen war, dann von meinem Vater, von ihrem Brautstand und so allmählich von ihrer Ehe und jenen Tagen und Stunden, um deretwillen ihr Haar weiß geworden war.

Mich packte das alles mit einer mächtigen Wucht und mehr, als sie wahrscheinlich ahnte. Hatte ich etwa in der letzten Zeit gemeint, daß ich selber viel erlebt und durchgefressen habe, so stand ich nun jämmerlich klein und winzig neben diesen Tiefen und Höhen und Abgründen, die sich vor mir auftaten. Und dann frug ich mich voll innerer Unruhe: war nicht doch eine Absicht dabei, wenn mir die Mutter das sagte? Meinte sie am Ende doch, ich sollte den Schwager heiraten? Ich wußte, daß sie ihn selber nicht sonderlich hochschätzte; aber an den Kindern hing sie mit ihrer ganzen inbrünstigen Mütterlichkeit, und es war ihr wohl um diese. Sie sagte noch immer kein Wort von alle dem, aber je länger ich um sie war, desto gewisser wurde es mir, wie sie es meinte. Von da an lag ich oft tief in die Nächte hinein wach, und es wurde mir alles wieder neu und schmerzlich lebendig. Ich wehrte mich gegen die Unruhe und Plackerei, die mich da in meinem sauberen Frieden so meuchlings überfiel, und konnte sie doch nicht bannen; es trieb mich unsichtbar und mächtig um, und ich wußte nicht, was ich tun sollte.

Und wie nun die Mutter so zu mir sprach wie zu einem reifen und rechten Menschen, der es wert ist, daß man ihm sein bestes gibt, wie sie ernst und leise, doch tapfer und ohne Scham mir auch das Verschwiegenste und Heiligste ihres Herzens sagte und mich ihres köstlichen Vertrauens würdigte, da begriff ich, daß sie etwas ganz ungeheuer Großes tat, das Größte und überhaupt das Einzige, was mir ein Mensch tun konnte. – Von da ab wehrte ich mich nimmer; ich ließ mein Herz ruhig in den Bränden der Scham und Liebe liegen und alles still an mir geschehen. Ich hätte noch wohl auskneifen können, vor Adolf und vor meiner Mutter; nun konnte ich es aber vor mir selber nimmer.

Ich spürte mit Wehmut und Lächeln, daß mir in diesen Nächten leise meine Jugend entgleite; jene Zeit, von der die kühle Frau Gunhild einmal gesagt hatte, daß man sich zu wichtig nehme und daß es Torheit und Egoismus sei.

Es mochte sein, daß da manche Lust und schimmernde Hoffnung mit unterging, aber was ich dafür eintauschte, war unvergleichlich schöner.

Denn wenn es Ziel und Kern des Lebens war, seinen eigenen, unvollkommenen und verwirrten Menschen samt aller Leidenschaft und Unruhe hinzugeben und zu verlieren, um sich dafür als ein Teil jener Kraft wieder zu finden, die von Gott ausgeht als seine reinste, ureigenste Gewalt, zu uns strömt und durch uns wieder zu ihm, daß wir Armen, sobald wir unser selbst vergessen und für andere leben, dürfen selber Götter sein, selber Ströme der Klarheit und Unsterblichkeit in uns haben, um sie in die Welt zu strahlen, daß wir selber in Herzen und in Händen dürfen spüren, was des Lebens Ursprung ist, – ach, so ist keine farbige Jugend so helle, daß sie vor jenem Licht bestehen könnte.

– Dann kam eine Nacht im November, der Sturm ging ums Haus und brauste in den Kirchhoftannen; ich saß unausgekleidet unter meinem Fenster und hörte darauf hin. Es war mir wunderlich wie nie und elend und rührselig zumut, es kribbelte mir in allen Gliedern, schließlich konnte ich nimmer widerstehen. Leise kletterte ich zum Fenster hinaus, meine Füße gingen einen wohlbekannten Weg, – da war der Kirchhof und ein armes, vergessenes Grab.

»Namenlos, ach du lieber, lieber Namenlos.«

Ich lag in seinen feuchten Blättern und hielt den wilden Busch umschlungen wie ehedem als ganz kleines Mädchen. Meine Tränen liefen in seine Erde hinein; in dieser Stunde aber bekam er einen Namen, und ich versank in seinen Fluten, daß ich für immer drin bleiben mußte.

Am andern Tag war es Sonntag und die Mutter versuchte ihren ersten Gang seit jenem Unfall. Ich führte sie ein Stück bergan, dann ruhten wir auf einem Bänklein aus und sahen in das Tal hinunter.

Da sagte ich es ihr. »Du, Mutter«, fing ich an, »ich glaube, ich möchte Adolf doch heiraten.«

Sie sah mich an, ein liebes, köstliches Lächeln ging über ihr Gesicht, und indem sie mich auf Mund und Stirne küßte, sagte sie leise: »Ich habe es gewußt, Agnesle!«

Und in dem Augenblick war ich nimmer ihr Kind, es war, als sei ich ihre Schwester geworden und reif und weise, das Leben zu tragen wie sie.

* *
*

Ein paar Tage vor Weihnachten fuhr ich von zu Hause fort. Auf der ganzen Reise fürchtete ich mich vor Adolfs Spott und Triumph und wäre froh gewesen, wenn ich den Empfang schon hinter mir gehabt hätte. Nur um eines freute ich mich, nämlich, daß er nichts von meinem verkrachten Roman wußte. Sonst hätte ich mich auch wahrlich kaum zu ihm getraut.

Es war kalt und regnerisch und später Abend, als ich hinkam. Unten im Laden war alles schon dunkel; da die Tür zum Hinterstüblein unverschlossen war, ging ich einen Augenblick hinein und drehte das Licht an. Ach es sah fürchterlich aus; mit wehmütiger Heiterkeit machte ich mir einen Begriff davon, wie es wohl oben sein möge. Unversehens streiften meine Blicke Breisels Gesälzhafen; lächelnd schaute ich hinein und sah am Boden eine winzige, betrübte, schimmelige Kruste. Armer Kerl; – es sollte wieder anders werden.

Mit klopfendem Herzen stieg ich hinauf und fand Adolf in der Küche, wo er eine höchst seltsame Hantierung betrieb. Es schien, als sei gar keine Magd oder Haushälterin da. Erst konnte ich nicht erkennen, was er eigentlich da mache; da sah ich, daß er schmutzige Windeln und Kinderwäsche waschen wollte, indem er nämlich jedes einzelne Stück mit einem Reißnagel an den Rand des Schüsselbrettes über den Ablauf festspießte, dann einen Schlauch am Wasserhahnen befestigte und nun höchst genial drauf los flößte, auf und ab und an allen Stücklein herum.

Und wie ich nun so stand, glühend vor Erregung, wie ich das Lachen verbiß, während mir doch vor Scham und Rührung und Zaghaftigkeit ein paar Tränlein herunterliefen, da drehte sich Adolf um und erkannte mich. Über sein Gesicht kam eine ungeheure Fröhlichkeit, ehrlich und kindhaft und ohne Spott, und er strahlte mich voller Liebe an.

»Schau, das Ageli. – Fein!«

Dann kam er auf mich zu, hielt seine nassen Hände ausgebreitet und weit von sich ab; er beugte sich zu meinem Gesicht und küßte mich auf den Mund.

Und nach einer Viertelstunde saß ich drinnen im Wohnzimmer; Adolf hatte mir mit seinen weißen, zärtlichen Fingern den Mantel und die Mütze abgenommen und mir das Haar zurückgestrichen. Er machte mir einen Tee, buk mir ein Eierküchlein und lief voller Eifer ab und zu. In der Gaststube zündete er ein Feuer an, richtete das Bett und tat sogar eine Wärmflasche hinein; nur einmal kam er mit großer Betrübnis zu mir.

»Du mußt entschuldigen, Ageli; es ist neulich ein Katzenschißchen auf dein Bett gekommen, und es müffelt noch ein wenig. Es ist mir wirklich leid; aber gelt, du nimmst es nicht zu schwer –!«

Als ich nun in meine Stube ging, kam er noch einmal, sah mich voller Übermut und Spitzbüberei an und überreichte mir meine Pantoffeln.

»Ich habe sie damals wieder von der Straße herauf geholt und sie dir aufgehoben; ich wußte ja, daß du wieder kommen würdest.«

Ich wurde rot und sah zu Boden. Und ach, da erblickte ich plötzlich, daß Fouqués Hausschuh ein Loch habe, durch das Loch guckte der Strumpf heraus, und der hatte auch eins, so daß ich ein Stücklein nackte Zehe sah. Und über dem erschien mir unverweilt jene andere blaugefrorene Zehe, die in meinem Leben so bedeutsam war; ich spürte zitternd, wie die mächtigen Ströme des Namenlos über mich hereinbrausten, und inmitten der stürmenden Bedrängnis zog ich Adolfs lockigen Kopf zu mir her und küßte ihn heiß und herzlich. Und das war damals bei Gottfried auch nicht anders gewesen.

Dann leuchtete er mir mit dem Lämpchen in meine Stube und spielte hernach auf dem Klavier eine zarte und selige Melodie, bis ich eingeschlafen war.

*   *
  *

Darüber ist nun schon manches Jahr hingegangen. Ich muß sagen, daß ich meinen Mann herzlich liebe; wir ergänzen uns und passen ineinander, wie es prächtiger nimmer sein könnte. Ich habe selber noch zwei Kinder bekommen, und es ist stets ein farbiges, fröhliches und beglückendes Getümmel um mich herum, so, wie ich es immer geliebt habe. Des Werktags habe ich Sorgen und schaffe und lasse meine Kräfte springen; Sonntags und an manchen Abenden aber gibt's Musik und Literatur und heitere Gesellschaft bei einem Glase Wein; ja, seit ich entdeckt habe, daß mein Mann ein guter Tänzer ist, gehen wir sogar hie und da miteinander zu einem Tanze. Im Sommer aber, wenn's im Sortiment ruhig ist, wenn Breisel hinter dem Ladentisch nickt und einer neuen Zwetschgenernte entgegen träumt, machen wir alle zusammen ein Reislein auf den Gottlosen Zinken hinauf; bloß, daß Frau Finkenlohr schon lange nicht mehr da, sondern mitsamt ihrem Zuckerschleckbüchslein zur ewigen Ruhe eingegangen ist.

Mit meinen Freunden Roth lebe ich immer noch in einer warmen, ungetrübten Freundschaft; zwar habe ich Herrn Roths Lebensweisheit nicht mehr weiter bei mir angewandt; im Gegensatz zu ihm gebe ich mir in solchen Sachen keine große oder besondere Mühe, sondern lasse mich einfach von meinen innerlichen Strömen weiter treiben; aber manchmal will es mich bedünken, als liefen unsere beiden Lebenspläne und Anschauungen am Ende doch irgendwo in Einem zusammen.

Und dann ist da noch etwas, das ich sagen muß. Zuweilen, etwa in einer Sommernacht, wenn ich ein Kind an der Brust habe und Adolfs Klavierspiel durch die Nacht zu mir herüber kommt, geschieht es, daß ich die fremde, rieselnde Dichterlust meiner Jugendtage wieder über mir spüre. Sie hat jene Leidenschaft und drängende Gewalt ganz verloren; es ist nur, als ob es in meinem Gemüte leise und köstliche Wellen schlüge. Ich sitze dann still und horche in mich hinein; Verse und Lieder steigen in ruhiger und müheloser Klarheit in mir auf, und sie sind so reif und schön und selig wie keines von damals. Ich behalte es aber für mich und sage niemand etwas davon.

Und dieses ist mir beinahe so lieb, als wenn am Ende meines Lebens in Fouqués Sortiment meine gesammelten Werke lägen.

Ende

Erzählungen aus dem Biedermeier

Biedermeier - das klingt in heutigen Ohren nach langweiligem Spießertum, nach geschmacklosen rosa Teetässchen in Wohnzimmern, die aussehen wie Puppenstuben und in denen es irgendwie nach »Omma« riecht.

Zu Recht. Aber nicht nur.

Biedermeier ist auch die Zeit einer zarten Literatur der Flucht ins Idyll, des Rückzuges ins private Glück und der Tugenden. Die Menschen im Europa nach Napoleon hatten die Nase voll von großen neuen Ideen, das aufstrebende Bürgertum forderte und entwickelte eine eigene Kunst und Kultur für sich, die unabhängig von feudaler Großmannssucht bestehen sollte.

Georg Büchner Lenz **Karl Gutzkow** Wally, die Zweiflerin **Annette von Droste-Hülshoff** Die Judenbuche **Friedrich Hebbel** Matteo **Jeremias Gotthelf** Elsi, die seltsame Magd **Georg Weerth** Fragment eines Romans **Franz Grillparzer** Der arme Spielmann **Eduard Mörike** Mozart auf der Reise nach Prag **Berthold Auerbach** Der Viereckig oder die amerikanische Kiste

ISBN 978-3-8430-1884-5, 444 Seiten, 29,80 €

Erzählungen aus dem Biedermeier II

Annette von Droste-Hülshoff Ledwina **Franz Grillparzer** Das Kloster bei Sendomir **Friedrich Hebbel** Schnock **Eduard Mörike** Der Schatz **Georg Weerth** Leben und Taten des berühmten Ritters Schnapphahnski **Jeremias Gotthelf** Das Erdbeerimareili **Berthold Auerbach** Lucifer

ISBN 978-3-8430-1885-2, 440 Seiten, 29,80 €

Erzählungen aus dem Biedermeier III

Eduard Mörike Lucie Gelmeroth **Annette von Droste-Hülshoff** Westfälische Schilderungen **Annette von Droste-Hülshoff** Bei uns zulande auf dem Lande **Berthold Auerbach** Brosi und Moni **Jeremias Gotthelf** Die schwarze Spinne **Friedrich Hebbel** Anna **Friedrich Hebbel** Die Kuh **Jeremias Gotthelf** Barthli der Korber **Berthold Auerbach** Barfüßele

ISBN 978-3-8430-1886-9, 452 Seiten, 29,80 €